幽冥中的君王

El monarca de las sombras

Javier Cercas

[西班牙] 哈维尔·塞尔卡斯 著
陈皓 译

人民文学出版社

著作权合同登记号　图字 01—2021—5312

Javier Cercas
EL MONARCA DE LAS SOMBRAS

图书在版编目（CIP）数据

幽冥中的君王／（西）哈维尔·塞尔卡斯著；陈皓译．-- 北京：人民文学出版社，2024
ISBN 978-7-02-018492-7

Ⅰ．①幽…　Ⅱ．①哈…②陈…　Ⅲ．①长篇小说－西班牙－现代 Ⅳ．①I551.45

中国国家版本馆 CIP 数据核字（2024）第 026743 号

责任编辑　**张欣宜**
装帧设计　**李思安**
责任印制　**苏文强**

出版发行　**人民文学出版社**
社　　址　**北京市朝内大街166号**
邮政编码　**100705**

印　　刷　**侨友印刷（河北）有限公司**
经　　销　**全国新华书店等**

字　　数　**166千字**
开　　本　**880毫米×1230毫米　1/32**
印　　张　**8.375　插页3**
印　　数　**1—5000**
版　　次　**2024年6月北京第1版**
印　　次　**2024年6月第1次印刷**

书　　号　**978-7-02-018492-7**
定　　价　**49.00元**

如有印装质量问题，请与本社图书销售中心调换。电话：010-65233595

献给劳尔·塞尔卡斯和梅茜·玛斯

献给布兰卡·梅纳

为国捐躯，幸福荣光。[1]

——贺拉斯《颂歌》III，2，13

① 原文是拉丁语。

1

他叫马努埃尔·梅纳，在埃布罗河战役中阵亡，时年十九岁。那天是 1938 年 9 月 21 日，内战已接近尾声。他死在加泰罗尼亚一个名叫博特的小村子里。他是个狂热的佛朗哥分子，至少是个狂热的长枪党，至少在战争初期是这样的。那时候他加入了卡塞雷斯长枪党第三团，第二年刚晋升临时少尉，就被派到了伊夫尼射手团第一塔博尔营，这是一支隶属于外籍军团[①]的突击部队。又过了十二个月，他死在战场上。在以后的很多年里，他一直都是全家人心目中顶天立地的英雄。

他是我妈的叔叔。从小到大，我听我妈讲过无数遍他的故事，与其说是故事，不如说是故事夹杂着传说。在成为作家前我就想过，有朝一日得为他写本书。可等我真成了作家，就立刻打消了这个念头。因为我意识到，马努埃尔·梅纳就是我们全家人的代表。写他的故事，不仅要为他本人的政治过往负责，也要为整个

① 这支部队创建于 1911 年，主要是由西班牙北非殖民地摩洛哥的摩尔人组成的。

家族的政治过往负责。他这段黑历史原本就令我惭愧，我可不想背上这个沉甸甸的包袱，也不觉得有任何必要去背，更别提把它大张旗鼓地写进书里了。我能学着与它和平共处就已经很了不起了。更何况我也不知道应该如何去书写这个故事：是该严丝合缝地忠于现实和真相？可时隔多年，难道马努埃尔·梅纳这辈子的每件事都翔实可考，没有留下过空白？或者应该把历史和虚构混为一谈，拿后者去填补前者的缝隙？再不然就在历史的基础上虚构一部小说，可全世界还要相信（或者说要写得让全世界都相信），小说里说的都是真的？我对此一筹莫展，这份茫然更坚定了心底的判断：我不该去书写马努埃尔·梅纳的故事。

然而，我曾经的抗拒在最近几年演变成了一场危机。我已经不年轻了，不但结了婚，还有了孩子。家里的生活也不怎么如意：我爸久经病痛折磨，终于撒手人寰。我妈嫁他五十多年，久久沉浸在丧偶的痛苦中无法自拔。我爸的死加剧了我妈在自以为躲不过的灾祸面前那种逆来顺受而又像煞有介事的天性。（“儿啊，”——这是她最常用的口头禅——“但愿上帝别让咱们把能吃的苦都吃一遍。”）一天早晨，她走在斑马线上被车撞了，伤势虽不严重，却被吓得够呛。此后的好几个星期，她浑身青一块紫一块地蜷在扶手椅里一动也不动。我和姐姐们给她打气，劝她出门。我们带她出去吃饭散步，还陪她去教堂做弥撒。我忘不了第一次带她去教堂的情景。从家门口到圣萨尔瓦多教堂只有短短一百米。我扶着她一步一步地走，就跟慢镜头似的。正要穿过教堂门前的斑马线，我妈一把拽住了我的胳膊。

"儿啊，"她小声嘟囔着，"信斑马线的人是有福的，因为他们会去见上帝。我就差点儿见着了。"

我妈养伤期间，我比平常更频繁地看望她，很多时候甚至和妻儿一起住在她那里。我们一家三口经常周五下午或者周六上午到她家，一直待到周日晚上才返回巴塞罗那。大家白天要么聊天要么读书，晚上就一块儿看电影看电视。我和我妈都特别喜欢一档叫《老大哥》的真人秀节目。当然，我们还经常说起埃斯特雷马杜拉①的那个名叫伊巴埃尔南多的小村庄。六十年代，我爸妈和许多同乡一样，举家从那里迁到了加泰罗尼亚。我既然说"当然"，就得解释明白我为什么这么说。道理很简单：我妈这辈子就没碰上过比这次搬家更重要的事情。不过我既然说，我妈这辈子就没碰上过比这次搬家更重要的事情，那就得继续解释我为什么这么说。这个问题就没那么简单了。差不多二十年前，我曾经试着向一个朋友解释过。当时我是这么说的：我妈搬家前是埃斯特雷马杜拉乡间大户家的长女，是所有人眼中的明珠。一朝搬进加泰罗尼亚的城市，就沦落成拖儿带女的家庭主妇，经济上比小布尔乔亚穷一点儿，比无产阶级富一点儿，再也没人拿她当回事儿了。说完这番话，我觉得自己虽然有些道理，却还说得不够充分，于是就提笔写了篇文章。直到现在，这篇名为《愚人》的文章依然是对于这个问题最精辟的解答。文章发表于1999年12月28日，那天是愚人节②，也是我妈搬到赫罗纳城三十三周年纪念日。我在

① 埃斯特雷马杜拉，西班牙自治区，下设卡塞雷斯和巴达霍斯两省。

② 西班牙传统的愚人节是12月28日。

文中这样写道：

我第一次看到赫罗纳是在地图上。当时我妈还很年轻。她指着那上面一个遥远的小点对我说，爸爸在这儿。过了几个月，我们开始收拾行囊。旅途很长，终点是一个土到掉渣的小站。12月的冷雨没心没肺地下着，四周寒酸的建筑泛着死气沉沉的光。这是世界上最凄凉的城市。我爸在车站上等我们，带我们吃早饭，对我们说，在这个不可救药的城市里，大家都讲一种和我们不一样的语言。他教了我第一句加泰罗尼亚语："我真的很喜欢上学。"随后我们就拼命挤进我爸的雪铁龙 2CV，朝这个又陌生又讨厌的城市里的新家驶去。我确信我妈当时一定想说什么，却一句话也没说出口。但是后来每逢搬家纪念日，她都会说："我可真傻！①"那天是三十三年前的愚人节。

《鞑靼人沙漠》是迪诺·布扎蒂②写的一部很棒的小说，稍稍带着点儿卡夫卡的味道。小说的主人公是个年轻中尉，名叫乔万尼·德罗戈。他被派到远方沙漠中一处军事要塞，抵御附近鞑靼人的进攻。德罗戈满怀着对荣耀和战功的渴望，期待与鞑靼人决一死战。可一直等到生命的终点，也没见到他们的影子。我曾经多次回味这个故事，总觉得书中那种无望的等待象征了很多整装待发的远行客未来的命运，而我妈

---

① 这句话常用在西班牙愚人节的玩笑中。

② 迪诺·布扎蒂（1906—1972），意大利作家。

就是他们中的一员。我妈年轻时一直盼着搬回老家，这个愿望虽然触手可及，却总也实现不了。就这样，一晃三十三年过去了。不过跟许多异乡客比起来，我妈的生活并不算糟糕。毕竟我爸有一笔固定的薪水，工作也稳定，比很多人都强多了。无论如何，我觉得我妈就像许许多多整装待发的远行客一样，从来没向自己的新生活妥协过。作为一名纯粹的主妇，她故作坚强地照顾着我们这个大家庭，明明住在赫罗纳，却总是拼命假装自己没有住在赫罗纳，而是住在那个收拾行囊的故乡。这么多年过去了，她始终做着不切实际的白日梦，直到几年前世道大变：赫罗纳成了一座欢乐繁华的城市，车站上建起了摩登的新楼，雪白的墙上镶嵌着巨大的玻璃窗，有几个孙辈几乎不会说她家乡的语言。等儿女们都离开了家，我妈再也不能借助主妇的工作来保护自己，不得不面对现实：尽管在赫罗纳生活了二十五年，她依然是个外人。于是她得了抑郁症，整整两年时间，每天都一言不发地瞪着干涩的双眼，呆望着一片虚无。也许她也在回想，回想逝去的青春，就像德罗戈中尉和很多整装待发的远行客那样，在无谓的等待中消磨着生命。也许她还想到（她从未读过卡夫卡），一切都是误会，而这场误会终将成为杀死她的元凶。不过死神到底没能战胜我妈。终于有一天，她从经年抑郁的枯井里爬了出来，跟我爸去看了医生。一位先生开了门，边说“请进”边把她让进屋里。可是我妈却回答：“看医生。”因为她把加泰罗尼亚语的“请进”听成了家乡话“你们要去哪儿”，或者“去哪儿呀”。我爸后来说，他在那一刻突然记起了二十五年前教给我的第一句加泰罗尼亚语，这才醍醐灌顶地醒悟过来——我妈虽然在赫罗纳生活了二十五年，但她仿佛从未离开过那个收拾行囊的故乡。

《鞑靼人沙漠》的结尾，鞑靼军队终于攻来了，但德罗戈已经是个重病缠身的老人，再也无法实现少年时杀敌立功的心愿。他远离战场和荣耀，孤零零地躺在昏暗的客栈里，没人知道他的名字。他感到自己就要走到生命的尽头，终于领悟到，原来这才是他期待一生却浑然不觉的那场战争；于是他稍稍坐起来，整整身上的军服，像勇士一样迎接死亡。我不知道那些收拾行囊的远行客是不是永远都没有回来，恐怕是没有。因为他们自己明白，这一去就回不来了。我也不知道他们会不会时常想到在等待中蹉跎的岁月，或者想到一切都是可怕的误会，或者想到自己是在自欺欺人，或者想到比自欺欺人更可怕的——被别人欺骗。这些事我都不知道。但我确实知道的是，再过几个小时，等我妈一起床，她肯定会想到三十三年每逢今日都要说上一遍的那句话，并且可能还会再说一遍：“我可真傻。”

我的文章就这么结束了。从它发表到现在，又过去了十多年。我妈还是住在赫罗纳，也还是从未离开她的伊巴埃尔南多村。为了让她好好养伤，我们探望时最主要的消遣就是和她聊那个地方。没想到有一回，我们一家三口和我妈的消遣竟然合为一体了。那天晚上，全家人一起看了米开朗基罗·安东尼奥尼的老电影《奇遇》。这电影讲的是一群朋友去远足，其中有个人失踪了。刚开始所有人都在找她，可很快就把她忘了，大家继续远足，就像什么都没发生似的。这是部意大利语对白、西班牙语字幕的黑白片，情节拖沓冗长。我儿子看了没几眼就上床睡觉了；我妻子睡在了电视机前的扶手椅上；我妈却一动不动地看了将近两个半小时。她能坚持到最后，实在出乎我的意料，于是在电影结束后，我问她做何感想。

“这是我这辈子最喜欢的电影。”她回答。

这话要是从别人嘴里说出来，我多半会理解成一句反讽。可我妈从来都不知道什么是反讽。于是我又觉得，因为她常看《老大哥》这种既没台词又没情节的烂节目，对安东尼奥尼这种既没台词又没情节的电影也就习惯成自然地爱上了。好吧，我没说实话。我当时的想法是，因为我妈习惯了拖沓冗长的《老大哥》，所以《奇遇》这部电影在她看来，简直比动作片还要惊心动魄。我妈肯定觉察到了我掩饰不住的惊愕，从她给出的理由看，我的推测并非全是空穴来风。

“当然了，哈维[①]。”她一边指着电视一边说，“这电影里演的事情，生活中一直都在发生：一个人死了，第二天大家就记不住他了。就像我的马诺洛[②]叔叔一样。”

我妈的马诺洛叔叔就是马努埃尔·梅纳。那天晚上我们又聊

① 哈维，哈维尔的昵称。

② 马诺洛，马努埃尔的昵称。

起了他，接下去的整个周末都没有换过话题。自打我记事起，就听我妈翻来覆去地说起他，但是有两件事，我是直到那几天才明白的。第一件事是，马努埃尔·梅纳对我妈而言，远不止一个叔叔那么简单。据我妈说，她小时候一直跟马努埃尔·梅纳住在奶奶家，那里距她的亲生父母家不过几步之遥。我妈是我外公外婆的第三个女儿，之前的两个女儿都因脑膜炎夭折了，他们害怕我妈也染上这个病，就把她寄养在奶奶卡罗琳娜家。奶奶的大宅子是爷爷生前留下来的，家里人丁兴旺，我妈在那里度过了一段非常幸福的时光。她和表哥亚历杭德罗相伴长大，几个生龙活虎的叔叔都还没有结婚，个个都把我妈捧在掌心里宠。最宠她的那一个就是马努埃尔·梅纳，他在我妈心里的地位无人可及：他是家里最小的儿子，也是最活泼快乐的那一个。他总给我妈带礼物，逗她笑，陪她玩得也最多。我妈叫他马诺洛叔叔，他叫我妈小布兰卡。他的死给了我妈毁灭性的打击。我从来没见我妈哭过，一次都没有，哪怕在她身患抑郁症的那两年，还有我爸去世的时候，她都没有掉过一滴泪。我和姐姐们曾对我妈这种反常行为猜疑了很久。直到她车祸后的那几个晚上，我又一次听她老生常谈地提到马努埃尔·梅纳的尸体运回村里，自己一个钟头接着一个钟头地哭到天崩地裂。我想我终于找到了答案：我们每个人的眼泪都是有限的。那一天她流尽了一生的泪水，从此再也哭不出来了。所以，马努埃尔·梅纳不仅是我妈的叔叔，他还是她的大哥哥，是她生命中第一个逝去的亲人。

那天我明白过来的第二件事比第一件还重要。从小我就奇怪，我妈为什么那么喜欢提起马努埃尔·梅纳；少年时我曾带着羞愧和恐惧偷偷琢磨过，可能是因为马努埃尔是个佛朗哥分子，至少是个长枪党。在佛朗哥时代我们全家都是佛朗哥分子，至少像全国绝大多数人那样，百依百顺地接受了佛朗哥主义。成年后我意识到，这个想法过于平淡无奇。但是直到在我妈养伤期间陪她聊天的那几个晚上，我才终于窥探到平淡后面隐藏的深意。我想，马努埃尔·梅纳的死在我妈童年的回忆里留下了抹不去的烙印，根源在于古希腊人所说的“死亡之美”。古希腊人认为，一个高贵纯洁的年轻人的死亡是一种完美的死亡。就像《伊利亚特》里的阿喀琉斯，他的高贵与纯洁在于，为了捍卫比个人更重要，或者自认为比个人更重要的价值，舍生忘死地战斗到最后一息，在最美丽、最鼎盛的年华告别尘世，无须偿还时间的高利贷，也无须像凡人一样遭受衰老的摧残。所以这个为了理想而放弃俗世价值、献出自己生命的青年，成了古希腊人心目中英雄的典范。在那个没有神明的世界里，他在凡人脆弱短暂的记忆中永远地活了下来，达到了道德的制高点，也实现了永垂不朽的唯一可能。对于古希腊人而言，完美无瑕的死亡意味着完美无瑕的生命；对于我妈而言，马努埃尔·梅纳就是阿喀琉斯。

这两个发现意味着新的启示，在随后的几个星期里，我被自我怀疑折磨得心神不宁。我在想，以前拒绝书写马努埃尔·梅纳的故事，是不是一个错误。当然，关于他的人生，我的态度和以前没有什么不同。但我开始考问自己——家族这段令人蒙羞的历史，是不是足以成为我守着秘密不去动笔的理由。我同样对自己说，现在写他还来得及。可如果我真想写，就必须马上行动。马努埃尔·梅纳已经死去七十多年了，我相信在档案室和图书馆里几乎找不到关于他的记录。只有屈指可数的几个长辈还能模模糊糊地想起他来。就算是他们的回忆也早已七零八落，比传说真实不了多少。除此之外我还意识到，我妈之所以能够这么深刻地理解安东尼奥尼或者安东尼奥尼的电影，不仅是因为看惯了没有台词还拖沓冗长的《老大哥》，而且是因为，虽然她从来都坚信自己生活在神的世界里（这个世界早已不复存在，而捍卫它正是当年马努埃尔奔赴战场的理由），却早在童年就迷茫而痛苦地见证了凡人那脆弱缥缈的回忆是怎样地侮辱了她死去的叔叔。马努埃尔·梅纳与阿喀琉斯天差地别的遭遇令她深受伤害。千真万确，那年轻人刚刚死去，遗忘便接踵而来。就在他自己的家中，一种厚重而又匪夷所思的沉默（或者对当时还是个孩子的我妈来说是匪夷所思的）掩盖了逝者昔日的模样。关于他的死，全家人都接受了那个勤务兵云山雾罩的说法（此人把他的尸体送回镇上，在我妈奶奶家里守了几天灵），没有人追问过他死时是个什么情形，具体的死因又是什么；没有人想到过应该找他生死与共的战友和长官们谈一谈，没有人调查过他在战争中的坎坷经历，无论是他拼杀的前线，还是入伍的军团；没有人不嫌麻烦地探访过远在加泰罗尼亚那个名叫博特的村庄，那是他阵亡的地方。我一直误以为此地唤作“博斯”“博哈”或者“博”，因为西班牙语中的字母“T”经常不发音，我妈从来都没把村名念对过。总之，马努埃尔·梅纳刚死几个月，家里就几乎听不到他的名字了，不到万不得已，从来没人提起他来。他死后没几年，他的母亲和姐姐们就销毁了他留在世上的所有字迹、纪念品和个人物品。

唯一留下来的是一张照片（至少我一直是这么觉得），一张马努埃尔·梅纳的军装照。这张照片在葬礼后被扩印了七张，其中一张被他母亲挂在餐厅里，直至她离开人世。其余六张由六个兄弟姐妹分别保存。小时候，每当从冷冰冰的赫罗纳返回火热的小村过暑假，这张遗照都会让我隐隐约约地感到不舒服。对我而言，一年难得有几个月能够远离加泰罗尼亚恶劣的气候和漂泊在外的惶惑，回到伊巴埃尔南多的老宅，作为这个大家庭的一个享受亲人们的殷勤款待。我住在外公外婆家，这张遗像就挂在更衣室一面普普通通的墙上，室内摆放着装满衣服的箱子和塞满书籍的架子。然而，直到少年和青年时代，这张遗像还是令我不舒服。那时候我的外公外婆已经去世，宅院整年无人居住，深锁的大门只有当我爸妈带着姐姐们回去过暑假的时候才打开，而我自己宁可留在加泰罗尼亚忍受恶劣寒冷的天气和漂泊在外的惶惑，也不愿回乡享受亲人们虚假的热情。对于祖宅、家族和那张不祥的遗照，我都情愿离得越远越好，能不见就不见。严冬时节，马努埃尔·梅纳的遗像孤零零地守护着堆满箱子的房间，被一种难以名状的羞耻或是罪恶感折磨着。我不愿去深究这种情感的根源。身为那个乡村大家族理论上的后代，我为自己的血缘感到羞耻；也为家人的政治履历，为他们在内战和佛朗哥独裁期间的所作所为感到羞耻（我对他们还做过什么几乎一无所知）。这羞耻感四面发散，平行向前，无孔不入，与那个荒芜得快要消失的村庄维系着钢铁般的联系。但是等人到中年，这张照片比先前更加令我不舒服。虽然我并没有完全摆脱出身和血缘所带来的羞愧，但已经或多或少地向它们妥协了。我已经慢慢接受了我是谁，我从哪里来，也跟老家有了联系。无论好坏，我已经适应了漂泊在外的生活、糟糕透顶的气候和混乱迷茫的心境，也明白自己社会名流的地位不过是幻梦一场。我经常陪着妻儿和爸妈回乡探亲（但几乎从不带朋友，也不与任何家族之外的人士同行），重新住进那座破旧不堪的老宅。七十多年来，马努埃尔·梅纳的遗照一直挂在那儿，落满了寂静的灰尘。它已经成为一个完美、凄凉而又粗暴的象征，象征着家族先辈们一切的错误、责任、罪孽、羞惭、悲哀、死亡、失败、恐惧、肮脏、眼泪、牺牲、热情还有耻辱。

现在这张照片就在我眼前，在我巴塞罗那的书房里。我不记得是什么时候把它从伊巴埃尔南多带回来的，不过那时候，我妈已经从车祸中康复好几年了，而关于马努埃尔·梅纳的事情，我也做出了决定。我的决定是暂时不写，但会在书写其他故事的同时，继续积攒与他相关的信息。尽管它们散落在形形色色的书本里，其中还夹杂着记载缺失的时刻。但是，只要那个人短暂一生里留下的痕迹还没有完全消失在故人们脆弱不堪的记忆中，只要档案室和图书馆还没有接到销毁相关资料的命令，我的收集就不会停止。这样一来，马努埃尔·梅纳的历史，或者说他尚存于世的历史，就不会烟消云散。如果有一天，当我想去写他，或者能够写他的时候，就可以提笔去写。我也可以把这些资料交给别人写，我想会有作家对他感兴趣的；或者干脆搁笔不写，听任他成为一片空白，一个空洞，成为千百万永远都不会被讲述的人生中的一个，或者成为某些作家一直想写却从未写成的题材之一。他们之所以不动笔，也许是不想负责，也许是担心笔下的文字达不到素材原有的高度，所以宁可将其交与未来，使之成为未经书写却又光辉璀璨的杰作——正因未经书写，才是光辉璀璨的杰作。

这就是我的决定：不去写马努埃尔·梅纳，一直都不去写马努埃尔·梅纳。至于那张照片，自从把它带回来，我就无时无刻不在端详它。照片是在萨拉戈萨一家照相馆里拍摄的：右下角用几乎辨不出的白色字写着拍摄地的名字。相纸上残留着岁月的污渍和折痕，边缘已经破损了。我不知道拍摄日期，但从马努埃尔·梅纳身上的军服可以推测出大致的时间来。军服的左胸上别着一枚“为国受难”勋章，相当于美国的紫心勋章。勋章上方是一条双纹饰带。从勋章和饰带的纹样上看，在拍摄这张照片的时候，马努埃尔·梅纳已经在敌军的炮火中两度负伤。这也说明拍照时间不可能早于1938年春天，因为直到那个时候，他还在伊夫尼第一塔博尔营服役，只参加过一场战斗；但也不可能晚于同年盛夏，因为埃布罗河战役刚刚打响，他就作为后备军上了战场。所以这张照片只可能拍摄于1938年春天与夏初之间，马努埃尔·梅纳第二次或者第三次在萨拉戈萨或其周边地区驻扎的时候。照片上的他即将度过十九岁生日，或者已经过了生日。而此时距离他的死亡只剩下短短几个月的时间。照片上的马努埃尔身穿伊夫尼射手团的制服，斜戴着黑白相间的军帽。整洁的军服上装饰着金色的纽扣和黑色的肩章，左右肩章上各闪着一颗代表少尉军衔的星星。第三颗星位于军帽中央，在它的正上方，洁白的底色上绣着西班牙步兵的徽章，徽章的图案是螺号上交叉的利剑和火枪。一模一样的徽章还绣在领口上。右边的领子下面依稀可见伊夫尼射手团的徽章，有一部分已经模糊不清了。徽章的图案是半轮阿拉伯弯月，勉强能辨认出大写的“Ifni”字样。半圆的弯月环抱着一颗五角星和两把交叉的步枪。在左边衣领下方白色的衣料上，佩着那枚“为国受难”勋章以及双纹饰带。军服最上面的两颗扣子敞开着，右边口袋上的扣子也没有系上。这有意为之的疏忽把一尘不染的白色军服和黑色领带衬托得格外宽大。照片中的马努埃尔·梅纳特别瘦削，瘦得好像撑不起身上的军服：这明明是一个孩子的身体，却套在成人的衣服里。另一个惹人注目的地方是他的右臂，前臂跨过腹部，右手搭在左肘内侧。这个姿势一点都不自然，好像是按照摄影师的吩咐摆出来的。（可能也是摄影师为了彰显帅气，让他斜戴了军帽，好让帽檐遮住右边的眉毛。）但是最惹人注目的还是他的脸。那是一张清晰无误的孩子的脸，至多是一个刚刚进入青春期的少年的脸。他的皮肤犹如新生处子般光滑，没有一道皱纹，也没有一丝胡须。眉毛稀薄，干净的双唇半张着，露出和军服一样洁白的牙齿。笔挺精致的鼻子，光滑的脖颈，一双招风耳支棱在脑袋外面。至于眼睛，由于照片是黑白的，看不出颜色来。据我妈回忆，应该是绿色的。他的眼神很清澈，没有看向镜头，而是看向右边，好像不是在看任何具体的人。我曾经盯着这双眼睛看了很长时间。从他的目光里，看不到骄傲、虚荣、轻率、害怕、欢乐、雄心、希望、失望、恐怖、残忍、同情、青春、悲伤，甚至是即将到来的死亡。我久久地凝视，却只见一片空白。有时候我会想，他的眼睛就像镜子，那片空白照出的是我自己；可有时候我又觉得，那片空白就是战争。

2

马努埃尔·梅纳出生于1919年4月25日。那时候伊巴埃尔南多还是一个遥远、闭塞、荒芜的村庄，位于西班牙遥远、闭塞、荒芜、与葡萄牙接壤的埃斯特雷马杜拉大区。村名取自“埃尔南多万岁”的缩写，就是那个在十三世纪攻占了穆斯林驻守的特鲁希约城，并将城池献给卡斯蒂利亚国王的基督教骑士。为了表彰他对王室的功勋，国王将城池周边的领地赐予了他。马努埃尔·梅纳就诞生在这里，他所有的家人，包括侄女布兰卡·梅纳和侄女的儿子哈维尔·塞尔卡斯，也都诞生在这里。有说法称，梅纳家族中世纪的先人们是埃尔南多麾下的基督徒，怀着对卡斯蒂利亚的满腔热忱一路征战，最后随他在这里安了家。这说法有可能是真的。但梅纳家的祖先也可能来得更早。当这群雄心勃勃的基督徒抵达的时候，淳朴的伊比利亚人、理性的罗马人、野蛮的西哥特人和文明的阿拉伯人已经在此地定居很久了。这可真是出人意料。伊巴埃尔南多并不是什么好地方，冬天冷得像冰窖，夏天热得像火炉，大片贫瘠的土地未经开垦，干涸的地面上岩石嶙峋，就像埋在土里的巨大龟壳。不过，倘若这个家族的祖先果真是埃尔南多麾下的基督徒，那么无论初来乍到时是激动还是绝望，他们肯定没过多久就心如止水了。队伍里没有一个人还愿意继续追随天主教双王，在伊比利亚半岛上南征北战；也没有一个人想要跟随那些征服者远赴美洲，寻找金子和女人。大家都像圣栎树一样，安安静静地守着这片土地繁衍生息。他们的根扎得深不见底，就算居民流失最严重的二十世纪中旬，整个村子都快走空了，依然很少有人能够完全切断与这里的联系。

马努埃尔·梅纳甚至连尝试离开的机会都未曾有过。当他来到这个世界上的时候，伊巴埃尔南多村距离二十世纪比距离中世纪还要远。更妥当的说法是：这里大概从来就没离开过中世纪。当基督徒把穆斯林赶出特鲁希约后，该城就成了王室属地，伊巴埃尔南多村作为城池的一部分，直接由国王管辖。但村中全部的土地都属于那些将农民视作半个奴隶的贵族老爷。八百年过去了，直到二十世纪初，情形也没有多少改变。这个国家对文艺复兴、启蒙运动和自由党革命一概不知（或者一知半解），当地人也从没听说过资产阶级和工业生产。虽然特鲁希约城在十九世纪就不再归王室所有，伊巴埃尔南多村也脱离了这座尊贵城池的管辖，独立为一个卑微的小村庄，但是村中的大部分土地依然掌控在马德里那群世家贵族手里，比如圣马尔塔侯爵、奥利瓦伯爵、岗波雷亚尔侯爵，还有圣胡安·德·皮德拉·阿尔瓦公爵夫人。以上几位尊贵的领主，村里没有一个人见过。在这片遍布着沙石的荒地上，村民们不但要耕种小麦、大麦和黑麦，还得用牧草勉强喂养骨瘦如柴的猪崽和牛羊，再把这些牲畜以低贱的价钱卖到周围的市场去。全村人都被饥饿折磨得半死不活。

对于伊巴埃尔南多的居民们来说，虽然村里的劳役状况从中世纪以来就几乎没有改变过，但这不意味着完全没有改变过，或者是尚未开始改变。至少对于一部分人而言，还是多少有点儿变化的。十九世纪中期，有位著名的自由派人士编了本著名的地理词典[①]，其中就描绘了当时村里的惨状。根据词典中的说法，伊巴埃尔南多村是一处死角，既不通路，也不通邮，全村一千二百零五名居民住在一百八十九座破房子里。村里只有一所小学、一座教堂、一眼公共喷泉和一间村务厅，因为设施过于简陋，甚至无法满足乡邻们最基本的紧急需求。在这本词典出版几十年后，也就是十九世纪末二十世纪初的时候，如果那位编纂家故地重游的话，眼前所见也不过是一幅黑色西班牙的蚀刻画。可当时确实有一点和以前不一样了。就在马努埃尔·梅纳出生前，几个勤劳肯干的农民大胆租下了外地贵族们的土地。这件事情意味着贵族与农民缔结了脆弱而不平等的同盟。更确切地说，是一部分贵族和一部分佃农缔结了同盟。这场小小的变革导致了几个互相关联的结果。第一个结果是，这些勤劳肯干的佃农富起来了。他们靠着开垦租来的土地获得了利润，再用这笔利润继续租种贵族们的小庄园。第二个结果是，这些有地种的佃农摇身一变，成了贵族的监工或者利益代言人。他们背离了本阶级的利益，将个人利益与

---

① 指西班牙政治家、统计学家帕斯卡·马道斯（1805—1870）编写的《西班牙及海外属地地理－统计－历史词典》，简称《马道斯词典》。

贵族利益绑在了一起。有些人开始羡慕贵族的生活方式和习惯，甚至在贵族家中那面可望而不可即的镜子里看到了自己的影子。他们觉得自己也可以成为贵族，至少是村子里的贵族。第三个结果是，有地种的佃农开始把农活包给没地种的贫农，没地种的贫农依靠有地种的佃农过活，并把他们视作村里的富户或者贵族。第四个，也是最后一个最重要的结果——村里开始形成一种基于不平等的幻觉，只要没地种的贫农继续穷困潦倒当牛做马，有地种的佃农便会变成有钱的贵族，或者即将变成有钱的贵族。

这纯粹是在痴人说梦。事实上，没地种的贫农虽然越来越少，却仍然继续受穷；有地种的佃农虽然越来越多，但他们从来都没富过，只是不那么穷了，或者至少是开始摆脱几个世纪以来的赤贫状态了而已。真实的情况是，不管大家相不相信，有地种的佃农根本成不了贵族，他们依然是农奴；而没地种的贫农却已经沦落为，或者正在沦落为农奴的农奴。总而言之：在那以前，村民的根本利益是一致的，大家都是农奴，大家也都知道自己是农奴；从那以后，村里开始出现了有人是农奴、有人是贵族的假象。而这两群人的利益诉求也开始出现了人为的分歧。

马努埃尔·梅纳就出生在这样一个表面是贵族，实际是农奴的大家庭里。这户人家的生活从二十世纪初开始有了起色。虽不是村里最富的，却也不是穷人。马努埃尔·梅纳的父亲名叫亚历杭德罗，就像全村人一样，靠种田养家糊口。他耕种着全家唯一的庄园，名叫“巴德拉古纳”。那是一片方圆几公顷的旱田，既种粮食，又养牛羊；马努埃尔·梅纳的母亲卡罗琳娜经营着一片水塘。这对夫妇生了七个儿女，家中没有一点余钱可供奢侈，却也不至于忍饥挨饿。马努埃尔·梅纳出生后没几年，父亲就去世了，庄园便由三个哥哥胡安、安东尼奥和安德烈斯照管。他刚出生那几年几乎没什么记录。绝大部分的事情，就连认识他的人也想不起来。留下来的只是一个模糊的传说，从中仅能提炼出真实历史中一个大致的印象，以及两则具体的趣闻逸事。他在回忆中的形象清晰、一致、鲜明，却也存在好坏两面。往好里说，他是个活泼快乐的孩子，性格外向，聪明伶俐，经常调皮捣蛋；跟妈妈和哥哥姐姐相亲相爱，也很受朋友们喜欢。往坏里说，他是大家庭里没有教养的小儿子，总是自以为是，骄傲自负，特别喜欢惹是生非。至于那两则逸事，有两位将近一百岁的老太太至今还不可思议地记得清清楚楚。哈维尔·塞尔卡斯从小就认识她们两个，却从不知道她们跟马努埃尔·梅纳同过学。当他知道这层关系后，就开始频繁拜访起她们来。其中一位老太太是弗朗西丝卡·阿隆索，她已经去世的丈夫跟塞尔卡斯的父亲是堂兄弟。另一位老太太则是在村里教了几十年书的堂娜①玛丽亚·阿里亚斯。

当哈维尔·塞尔卡斯开始拜访两位老太太时，她们依旧住在伊巴埃尔南多村，周围邻居的房子除了夏天有人回来住，其他时候都是空着的。两位老太太是一辈子的好闺蜜，直到现在还天天串门。尽管比马努埃尔·梅纳小两三岁，却都在村里最好的学校

---

① 堂娜，表示对女性的尊称，对男性的尊称为“堂”。

跟他做过同桌，也都还清楚地记得他。她们回忆说，教堂后院有一间潮湿阴冷的破屋子。老师就在那里上课，教他们四则运算、历史和地理。这点粗浅的知识对于一辈子务农的孩子来说已经足矣，但想要通过省城里的公共考试，却还远远不够。就算他们去考了，也肯定考不及格，到头来只能灰头土脸地铩羽而归。她们说，村里的教育糟糕透顶，可大家都觉得理所应当，至少是习以为常。那时候伊巴埃尔南多的村民们都在干农活，几乎全村都是文盲，这么多年来没有一个年轻人考上大学，让乡亲们卑微地骄傲一回。他们的老师堂马塞利诺脾气暴躁，经常在课堂上扇耳光，掐身体，打脑袋。他没有教师头衔，对教书育人也缺乏最基本的热情，不过对政治的热情倒是挺高的。（她们回忆说，第二共和国成立后，马塞利诺得到了一个村务厅秘书的职务，那是1932年左右，他从此就离开了学校。）她们还回忆说，在那所又破烂又没意思的学校里，马努埃尔·梅纳是个没正形的淘气包。他喜欢收集画片，在其他孩子用功的时候，他要么哼着烦死人的歌，要么大喊大叫地捣乱。他还喜欢嘲笑女同学，或者说些尖酸刻薄话来挖苦她们。

到此为止，两位老太太的回忆都是一致的，接下去便各有千秋了。堂娜玛丽亚·阿里亚斯回忆起第一桩逸事：有一天下了整晚的大雨。第二天早晨，马塞利诺老师的学生们发现学校门口成了一片烂泥塘。马努埃尔·梅纳提议，不如利用这摊烂泥玩个盖房子游戏。全班同学纷纷响应。于是在课间休息时，孩子们一起用雨水和泥巴在校门口垒起了一座捕猎用的迷宫，还开凿了沟渠和小溪。班里有个同学名叫安东尼奥·卡塔赫纳，是村里医生和家里女佣的私生子。后来医生娶了那个女佣，认下了这个儿子，也就抹去了他身上私生子的印记。他的性格无害也无趣，同学们都开玩笑地叫他“小傻瓜”。那天，等大家完成了泥巴工程，打算返回教室的时候，马努埃尔·梅纳决定给每一座垒好的建筑都起个名字。他在全班的哄笑声中，把垒得最漂亮的那个泥巴建筑赐名为“小傻瓜”。安东尼奥·卡塔赫纳觉得自己受到了侮辱，眼泪汪汪，毫无招架之力地抗议着，活像个受了虐待的小婴儿。

堂娜玛丽亚·阿里亚斯说起这件往事时，态度很宽容。作为一名九十多岁的乡村教师，她对孩子们表现出的残忍早就见怪不怪了。可是弗朗西丝卡·阿隆索就没那么慈悲心肠了，在讲述第二件逸事的时候，她还是像当年那个目睹这可怕一幕的小姑娘一样，心中充满了厌恶。这件事情发生在一次郊游中。按照堂马塞利诺老师落后的教学理念，小孩子是没有必要接触大自然的，所以这次机会难得。弗朗西丝卡·阿隆索还记得那个早晨，自己和伙伴们聚在学校门口，身上背着妈妈准备好的蛋卷、三明治和水壶，怀着美好的期待，迫不及待地等着出发。郊游的地方不远，不过走到那里的时候，大家都饿了，赶紧掏出吃的大嚼起来。事情就是在这个时候发生的。当时弗朗西丝卡·阿隆索并不知道来龙去脉（或者她知道，但是忘记了），只看见马努埃尔·梅纳和安东尼奥·卡塔赫纳吵了起来，后来还动了手，两人厮打成一团，拉都拉不开。好容易把他们拉开了，马努埃尔·梅纳还在怒气冲冲地骂个不停，他故意提到对方以前是个声名狼藉的杂种。安东尼奥·卡塔赫纳满脸是泪，一个人回了村。这场冲突让大家想起来就心酸，因为它把那场美好的郊游全毁了。

第二桩逸事发生时，马努埃尔·梅纳不过十二三岁光景。当时堂马塞利诺老师的学生们拍了一张合影。事实上，这张合影的拍摄时间还要更早一些，应该是在男生和女生还在分班上课的时候拍的（堂马塞利诺教男生，他的妻子堂娜帕卡教女生）。这解释了为何照片上既没有弗朗西丝卡·阿隆索也没有堂娜玛丽亚·阿里亚斯；安东尼奥·卡塔赫纳也不在，他不在那儿上学了。合影中确实有个人是马努埃尔·梅纳。他就站在唯一的成年人——堂马塞利诺老师的右后方，身后衬着硬纸壳做的背景板，但当时那种俗气的造型根本遮不住立在后面的石头墙。照片中的马努埃尔·梅纳穿着合体的条纹外套，系着扣子，外套里面是一件宽领

白衬衫，额前垂着一绺精致而又不听话的浅色卷发。从他清瘦的身材和五官不难看出，这正是后来那张仅存的单人照中，那位身穿伊夫尼军服，瘦削而又稚气未脱的少尉小时候的模样。除此之外，从他直视前方的目光和嘴角戏谑的表情，也能隐约感觉到他少年时代冷酷的性格和令人厌恶的骄傲。除马努埃尔·梅纳之外，哈维尔·塞尔卡斯还在照片中认出了另外几个亲戚。比如第一排右侧那位坐在地上，穿着同款外套和衬衫的小男孩，就是他的堂伯胡安·塞尔卡斯，他也是弗朗西丝卡·阿隆索的丈夫。

关于马努埃尔·梅纳童年的最后一瞥还是跟这张合影有关。合影是哈维尔·塞尔卡斯从几年前出版的一本介绍伊巴埃尔南多的书中找到的。直到那时他的母亲都还不知道有这张照片存在。当儿子把照片带给她的时候，老太太刚从一起车祸中康复过来。她不费吹灰之力就认出了马努埃尔·梅纳，也认出了大部分跟他合影的孩子。哈维尔·塞尔卡斯说，他和母亲想当然地认为，照片上的人都已不在人世了。可是几个月后，他又回村里待了一个星期，有一天偶然跟唯一还住在那里的堂兄何塞·安东尼奥·塞尔卡斯说起了这张合影。后者向堂弟打包票说，他搞错了。和马努埃尔·梅纳合影的孩子们并没有全部离世，有个人还活着，就是站在他同排右数第二位的那个穿着黑色外套、白色衬衣的黑头发小男孩。哈维尔·塞尔卡斯一听此话差点跳起来。那个时候他还不知道弗朗西丝卡伯母和堂娜玛丽亚·阿里亚斯跟马努埃尔·梅纳在堂马塞利诺老师的学校里是同学。一听说有个童年证人还在世，不禁又惊又喜。据他堂兄说，活着的那个人名叫安东尼奥·鲁伊兹·巴拉多，不过大家都喜欢叫他“剃刀”。当时他并不在村子里，不过经常会回来住一阵。然而有一件事情，这位堂兄不知道，也就没跟他的堂弟说——1936年8月底的一个晚上，当时内战刚刚爆发，马努埃尔·梅纳还待在伊巴埃尔南多，并没有入伍——一群佛朗哥分子把“剃刀”的父亲从家里带走，就在村子附近杀害了他。

3

“你当真要再写一本关于内战的小说？我说你是傻了还是怎么着了？清醒点吧，你的第一本书能成功，都是沾了横空出世的光。那时候谁都不认识你，谁都能利用你。现在可不一样了，哪怕是你的身份证，他们都想踩上两脚。不管你怎么写，都会有人说，你没有谴责共和派的罪行，这是在美化他们；同时还有另一群人说，你把佛朗哥分子写成普通人而不是魔鬼，都是为了给佛朗哥主义翻案。其实没人在乎什么真相。你没发现吗？几年前大家好像在关注真相，可那完全就是幻觉。大家都不喜欢真相，大家都喜欢谎言。至于政客和知识分子就更别提了。你每次挖出什么事儿来，就有人神经兮兮，因为那些人一直觉得佛朗哥的政变是应该的，至少是不可避免的，只不过不敢说出来而已。同时还有另一些人宣称，只要你不承认一切共和派都是民主人士，甚至连杜鲁蒂[①]

① 杜鲁蒂（1896—1936），西班牙内战时期无政府主义者革命武装力量领导人。

和‘热情之花’[1]都是民主人士；只要你不相信共和派一个神父都没杀，一所教堂都没烧，那就是在为右派说话。再说了，你怎么还不懂啊？内战已经不流行了！你为什么不去写本后现代版的《性与否》或者《离婚快乐》[2]呢？我向你保证，只要你写，我肯定拍，咱俩联起手来发大财。”

2012年11月，我给大卫·特鲁埃瓦打了个电话，请他陪我去伊巴埃尔南多拍段视频。我想采访一下马努埃尔·梅纳童年的最后一位证人（或者说，当时我认为他是最后一位证人）。还没听我说完马努埃尔·梅纳是谁，他立刻打断了我，滔滔不绝地把我教训了一顿。

我对他的反应一点都不惊奇。多年前，大卫将我的一部反映西班牙内战的小说改编成了电影。一般碰到这种情况，小说家和导演非得恨死对方不可，我们两个倒是成了好朋友。大卫坚称我们的友谊是基于相像，可事实是，正因为我们根本不像，才能成为朋友。大卫从小就是个天才。在我还在玩玻璃球的年纪，他就开始给电影和电视写剧本了。尽管比我小七岁，但当我们认识的时候，他经历的事情、到过的国家和见过的人，都远比我多得多。他有时候就跟我爸似的。写到这里，我突然想起了一件趣事。当年大卫基于我的小说改编的同名电影获得了包括最佳影片和最佳导演在内的电影学院戈雅奖八项提名。他在得知消息后，邀请我

① 即多洛蕾丝·伊芭露丽（1895—1989），西班牙工人阶级的领袖，国际共产主义运动著名活动家。

② 《性与否》，1974年上映的西班牙喜剧电影。《离婚快乐》，1981年上映的西班牙喜剧电影。

去电视直播的颁奖现场。我感到有点奇怪，但还是和妻子一起去了。那可真是场灾难：虽然影片获得了八项提名，却只得了一个纯属安慰的最佳摄影奖。颁奖结束后，大卫脸上的表情简直就是一首诗。那场惨剧一开始，我就在绝望地斟酌应该说句什么话来安慰他，可最后却是他先来安慰我和妻子。“亲爱的朋友，你们不知道我有多抱歉，我真不该请你们来。”当大厅的灯光亮起时，他用双手分别拍了拍我们夫妇的肩膀，“我本想献给你们一个奖的。不过我现在想说，对于电影，除了约炮和赚钱，还是别指望其他的了。”

大卫总喜欢说，自己是个商业片导演，就是为了票房连灵魂都能出卖的那种人。可事实上，他从来没有为了钱而导演过任何影片。制片人都知道，他是个特别知性的导演，他拍摄的很多作品都在不遗余力地对抗商业化。大卫是土生土长的马德里人，而我住在巴塞罗那。影片掀起的热潮已经过去，我们还是经常见面。这段友情中的不平等因素在那段时间暴露无遗。我总是不停向他请教，他总是不停给我意见，告诉我什么该做，什么不该做，就像我的经理或者文学经纪人一样安排我的生活，或者说，在他眼里，我本来就是个在群狼环伺的森林里迷了路的小孩子。可等到过了那段时间，我们之间的关系就调了个过儿，或者说看上去调了个过儿，或者说是我为了支持他，主动把关系调了个过儿。因为大卫和他妻子①分手了。我这辈子都没见过这么和平友好的分手，可大卫还是伤透了心。他一夜之间就蔫成了霜打的茄子，头

① 指西班牙女演员阿里亚德娜·希尔（1969— ）。她也是电影《萨拉米斯的士兵》的女主角。

发也白了，人也老了。我不知道在这里说“分手”是不是恰当。他前妻是因为小报记者口中的某位“好莱坞明星”[①]而离开他的。可实际情况却要糟糕得多：那个男人曾经奋力抗拒成为好莱坞明星，后来却终于成了好莱坞明星，这令他身上的星光加倍耀眼，也理所当然地成了所有女人的梦中情人。我的朋友以最大的体面结束了一切，我打心里觉得，他表现得过于体面了。关于这件事，我从来没有问过大卫（因为我记得他经常说起一位年纪很大的配角演员[②]的话：“我从不对朋友倾吐伤心事，我他妈的才不让他们幸灾乐祸呢！”），他也几乎没有主动提过。不过还是有那么几回，他对我破了例。当时他谈论起自己失败的婚姻来，活像个专业的婚恋心理咨询师，那一副沉着冷静的神情，真让我跌破了眼镜。不过更让我跌破眼镜的还是他对前妻的态度。他非但连一句最轻微的责备都没有，反倒对她比对自己还关心。直到有一天，他告诉我他刚跟前妻见了面，像往常一样谈了谈孩子们的事。说着说着他突然就崩溃了。我束手无策，只能眼睁睁地看着他哭成了泪人。然后我义愤填膺地教训他，他错了。他自以为是个绅士，其实却是个傻瓜。“我说老弟，还是管好你自己吧！”我继续义愤填膺地朝他喊，“忘了那个女人，放轻松点儿。多大的事儿呀！你就使劲儿骂她‘老巫婆’，骂那个男人‘死不要脸！’。来来来，我带你骂，‘死——不——要——脸！’听见没有，多简单！只有四个音节，‘死——不——要——脸！’你试着骂骂看，这可太他妈

① 指美国演员维果·莫腾森（1958—　）。

② 指西班牙演员安东尼奥·加梅罗（1934—2010）。

的爽了！”“我也想啊，哈维尔。”大卫一边点头一边抹泪，“可我不能啊。你不明白，要是那小子只是有钱，长得帅，甚至眼珠是蓝色的，倒是正常了——当然对你和我来说，这绝对不正常。可是……好吧，可是这个王八蛋偏偏还那么出类拔萃，不但是个好人，还是个好演员。你说我该怎么骂他？”“那至少可以骂你女人吧！”我冲他大叫起来。“骂我孩子的亲妈？”他简直被吓到了，“你怎么能这么说呢？更何况这事儿归根结底全是我的错。差不多是我劝的她，她跟那小子是真爱，她应该跟他走的！”这件事的结果就是……过了一段日子，大卫开始适应自己的新生活了。我不知道自己那番忠告对他起没起作用，但他在工作上的努力却真的起了作用。他从来没有干得这么出色过。他不停地在报纸上发表文章，出版了一部深受好评的小说，第一次试水导演电视剧，还新拍了一部电影，二者都大获成功。眼下他正准备投拍下一部电影。那时候我们还是经常见面，两人的友谊也理所当然地恢复到了最初那种不平等的状态。

于是，当我因为一张学生时代的旧照片，从堂兄何塞·安东尼奥·塞尔卡斯那里听说，有一位见证了马努埃尔·梅纳童年的证人尚在人世的时候，我克服了从不带朋友回乡的惭愧之情，给大卫打了电话，请他陪我走一趟，拍下我跟那个人的对话。我说的句句属实，但这只是一部分真相。另一部分真相是，我不愿一个人去做这次采访。大卫的第一反应是意料之中的，但我不想完全打消他的担心，因为在电话里太难说清楚，我明明不想写关于马努埃尔·梅纳的小说，又为什么非得去伊巴埃尔南多寻访他童年的最后一位证人（或者说，当时我认为他是最后一位证人）。不过大卫的第二个反应同样不出我的意料。

“咱们在什么地方见？”他在电话那头问道。

第二天早晨，我正好要去马德里参加一个11月举行的文学节，预订的旅馆就在丽池公园旁边。大卫开车到那里接我。那天是星期六，他把一双儿女也带来了。我们先到一所舞蹈学校放下了他女儿薇奥蕾塔，再到“田园之家”[①]附近的球场放下了他儿子莱奥，等上了去往埃斯特雷马杜拉的高速公路，已经快中午十二点了。我们一路都在谈论着大卫准备投拍的新电影。他说那电影讲了一个六十年代用披头士的歌曲教英语的老师的故事。这个老师得知偶像约翰·列侬正在阿尔梅里亚拍电影，就打算去见他。他说剧本已经写好，现在正在忙着拉投资和找演员[②]。车子开过了塔拉韦拉德拉雷纳[③]，差不多到了阿尔玛拉斯或者哈赖塞霍[④]的时候，我们停下来给车加满了油，又找了个酒吧坐下喝了杯咖啡。透过宽大的玻璃窗向外望去，公路上很少有车经过。大卫对我说道：

“说真的，我一直在琢磨你那本关于内战的书。”

“啊？是吗？”

“是的，我改主意了。我觉得这真是个很棒的想法。你知道为

① 田园之家，马德里最大的公园。

② 这里指的是大卫·特鲁埃瓦导演的电影《闭上眼睛活着很容易》。本片斩获了2014年戈雅奖的多个重要奖项。

③ 塔拉韦拉德拉雷纳，位于马德里西部的小镇，以陶制品闻名。

④ 这两个地方都位于埃斯特雷马杜拉大区的卡塞雷斯省。

什么吗？”我一头雾水地摇摇头，“很简单，现在我明白了，你在《萨拉米斯的士兵》里写了一个共和国英雄，其实是为了掩盖一个事实——你们家真正的英雄是个佛朗哥分子。”

《萨拉米斯的士兵》就是我那部被大卫改编成电影的小说。我回答道：

“更确切地说，是个长枪党。”

“好吧，长枪党。所以这件事的本质就是，你用这部美好的小说，掩盖了一个丑陋的现实。”

“你这话听上去像在骂人。”

“不，我不是在审判，只是在描述。”

“然后呢？”

“然后你就该去面对现实了，不是吗？面对了，这件事就画上句号了，以后你就再也不用写什么内战、佛朗哥主义，还有所有那些折磨你的破事儿了。”他喝完了自己那杯咖啡，“等着瞧吧，”他又说道，“你肯定会写出一部很棒的小说来的。”

“我不会写的。”

大卫看了我一眼，就好像刚刚发现我站在吧台前面似的。

“开什么玩笑！”他说道。

我们回到车里，继续赶路。我向大卫解释了自己为什么不愿去写马努埃尔·梅纳，还提到了他在电话里对我摆出的理由，或者说是跟我争论的理由。我还对他说，既然已经写过一本关于西班牙内战的书了，那就不必重复自己了。为了继续压制住他的反驳，我又补充说，我之所以一定要去采访马努埃尔·梅纳童年的证人，只是因为我想赶在所有与他相关的记忆消散之前，先把它们收集起来。

“然后呢？”大卫问道，“我是说，等你收集好了全部信息，然后怎么办？”

“不知道，”我老实承认，“我会好好考虑，也许会把它交给其他作家写，毕竟我跟这段历史的牵绊太深了。也可能就放在那里永远不写了。谁知道呢？也许我会改变主意，最后还是打算写。先等等再说吧。无论如何，如果我最终决定去写他，也绝不会完全基于事实。我已经厌倦了真实的故事，不想再重复自己了。”

尽管我这番话没有特别让大卫满意，可他还是几次点头附和。我跟他提到了这一点。

“你搞错了。”

“那你是怎么想的？”

“不知道。依我看，与其说你在担心你的小说，不如说你在担心别人将会如何看待你的小说。”

“你可别告诉我，你还不是在骂我。”

“这次不会。”他坦白道，“听着，我的意思是，作品不应该为作者服务，正相反，是作者应该为作品服务。什么叫你不想重复自己？当你开始考虑自己的作家生涯，考虑写什么才对你的文坛前程最有利，当你开始担心批评家们会怎么评价你的作品，那你就死定了，伙计！你唯一要关心的是写作本身，其他的事都让它们见鬼去吧。卡夫卡所有的小说都差不多，福克纳所有的小说也都是一个调调。这他妈有什么要紧的？只要是掏心掏肺写出来的作品，就一定是好作品，没有别的标准，别的都是毒药。你说你不愿背负马努埃尔·梅纳的历史，那就更可笑了：我们天天喷着唾沫星子说，这个国家应该如实面对它的过去，彻彻底底地面对历史上一切的残酷和复杂，不美化，不粉饰，不把它藏在毯子底下。可是轮到我们面对自己的过去了，我们首先做的却是隐瞒！这可真他妈的操蛋。”

过了没多久，我们就远远地望见了特鲁希约城，狐头山上屹立着中世纪的古堡，城市在山脚下延伸。我们穿过市中心，下了公路，在一家名叫“玛哈达”的餐馆门口停了车。餐馆位于这条公路和马德里到里斯本公路的交会处，距离伊巴埃尔南多只有咫尺之遥。餐馆的院子里摆着三张蒙着方格桌布的餐桌，只有两张桌子上有顾客，他们坐在强烈耀眼的阳光下，挑战着11月恶劣的天气。我们在空着的那张桌子前坐下，等服务生一上来，立刻要了两杯啤酒，紧接着又点了一盘沙拉、两份简餐和一瓶红酒。现在是两点半，伊巴埃尔南多的采访约在五点，我们还有时间慢慢吃。

红酒端上来了，大卫端详着酒标。

“寂静之声①，”他念出声来，“真是个美丽的悖论。”

“本地货。我是说，这牌子的红酒是本地货。我外公胡安以前用小陶罐酿过红酒②，特别难喝，不过那时候也没有别的酒了。”

---

① 寂静之声（Habla del Silencio），埃斯特雷马杜拉大区哈布拉酒庄（Bodegas Habla）旗下的一款红酒，又名“静默干红”。“habla”在西班牙语中是第三人称单数“说”的意思。

② 这是埃斯特雷马杜拉大区一种传统的酿酒方式，其历史可以追溯到罗马时代之前。

大卫举杯呷了一口。

“这款倒是非常好喝。”他品评着。

“那是因为我们学会了。”我也同意他的评价，“问题不在土地，而在我们本身。”

“你外公胡安跟马努埃尔·梅纳是亲兄弟？”

“他排行老大，马努埃尔·梅纳是全家最小的弟弟。”

我们裹着大衣相对而坐。大卫面朝餐馆正门，眼前的果园遮挡了视线，看不到高速公路。我面朝通向伊巴埃尔南多的旧公路，路上一辆车都没有。干燥的空气在瑟瑟发抖。我们眼前是一片苍翠寂静的平原，那里有灰蒙蒙的圣栎树、石头垒起的围墙和大块的岩石。头顶天空湛蓝，一丝云也没有。服务生端来了我们要的沙拉和简餐，我边吃边向大卫讲起了伊巴埃尔南多的历史，从它身为特鲁希约城的百年属地时重要的区域性地位，一直讲到二十世纪五六十年代的移民潮。那时候大批的居民迁往外地，短短时间内，三千名村民只剩下五百多人。我还提前向大卫介绍了今天要去采访的那个人。我说他叫安东尼奥·鲁伊兹·巴拉多，因为当了一辈子剪毛匠，大家都叫他“剃刀”。我说他跟我家是邻居，还提到了他跟马努埃尔·梅纳上学时的那张合影。我说他的三个儿子都外迁了，他大多数时间都随他们住在卡塞雷斯、毕尔巴鄂和巴利亚多利德。不过他这几天正好和小女儿一起回伊巴埃尔南多住些日子。我还说我没有直接跟他通过电话，只是找到了他的大女儿。我起初没抱多少希望，因为据他女儿说，父亲从没跟她说起过内战的事。可没想到“剃刀”真的答应见我了。我们的沙拉和简餐都快吃完了，大卫又提起了我的小说。

“我不相信你真的放弃了。”

“可我就是放弃了。”我又一次把先前的理由重提了一通，大概还添了个新理由，“另外，”我最后说道，“我从没写过老家的事，也不知道该怎么去写。”

“那为什么不从马努埃尔·梅纳开始写呢？”大卫问道，“归根结底，不是你选了这个题材，而是这个题材选择了你。最好的题材往往都是这样的。”

“也许你说得有道理，可这次真的不一样。我不是对马努埃尔·梅纳不感兴趣。事实上我一直都对他很感兴趣，一直都想知道他是个什么样的人。更确切地说，他是个什么样的青年……我一直想知道，他为什么年纪轻轻就上了战场，为什么为了佛朗哥战斗，他在战场上都做了什么，又是怎么死的。我的确对这些事情感兴趣。我妈念了他一辈子。我想这对她而言很正常：不久前我发现，她不仅仅是他的侄女，更像他的小妹妹。他死的时候，我妈就住在他家里。在我妈眼中，他就是拯救了全家人的圣徒，他是为了亲人们才勇敢地献出了自己年轻的生命。可奇怪的是，虽然我从小到大都在听我妈说起他，却一直不了解他，也想象不出来他是个什么样的人。我看不见他……你明白吗？”

“完全明白。”

“当然，我相信我妈也不了解他。她所了解的只是一个幻影，还有几桩老生常谈的逸事——那是马努埃尔·梅纳的传说，却不是他真实的人生。其实我也一直深受困扰，不知道关于他的传说哪些是真的，哪些是假的。”

“他有没有留下文字或者信件什么的？”

“什么都没有。”

“那去互联网上搜他的名字，能搜出几条来？”

“据我所知，两条。一条是我写的一篇关于他的文章，另一条是某论坛上的几个网友硬要我解释，为什么要写这篇文章。”

大卫笑起来。他吃完了饭，用手挠了挠头发。灰白的长发乱蓬蓬的，就像他那副三天都没剃过的胡须一样。

“时间把一切都埋葬了。”他失望地下了结论，“七十四年和永远没什么区别。”可他突然间又振作起来，“那有没有可能找到马努埃尔·梅纳的影像资料，比如家庭录像或者别的什么，上面有他活动和微笑的样子？这样咱们就能看到他了，不是吗？就好像我今天要给‘剃刀’录的一样。”

我眯起眼睛轻轻摇了摇头，打消了他最后一线希望。大卫耸耸肩，继续说道：

“我不知道。也许你是对的，最好不要去写他。但这可真是个遗憾——我相信你妈妈一定想看这本书，我也很想。”

侍者前来收走了盘子，我们点了咖啡和两小盅葡萄烧酒[①]，准备买单。已经快到四点半了，尽管还不算太冷，但阳光越来越黯

---

① 即西班牙的一种烧酒，与意大利的格拉帕酒（又名“渣酿白兰地”）相仿。由酿造葡萄酒后剩下的葡萄残余物作为主要原料蒸馏而成，也可添加其他成分。度数较高，通常盛在小酒盅里，作为餐后酒搭配咖啡饮用，也可倒入咖啡中饮用。

淡。餐厅的院子里只剩下我们两个人了。跟“剃刀”的会面只剩下半个多小时，该动身了。

侍者端上了咖啡和烧酒，我坚持付钱，大卫也没客气。桌子边又剩下我们两个，我一边想着他刚说的那句关于我妈的话，一边举起烧酒一饮而尽。大卫不了解我妈，或者说了解得很少。可是当他说话的时候——我现在记不得他说了什么——我心不在焉地想，大卫是对的。我拒绝书写马努埃尔·梅纳最好的理由就是，我妈一定很想看。“我写，是为了不被写。”我思索着。我忘记了从哪里读来的这句话，但它突然之间令我茅塞顿开。我想到，我妈这辈子不停地跟我念叨马努埃尔·梅纳，是因为在她心目中没有人比这个人有更好、更崇高的人生。我想，也许是出于直觉或者潜意识，我之所以写作，就是为了反抗她，为了逃避她本想强加于我的命运，为了不让她写我，或者说不被她写，为了不成为另一个马努埃尔·梅纳。

“喂，哈维尔。有件事我一直很好奇。”大卫的话打断了我的沉思。

“有个当过法西斯的小外公，你会有负罪感吗？”

现在该轮到我冲他微笑了。

“只是一个小外公的话，当然不至于，”我微微有点醉地说，“可是我们全家都是法西斯。”

“可别这么说！当时全国差不多一半的人都是法西斯。我有没有告诉过你，我爸也跟着佛朗哥打过仗，或者说我相信他肯定这么干过。那家伙……另外，就算没跟佛朗哥打过仗的人，也整整忍了他四十年。无论如何，在佛朗哥当政的大部分时间里，除了四五个真敢跟他对着干的勇士外，全国人不管是主动支持还是被动容忍，统统都是佛朗哥主义者。不是又能怎么办呢？真的，你不打算回答我吗？”

“汉娜·阿伦特会说，我不应该有负罪感，但确实要有责任感。”

“那你怎么看？”

“我觉得汉娜·阿伦特说得对。你难道不觉得吗？”

大卫盯着我看了一秒钟，喝完了他的烧酒，把小酒盅往桌子上一放，说道：

“我觉得你根本就不该有什么负罪感，因为负罪感是装模作样的最高形式。你和我都已经够装的了。”

我笑了。

“这倒是真的。”我指了指手表问他，“咱们走？”

车转了一个弯，村子里的屋舍第一次出现在眼前。雪白的院墙映衬着湛蓝的天宇，还有第一眼就能认出来的黄色谷仓。看到这幅画面，我又一如既往地想起了我妈，想到了“故乡”这个词。我还一如既往地想到了《堂吉诃德》的结尾处，当桑丘·潘沙跟随主人回到阔别已久的家园，远远看到久违的小村子出现在地平线上，他再也控制不住内心的激动，双膝跪倒在地。我觉得我妈心中的故乡就是桑丘·潘沙心中的那个故乡。然而这个小写的“故乡”却并不是马努埃尔·梅纳为之献出生命的那个大写的

"祖国"①，虽然二者的名字是一样的。

当我还在想着我妈、桑丘·潘沙和马努埃尔·梅纳的时候，车子已经驶过了公路右侧的谷仓和宪警局，也驶过了公路左侧的湖泊和新公墓。紧接着我们下了公路，开车进了村子。村中一片寂静，雪白整洁的街道上不见一个人影，广场上也没有车辆停靠，但酒吧倒是开着，或者看上去像开着。我们一路下坡，朝卡斯特罗井广场的方向开过去。途中我请大卫在一处街角停下来，那里有一块街牌，上书"马努埃尔·梅纳少尉街"。

"我们的大英雄在这儿啊！"大卫冷冰冰地嘀咕了一句。

我们穿过卡斯特罗井广场，沿着十字街一路上坡，最后在我家房门口停了下来。紧闭的木门外围着一道上了锁的铁栅栏。我们只有8月才回来住，但房子并不显得荒凉。一来是因为不久前才粉刷了外墙，二来也是因为当我们不在时，房子一直由几个亲戚朋友帮忙照看，其中就包括邻居埃拉迪奥·加布雷拉。他曾是为我家工作多年的拖拉机手，现在是这座房子的管家。我妈托我问他要钥匙，好开门进去看一眼。我也很想进去看看，不过得先完成采访再说。

就这样，我和大卫来到了"剃刀"家。听我妈说，他家就在埃拉迪奥家对门。我们敲了敲门，金属门环的响声打破了村子里的宁静，但没人开门。我们在街上左看右看，只远远地看到有个老人坐在家门口的台阶上，一只手扶着手杖，直愣愣地盯着我俩

① 在西班牙语中，"patria"一词既有"祖国"的意思，也有"故乡"的意思。

看。村里人从来对外地人都是这么好奇（或者说这是我的印象）。我暗自琢磨，是不是“剃刀”在最后一刻反悔了？他不愿接受我的采访，也不愿打破自己从不谈论内战的惯例。大卫大声问我能否确定这就是“剃刀”的住处。我也不敢肯定，我们便去敲了埃拉迪奥家的门。他倒是很快开了门，心花怒放地把我们迎进来，还一个劲儿地说，可惜妻子皮拉尔去探望姐姐了，没能在家。我向他问起“剃刀”，他说我刚才去的就是他家，还说他正跟女儿卡门一起在村子里小住。他猜“剃刀”一定是散步去了，很快就会回来。于是我建议大卫趁着等待“剃刀”的空当，先跟我回趟家，把我妈交代的事情办完。

大卫答应了。埃拉迪奥提出陪我们去。他刚进屋就打开了门厅里的灯，又在昏黑的起居室里摸索了几秒，终于打开了窗子。深秋的阳光透过百叶窗的缝隙照进来，照亮了历史久远的瓷质台座，装饰着塔拉韦拉瓷盘的墙壁，不同年代和风格的座椅、扶手椅和沙发，像史前文物一样的老电视，以及摆满了台布和代代相传的餐具的橱柜。柜子里陈列着全家的照片和我少年时参加运动会的奖品。无数灰尘飘浮在停滞的寂静里。我们随着埃拉迪奥，走遍了昏暗的大厅、餐厅、厨房、卫生间和卧室。受潮的地砖鼓了起来，家具和各种木头、陶瓷和青铜的装饰品凌乱地混搭在一起。带床绷的老床有点摇晃，衣柜有大有小，生了霉斑的墙上挂着静物画、狩猎图和宗教题材的画片。在我妈卧室的门口，我对大卫说：

“过来，给你看样东西。”

我们穿过卧房来到堆着衣箱的那间储藏室，我打开了灯。一盏光秃秃的灯泡照亮了摆满了书籍的架子和成堆的旧杂物，其中几个箱子带着黑色合页和拱形盖子。在房间的一面墙上挂着马努埃尔·梅纳的肖像，大卫和我盯着它看，埃拉迪奥打开了窗户，把灯关上了。

"这是他吗？"

我说是的。大家都沉默了。埃拉迪奥走过来，和我们一起端详起这张照片来。

"我的天！"大卫惊叹着，"他还是个孩子。"

"他拍照的时候才十九岁，"我说道，"或者还不到十九岁。之后不久就战死了。"

我试着向他们介绍这张照片，或者说是介绍马努埃尔·梅纳身上的军装，包括肩章和帽子上代表少尉军衔的单颗星星、帽子和领口上的步兵徽章、伊夫尼射手团的徽章、"为国受难"勋章以及那条双纹饰带。埃拉迪奥也说起了他听到的那些关于马努埃尔·梅纳的故事。当我们离开房间的时候，我发现架子上有几本书，好像以前从来没在这里见过。埃拉迪奥和大卫正往门外走去，我又留下来端详了一会儿。我在那堆书里找到了一套分两卷出版的《伊利亚特》和《奥德赛》的译本。我翻着书页，又想起了阿喀琉斯和马努埃尔·梅纳。然后我关上窗户，把书带在身上出了门。

我们把全家转了个遍（大门，栽着柠檬树、凿了水井的院子，马厩，半塌了顶的牛棚，牲畜棚，碎成一堆瓦砾的饮水槽，空空的草垛，宰杀牲畜的旧厨房）。等到埃拉迪奥重新关上大门、锁上铁门时，大卫已经跟他混成老朋友了。我们走到街上，在告别之前，埃拉迪奥提醒我说：

“你妈妈很焦虑，哈维。”

我们对望了一秒，谁都没说话。埃拉迪奥眼神清澈，皮肤被阳光晒得黑黑的。

“焦虑？为什么？”

“还能为什么？”埃拉迪奥答道，“为了这所房子。她总是在想，她一旦不在人世了，你们会把它卖了。”

“那你说我们该怎么办？”我反问道，“我和几个姐姐都住得那么远，平常也不怎么联系。没人愿意回来住，如果夏天回来，也都是为了陪我妈。我们还能怎么办，埃拉迪奥？难道还要留着它，就为了每年回来度个周末？”

埃拉迪奥不高兴地点点头，勉强被我说服了。

“你说得对，哈维。”他点头称是，“我也经常跟皮拉尔说，等我们都不在了，这个村子也就没了。”

我们告别了埃拉迪奥，又来到“剃刀”家门口，再一次敲了敲门，可还是没有回应。街上依旧没有人，那个拄着手杖的老头还坐在家门口的台阶上，远远地盯着我们看。我们打算去酒吧喝杯咖啡，消遣一会儿。汽车沿着十字街一路下坡，穿过卡斯特罗井广场。我跟大卫聊着埃拉迪奥和我妈的房子。他告诉我，要是换成他，他就把房子留下。

“我要是斯蒂芬·金，我也把它留下。”

“得了吧。”他反驳道，“你要是斯蒂芬·金，你能把全村都留下。”

除了老板，酒吧里只有两位常客在玩多米诺骨牌。三个人都很面熟，我们跟他们打了招呼，五个人聊了一会儿。我一边喝咖啡一边跟大卫说，很久以前，这里是村里的电影院和舞厅。我在这里吻了生命中的第一个女孩，也看了生命中的第一场电影。

“是哪部电影？”

“《四兄弟》①。”

“你看，还是埃拉迪奥说得对。”我不明所以地看了他一眼，大卫解释道，“你在什么地方接的第一个吻，在什么地方看的第一部西部片，这两者决定了你这辈子是个什么样的人。”他付了我们两个人的咖啡钱，又说了一句，“这里不光是你爹妈的故乡，伙计。这他妈的是你自己的故乡。”

“剃刀”家的门半开着。我没敲门，一边说着“下午好”，一边推门往里走。一位五十多岁的女士立刻循声而来。她身材苗条，面带微笑，浅色头发，声音像唱歌一样动听。她叫卡门，是“剃刀”的女儿。我立刻就认出了她。小时候我每个夏天都看到她帮着萨克利姨妈干家务。那时候她快乐又温柔，现在也一点儿都没变。她给了我两个大大的亲吻，又问候了我妈和姐姐们。她为没能准时在家等候道了歉，还说她父亲每天午饭后都要出去散步，但奇怪的是，他直到现在还没回来。我们一起走到门口张望着。

---

① 即1965年上映的美国影片，中文名又译作《孝义双全》。

“看，”卡门指着街道说，“他就在那儿。”

原来“剃刀”就是我们先前看到的那个拄着手杖坐在房子台阶前面的老头。先前隔得太远，我搞错了。现在我明白了，他一直盯着我们看，并不是因为好奇，而是因为不安。卡门的话印证了我的想法。

“他整个周末都在担心这次采访，”她一边说一边朝父亲走去，“他说不知道该说些什么。”

我们跟着她过去了。“剃刀”拄着手杖站起身来等着我。当我们走到他身边，我用力地握了握他的手（他的手粗糙坚硬，但却带着犹疑）。我向他介绍了自己，也介绍了大卫。“剃刀”已经秃顶了，矮小而健壮，深色的眼睛里透着不安，面部的线条圆润，就好像被九十四年的岁月打磨过一样。他穿着干净的白衬衫和涤纶面料的裤子。我从未见过他，或者见过面却已经认不出来了，这可真是奇怪。我们的到来让“剃刀”很不自在，或者是焦虑，或者两者都有。在回去的路上，我力图想让他平静下来。等进了屋，大家都在门厅坐下。我坐在他左边，坐在对面的大卫从口袋里掏出了一架索尼高倍摄像机。卡门和丈夫坐在“剃刀”右边，那男人比她大几岁，沉默而拘谨。卡门好像给大家端来了饮料，不过我记不清了。我唯一记得的是，在进入正题之前，我问了“剃刀”一句：

“您介意我们录像吗？”

4

未来不会改变历史，但确实可以改变人们对于历史的感觉和看法。如今伊巴埃尔南多的很多老人回忆起第二共和国来，都觉得那段日子充满了冲突、分裂和暴力。可他们的回忆并不确切，而是被后来爆发的内战扭曲或者玷污了。暴力、分裂和冲突的确存在过，但大多都发生在政权末期。在第二共和国刚刚成立的时候，世界完全是另一番模样。

1931 年 4 月 13 日，也就是那场由几个城市的市政选举演化而来的全民公投结束的第二天，王室在各大城市的选举中遭遇惨败。国王阿方索十三世仓皇出逃，紧接着第二共和国宣告成立。王室最后一任首相称，短短一夜之间，西班牙就由君主制国家变成了共和国。

我不知道是不是全国都这样，但伊巴埃尔南多的情形确实如此。当时的选举法规定，没有多个党派参选的地区不举行选举。所以 4 月 12 日当天，村里的君主派作为唯一推出候选人的党派，无须投票便不战而胜。可是仅仅过了两个月，在新一轮的全国普选中，由亚历杭德罗·莱罗克斯[①]领导的激进共和党就赢得了全村504张选票中的440张，取得了压倒性胜利。所以当年4月，伊巴埃尔南多的大多数村民很可能是因为安于现状才选择了君主派；到了6月，他们同样是因为安于现状才选择了共和派。然而这墙头草般的大多数，就像西班牙其他地方的人一样，对新生的共和国充满了希望。这种情感最自然不过了。那个时候没有什么人平白无故地觉得村子里存在着根本上的不平等，谁都没有这方面的意识。大多数村民都有一种直觉：尽管佃农们有地种，贫农们没地种，但大家的根本利益没什么两样，也没什么高低贵贱之分。全村人都得为千里之外马德里的那些颐指气使的贵族老爷当牛做马。所以大家只有一个共同的敌人，而新生的共和国可以保护他们，打击敌人。它承诺为西班牙创造一个繁荣自由的未来，这并不只是诱人的漂亮话，而是动真格的。

大家的直觉是对的。在最初几年，新政权也证明了这一点。也许在第二共和国刚成立的时候，大多数伊巴埃尔南多人是因为惰性、盲从，或者被席卷全国大部分地区的那种对于变革的热情所感染，才转变为共和派；但就算如此，起初被动的冲动也很快被发自内心的自觉所替代了。那种万象更新的热情感染了全体村民（或者说绝大部分村民）。共和国和社会党[②]人的新思想在有

---

① 亚历杭德罗·莱罗克斯（1864—1949），西班牙政治家，激进共和党创始人。

② 社会党，即PSOE，全名西班牙工人社会党。该党成立于1879年，1936年与西班牙共产党等组成联合政府，内战后被宣布非法，直至1977年重新获得合法地位。现与人民党（PP）并为西班牙两大主要政党。

地种的佃农和没地种的贫农之中迅速传播。村里成立了“人民之家”，还创立或者壮大了隶属于社会党及其领导的工会的派系和组织，比如社会主义农民联合会。然而这种热情在政治上并没有统一的旗号。伊巴埃尔南多当然不是各自为营，但也不像田园诗那么和谐，也存在冲突和利益纷争。虽然大家的整体利益是一致的，却也不是铁板一块，毫无裂痕。一个明证就是，有些农民率先成立了名为“未来”的右翼工会，随后又成立了另一个右翼工会——农民协会。在政治和工会之外，这股热潮还蔓延到了社会和宗教领域。二十世纪初，一个德国牧师的儿子带着一群新教徒来村里定居，并于1914年建起了新教教堂。这显然意味着一场深刻变革的开始。就像全国其他地方一样，几个世纪以来，伊巴埃尔南多的天主教会向来一家独大，专制庸俗，只顾如何维持自己的特权，对信徒们的利益漠不关心。他们的残忍和冷漠受到了刚到来的新教徒们的挑战，后者不但对穷苦人悉心照顾，还教他们读书写字，甚至予以经济上的接济。这些新教徒并不参与政治，至少不公开参与，但因为对贫苦人由衷的同情，在君主制终结之际，他们已经在伊巴埃尔南多站稳了脚跟。在对世俗主义空前倡导的共和国时代，这些人越来越活跃，存在感也越来越明显。

在那个时期，没有比新来的村医更能代表村民们向革新的共和派的转变了。这位医生就是堂埃拉迪奥·比涅拉。他出生在阿维拉的一个小村庄，在萨拉曼卡念的医学院。1928年年初毕业后，以优异的成绩获得了学业拓展委员会的奖学金，赴柏林深造。三年后，当他还在依靠那笔凭勤奋得来的资助在学海中畅游的时候，父亲突然病重，家里的经济情况捉襟见肘。母亲请求他立刻回国，去伊巴埃尔南多当村医，担负起赚钱养家的责任。这份工作是村里几个高门大户通过埃拉迪奥的兄弟古麦西多介绍给他的。那时候是 1931 年 5 月，共和国才刚刚成立几个星期。于是这位青年才俊放弃了成为科学家的似锦前程，从欧洲繁华的大都市柏林来到这个贫瘠落后、被上帝遗弃的小村里。为什么伊巴埃尔南多那几个高门大户会把堂埃拉迪奥请来当医生，此事至今没有定论。我在下文阐述的推断是流传最广的版本（也是最可信的版本）：堂埃拉迪奥的前任胡安・贝尔纳多医生是君主制的铁杆拥护者，不但给大多数儿子起了王室成员的名字，还常年担任当地“爱国者联盟”区委会主任。这个保守派政党是二十年代为支持米格尔・普利莫・德・里维拉①将军的君主制军事独裁成立的，在伊巴埃尔南多村拥有一百多名党员。堂胡安・贝尔纳多是个雄心勃勃的实干家。几年前应两位村民之邀来这里行医，后来还和他们联手成立了发电厂和面粉厂。这两位合伙人中，至少有一位跟他一样雄心勃勃，精明能干。此人名叫胡安・何塞・马丁内兹，是哈维尔・塞尔卡斯的外曾祖父。他全靠白手起家，虽然不是村中首富，却也算个有权有势的人物。然而过了些时日，胡安・何塞・马丁内兹和胡安・贝尔纳多在生意上闹崩了，两人也反目成仇。所有

① 米格尔・普利莫・德・里维拉（1870—1930），西班牙独裁者、军官。1923 年在国王阿方索十三世和军队的支持下发动军事政变上台并担任首相，任内实行独裁统治。其长子何塞・安东尼奥・普利莫・德・里维拉是西班牙长枪党创始人。

迹象都表明，正是两人的矛盾导致后者被解职，村里这才请来堂埃拉迪奥·比涅拉医生补了缺；所有迹象还表明，堂胡安·贝尔纳多对自己的解职愤愤不平，他觉得这都是那位前合伙人的报复，甚至可能把这视为一个明确的信号：伊巴埃尔南多的地头蛇们认为他是个不听话的人，这让他深受打击。还有一个猜测是，正是因为此事，堂胡安·贝尔纳多背弃了他曾经坚定拥护的传统君主制，转变为热忱的共和派，并开始以穷苦人的医生和领路人自居。在共和国的大部分时期，他都是当地左翼的精神领袖。然而在内战爆发前的几个月——那时候政治和社会形势急剧激化，村里像全国各地一样，已经感受到了大战前那种山雨欲来的惶恐和暴力——他的思想又开始右倾，并最终成了佛朗哥主义的忠实信徒。

然而，在 1931 年 5 月，这些事情都还远远没有发生。那时候堂埃拉迪奥·比涅拉刚接替堂胡安·贝尔纳多当上村医，伊巴埃尔南多还沉浸在一片乐观的气氛中。堂埃拉迪奥有文化，不信教，推崇世界主义。他举止温和，充满自由思想。平时不酗酒，对田野、打猎、社交都不感兴趣，对当地错综复杂的政治也无心涉猎。他在村子里住了十五年，每天的闲暇爱好无非是午饭后玩玩牌，晚饭后花几个小时读读书。他对米格尔·德·乌纳穆诺①、何塞·奥尔特加·伊·加塞特②和《西方》杂志怀有一种矛盾的忠诚，自家书房里堆满了科学方面的德语书籍。他还专门花了几年时间

① 米格尔·德·乌纳穆诺（1864—1936），西班牙文学家、哲学家。

② 何塞·奥尔特加·伊·加塞特（1883—1955），西班牙文学家、哲学家。《西方》是他在 1923 年创办的一份科学文化方面的杂志。

学习英语，只为看懂萧伯纳作品的原文。他来村里时二十四岁，与母亲堂娜罗莎相依为命。母子二人跟哈维尔·塞尔卡斯的母亲布兰卡·梅纳家是邻居。据后者晚年的回忆，埃拉迪奥身材修长，举止优雅，一头黑发，戴着眼镜，天生就具备智者的单纯和贵公子的翩翩风度。他的到来自然搅乱了年轻姑娘们的芳心，她们开始争风吃醋，竞相向他暗送秋波。堂埃拉迪奥很快就有了心上人，他的选择立场鲜明，令所有人都大跌眼镜：那个幸运的姑娘并不是什么富家女（或者说是村里人眼中的富家女），而是一位出身贫寒的新教徒。她叫玛丽娜·迪亚斯，是个知识女性。经过一段漫长的恋爱，两人终于走到了一起。他们以路德教的仪式举行了婚礼，婚后便在村广场附近住了下来。

这个时候，医生已经开始行动，以一种特立独行的方式向村里的陈规陋习宣战。他带来了第一台收音机，第一次放映了电影，这令大家惊奇万分。他还在自家诊所为全村人制定了卫生条例，包括勤洗手、饮食健康平衡，以及养成新的生活习惯，比如暑假时把孩子们带到葡萄牙沐浴海水与海风，从而增强他们在其他季节的抵抗力。与此同时，他还不遗余力地同折磨村民们的疟疾和结核等疾病做斗争，努力降低婴儿的高死亡率。堂埃拉迪奥既为那些保证他衣食无忧的雇主看病，也为村里所有需要他的人看病。这番无声的改革遍布全村的每一个角落，并为他赢得了众人的尊敬与爱戴。一提他的名字，大家都赞不绝口。

堂埃拉迪奥不仅为伊巴埃尔南多带来了崭新的健康理念和科学技术，也带来了新式教育。当时他的妻子正在学习哲学与文学，在她的建议和鼓励下，1933年秋天，他成立了一所学校，并同妻子一起成为最初的两位老师。堂埃拉迪奥讲授理科课程，堂娜玛丽娜讲授包括法语在内的文科课程。夫妻二人很快就吸引了众多学生前来就读。一开始只是本村学生，后来连鲁阿内斯、圣安娜、圣克鲁斯等邻村的孩子也慕名而至。不久之后，学校又新请了两位老师，一位是堂娜玛丽娜的姐姐胡莉娅，另一位是因为政治原因流亡至此的堂塞维利亚诺，这位老师为人和善，学问也好。新学校取得了立竿见影的成功，在堂埃拉迪奥老师的教导下，那些在堂马塞利诺落后粗暴、毫无前途的学校里待久了的学生有了脱胎换骨的转变。首先，他们再也不用去教堂后院那间又暗又冷的破屋子里上课了。坐落在十字街的新学校拥有三间教室，整洁通风，光线充足，还有一处宽敞的院落供孩子们课间露天玩耍。不过最重要的还是堂埃拉迪奥和堂娜玛丽娜夫妇对教书育人的虔诚和对求知的热爱。他们以出众的能力为孩子们创造了良好的学习环境，他们的学识水平更是堂马塞利诺望尘莫及的。所有这些都表明，这位年轻的医生和他的妻子培养的学生，绝非堂马塞利诺老师手下那群熊孩子可比，他们一定能够轻松通过正式的中学毕业考试，成为全村有史以来的第一批大学生。

马努埃尔·梅纳本该成为村里第一批大学生中的一员。事实上，如果战争不爆发，他一定会成为其中的一员。他在堂埃拉迪奥的学校里只待了两年，却完全像换了一个人：虽然性格还是那么快乐外向，但曾经那个霸道淘气、不爱学习、缺乏教养、盛气凌人、爱耍小聪明的熊孩子，却已经变成了一个勤奋、爱思考和有责任心的少年。他早早就对自己的未来做了打算，如饥似渴地求知和阅读。根据同班同学的回忆，他甚至养成了早起读书的习惯，可惜没有人记得他都喜欢读些什么，如果他曾经有过什么藏书的话，也早已经散失殆尽。1936 年 7 月战争爆发的时候，他已经准备进大学攻读法律了。然而这一切都说明不了什么，或者几乎说明不了什么。不过有一件事情是肯定的：堂埃拉迪奥的书房可以满足马努埃尔·梅纳对知识的渴求，医生很有可能把自己喜欢的书推荐给他，而他也受益匪浅。因为堂埃拉迪奥不仅仅是他短暂一生中唯一的良师（这是另一件可以确信的事情），更是他的精神领路人。他经常去老师家拜访，两人有说不完的话。他还担任过埃拉迪奥的助教，陪他在乡间散步。但这位老师在他心目中的地位远不止这些：他隐隐约约代替了他早逝的父亲，或者说，当他在叛逆的青春期，迫切地渴望冲破孩提的过往，挣脱周围环境的时候，这位比他年长十二岁的老师就像大朋友一样充当了引路人的角色。堂埃拉迪奥知识渊博，浑身洋溢着现代气息，是马努埃尔·梅纳心目中耀眼的明星。这孩子从他身上看到，在自小生长的这个没有前景的村子之外，还存在着另一种人生，这激起了他对知识的渴求和对闯荡世界的向往，他希望自己将来也能成为老师那样的人。没错，堂埃拉迪奥不但是马努埃尔·梅纳的精神导师，更是他的人生导师。

1933 年秋天，就是堂埃拉迪奥的学校刚刚建成，马努埃尔·梅纳开始与这位天赐的医生结下一段天赐的师生情谊之际，国家正在经历着一场危机，两年半后，这场危机演变成了一场战争，更确切地说，是一场政变。政变虽然失败了，但它引爆的战争却毁灭了第二共和国。

危机的根源在新政权刚刚诞生的时候就埋下了。方兴未艾的共和国主要有两部分拥护者：一部分是城市和农村的无产阶级，也就是工人和农民。他们常年含辛茹苦，像奴隶一样卑微地劳作，越来越觉悟到社会的不公和残忍，迫不及待地希望从它们的枷锁下解放出来。另一部分重要的拥护者是广大的城市中产阶级，以及越来越多的有地种的佃农。他们理智地认为，本阶级的利益与无产阶级的利益没有什么本质差别，而后者正是共和国声称要捍卫的对象。然而与无产阶级不同的是，这些人总是恪守传统习俗，不问政治，墨守成规，对新事物抱有本能的不信任。他们崇尚威权，盲目地尊崇公共秩序和社会稳定。而第二共和国从诞生的那一刻起，就成了寡头政治和天主教会的眼中钉。这两股势力从中世纪起就在这个国家肆意妄为，已经习惯把西班牙视为自家财产。眼见新政府威胁到了自己毋庸置疑的权力，他们酝酿了一个长远的阴谋，以期反攻倒算。而在这阴谋之外还有另一层阴谋，阴谋后的黑手是恶劣的历史时机。西班牙是个缺乏民主传统的国家，经济在 1929 年全球大萧条后便一蹶不振，而法西斯主义此时此刻正将集权的阴影投遍整个欧洲。严峻的情势不容第二共和国犯错，至少不能犯大错；可事实却是，他们犯下了大大小小数不清的错。他们天真，笨拙，有时教条主义，几乎总是怀着最美好的意愿和志向推动前所未有的革新，却不懂得谨慎行事。改革需要全国步调一致，而不是渐次推进。他们没有实事求是地评估己方和反对派的实力，便为拥护者树立了不可能实现的目标，特别是那些饱受强权压迫、思想最为左倾的贫苦大众。这个错误是致命的。因为改革拖得太久，顽固的右翼势力无孔不入，备受压迫的底层人民深感失望和愤怒。他们开始质疑共和国的民主措施，并采取了极端行动，这导致了激烈的冲突和令人绝望的哗变，并使共和国雪崩一样地失去了中产阶级的支持。虽然与政治寡头和天主教会相比，中产阶级和劳苦大众才是真正的利益共同体，可他们却像前者一样，对秩序和传统怀着迷信般的热爱，对革命怀着刻骨的恐惧。

自杀式的进程从 1933 年 11 月开始加速。当月 19 日，右翼在共和国第二次普选中获胜。这些人既不相信共和国，也不相信民主，刚一掌权就竭力叫停了新政府刚刚开始的改革。与此同时，在法西斯主义横扫欧洲的时刻，在他们内部也产生了类似组织，其中最重要的就是西班牙长枪党。这个用坚定的爱国主义和煽动性的革命言论作为伪装的全新政党，后来在寡头政治引发的暴力紧急状态中，发展成了反动派的武装力量，用来终结企图削减他们特权却又无力阻止革命爆发的民主派。而左翼为了夺回在议会中失去的席位，阻止右翼势力扩张，不顾自身力量薄弱，盲目走上街头，从而铸成大错。1934 年 10 月的革命[①]以及随后野蛮的军事镇压，第一次血淋淋地见证了一个民主政权如何渐渐地丧失了民主，一步步走向败亡。1936 年 2 月的选举没有能够遏制住左翼的失败。当时的西班牙社会已经分裂，尽管包括左翼在内的人民阵线在选举中获胜，但右翼拒绝接受选举结果。从那时起，他们不遗余力地煽风点火，掀起混乱的浪潮，为顽固的共和派反对者们发动军事政变创造了理想的氛围。这一次，被骚乱和暴力吓破了胆的传统中产阶级成了他们的帮凶，在政治寡头和天主教会巧妙的蒙骗下，这些人错误地认为本阶级的利益与无产阶级的利益存在不可调和的矛盾，并天真地相信，只有推翻共和国，才能结束当下的混乱状态。

对和平共处的幻灭和民主信仰的危机自上而下笼罩全国，但很少有地方的情形像埃斯特雷马杜拉大区这般严重。这里大部分的居民还处于原始的农奴状态，饥寒交迫，受尽欺凌。共和国刚刚成立，尖锐的社会冲突便层出不穷。作为最贫困的地区，无论特鲁希约还是伊巴埃尔南多的情况都是如此。与拉孔布勒、桑塔玛利亚德马卡斯卡、米亚哈达以及特鲁希约一样，1931 年 6 月底和 7 月初，也就是共和国刚刚成立的时候，伊巴埃尔南多的农民

---

① 1933 年，吉尔·罗贝里领导的右翼党派自治权力联盟（CEDA）在大选中获得了最多的议会席位，但时任第二共和国总统的萨莫拉在左翼党派的施压下，拒绝吉尔·罗贝里组阁，并任命中间派政党激进共和党的领导人亚历杭德罗·莱罗克斯为政府总理。此后罗贝里数度表示对法西斯理念的支持，并要求加入内阁，左翼为了与之抗衡，逐渐放弃了议会路线，选择了街头斗争。1934 年 10 月，罗贝里公开表示不再支持现政府，并再次要求进入内阁，左翼政党以此为契机发动了政治总罢工和武装起义，史称“1934 年革命”。

便组织了多次罢工，以抗议工资过低以及用机器取代人工的做法。针对工人们以罢工威胁雇主停用收割机的行为，特鲁希约产业者协会向政府提出过多次抗议。两个月后的9月初，在伊巴埃尔南多的一次罢工中，成群结队的农民挥舞着棍棒要求全面停工，最终引发了多起袭击庄园事件。几天后，卡塞雷斯省长在写给内政部的报告中称："9月10日凌晨，农工们在伊巴埃尔南多村广场聚集，宪警勒令人群解散但遭到拒绝。农工们向宪警投掷石块，造成一人受伤。随后又爆发了数次袭击。农工们重新聚集队伍，组织了新的抵抗，宪警向空中开了一枪。袭击行动是从工人中心开始的。冲突中有数人被捕并被押到村长处，后被村长释放。村医胡安·贝尔纳多和一位小学老师也参与并煽动了袭击。我已下令关闭工人中心并逮捕上述人员。"工人中心就是人民之家，是社会党领导的工会——劳动者总联盟（UGT）下属的农工联合会的活动地点。被捕的那位老师并不是教过马努埃尔·梅纳的堂马塞利诺，而是堂米格尔·费尔南德斯。他是一个理性严肃的读书人，深受村民爱戴。这场农工和宪警的冲突最终以村长和农工联合会主席"以大多数乡亲的名义对宪警在10日的粗暴行为提出抗议"而收场。尽管6、7月间的几场罢工被发起者定义为革命行动，但都历时短暂，没有掀起什么波澜。由此可见，在共和国成立之初，伊巴埃尔南多的社会并非一派宁静的田园景象，几起冲突也引发了那些安分守己的老百姓的担忧。但同样的事实是，社会并没有发生分裂和对立，虽然有冲突，但是数量有限，未曾恶化到不可收拾的地步。所以安分守己的老百姓虽然有些害怕，却依然对共和国怀抱着毋庸置疑的信任，并将这些冲突视为新政权善意行动的副作用而包容了下来。

1933 年 11 月，局势开始恶化。与全国的情况一样，右翼在村里的普选中获胜。在来年 10 月爆发的那场革命中，全国陷入战争状态，军队接管了卡塞雷斯省政府，冲突事件空前爆发。村里的社会党青年团要求取消圣周的庆祝活动，有一天，宪警逮捕了三名企图烧毁教堂的纵火犯；还有一天，他们逮捕了五名开枪恐吓政敌的激进分子，并在逮捕过程中动用了猎枪和手枪。不过对村里影响最深的，还是 1934 年 10 月 7 日发生的那场针对哈维尔·塞尔卡斯的外曾祖父胡安·何塞·马丁内兹的枪击事件。根据一年后卡塞雷斯一位法官的判词，事发时是夜里十点钟，胡安·何塞·马丁内兹与妻子出门跟几个朋友聚会，几个小时后共同返回位于卡斯特罗井广场的家中。街上没有路灯，漆黑一片。眼看就要踏进家门了，突然有人向他连开数枪。那是一把猎枪，开枪者在十二米外。胡安·何塞·马丁内兹中了一百一十发霰弹，四十天后才痊愈。中弹部位在大腿上方和背—腰—臀部，换句话说，就是后背和屁股。

这起枪击事件震惊了整个伊巴埃尔南多，直到八十年后，村里所有活着的老人都记忆犹新。当然，这主要是因为胡安·何塞·马丁内兹是村里的当家人，或者说，他在村民心中的地位犹如当家人。这次事件中，五名村民被送上法庭，只有两人被判了刑：开枪者被判十二年零一天的监禁，身为村中前法官的教唆者被判十四年八个月零一天的监禁。两人同时还被判五百比塞塔的罚款。根据法官的判决，这次失败的枪击是源于憎恨，“教唆者……对政敌胡安·何塞·马丁内兹恨得咬牙切齿……”这种憎恨迅速蔓延到整个村子，并如同全国一样，在1936年2月的选举后变成了致命的毒药，无人能够阻止大家将其一饮而尽。

1936年是个不祥的年份。人民阵线在2月的选举中获胜，3月中旬，伊巴埃尔南多的左翼们刚上台，便解除了全体右翼议员的职务，其中就包括哈维尔·塞尔卡斯的祖父帕科·塞尔卡斯和外祖父胡安·梅纳；此举是对右翼的对等报复，他们在1934年掌权时，不但把所有左翼议员赶下了台，还关闭了人民之家。这时候伊巴埃尔南多已经完全被那种“根本性不平等”的幻觉洗了脑，人人都坚信，没地种的贫农像奴隶一般做牛做马，有地种的佃农俨然成为地主，两者的利益水火不容，斗争不可避免。于是村民们也被一分为二：右翼和左翼的支持者们分别拥有专属的酒馆和舞厅。有时候，支持右翼的富家少爷会在用人的陪伴下，粗鲁地闯进在重新开放的人民之家里举行的左翼舞会，摆出一副公子哥的派头肆无忌惮地恐吓那些穷小子；而另一方面，左翼的青年们书读得越来越多，政治觉悟越来越高，也更懂得不屈不挠地捍卫自己的权利。在工会和政府的支持下，他们再也不像父辈和祖辈那样对佃农们的欺凌逆来顺受，而是挺起胸膛坚决斗争。佃农们自然也不会善罢甘休，他们在收割季来临时拒绝雇佣那些反抗最激烈的贫农。“你们把共和国当饭吃吧！”很难想象，这些有地种的佃农在四五年前还是共和派的拥护者，现在竟然这样教训起没地种的贫农来。为了以牙还牙，没地种的贫农青年烧毁庄稼，砍倒橄榄树，偷走牛羊，袭击庄园，恐吓威慑，把右翼人士折磨得惶惶不可终日。就连孩子都逃不过暴力，他们在街上打埋伏，互相投掷石块，用荨麻蹭小伙伴的腿。1936年春，村里的右翼家庭都在流传，在人民之家举行的某次会议上，几名年轻的社会党党员拿出了一张右翼分子清单，提议把上面列出的人一个个从家里拖出去杀掉。同一条传言还说，多亏村长奥古斯丁·罗萨斯力挽狂澜，这个提议才没能获得多数票通过。作为一个德高望重的社会党老左派，罗萨斯坚决冷静地遏制了狂热分子们的暴力袭击。他明确表态，只要自己在村长的位子上干一天，村中就不准杀害一个人。差不多就在这则毛骨悚然的流言被口口相传的同时，另一些右翼人士去宪警那里寻求对自己和家人的保护，而得到的回答却是，警方没有权力比现在做得更多，他们只能自己保护自己。这些人很有可能照警方说的做了，这也解释了为什么他们中的几位（其中包括哈维尔·塞尔卡斯的祖父帕科·塞尔卡斯和外祖父胡安·梅纳）曾因“在基托斯庄园私藏武器”的罪名被短暂关进了特鲁希约监狱。此时此刻，一切都无可挽回，只等一个完整的国家碎成齑粉。

令人好奇的是，那山雨欲来的几个月，马努埃尔·梅纳是怎么度过的：他都做了什么，想了什么，面对被共同的仇恨一分为二的祖国和家乡，心中又是什么滋味？这样的问题是文人可以回答的，因为他们擅长想象，但我却不行，想象力是我的阻碍。然而有些事情是可以确定的，或者说，是几乎可以确定的。

战争爆发前的那一年，马努埃尔·梅纳离开伊巴埃尔南多，转到卡塞雷斯的中学毕业班就读。他一定感受到了母亲和哥哥对自己的殷殷期望，也感受到了全家人为了他的学业在经济上付出的牺牲。从性格上看，作为梅纳家第一个为了考大学而去村外念书的孩子，他一定会因为肩负的重任而发奋苦读，力争上游。他借宿在卡塞雷斯一位警长家，住处位于中心广场旁边的西班牙拱门街，这位警长名叫堂恩里克·塞利约，曾在伊巴埃尔南多任职，与梅纳家是好友。除了堂埃拉迪奥·比涅拉老师，马努埃尔·梅纳在村里没什么真正的朋友，他已经不再是小孩子，又有了新的兴趣，便与童年的小伙伴们渐渐疏远了。但他还是经常回来看望母亲和哥哥们，也一定清楚伊巴埃尔南多的局势有多么水深火热，而全国的情形也差不多一个样子。另外，他也一定知道自己的哥哥胡安曾经被短暂地关进了监狱，全家正心惊胆战，人人自危。那么，在1935年到1936年间，他是否完全把心思用在了学习上？换句话说，虽然他一心向学，也深知自己必须好好用功，可在全国普遍政治化的大环境下，他是否也对政治日益关心起来？毫无疑问，马努埃尔·梅纳在内战中，或者说在内战的大部分时间里，都是坚定的长枪党——如果他当真是一名佛朗哥分子的话，那也是比佛朗哥分子更像长枪党的长枪党。但是，他的思想在战前便是如此吗？还是像大多数长枪党那样，在内战爆发后才入了党呢？

这些疑问都没有答案。1936年年初，长枪党在西班牙还只是一个非常不起眼的小党派，仅在当年2月的选举中获得了一个议席，由党主席何塞·安东尼奥·普利莫·德·里维拉[1]出任。当时的伊巴埃尔南多一个长枪党人都没有，更别说投他们的票了。但这并不意味着在卡塞雷斯读书的马努埃尔·梅纳不会被他们反自由的浪漫理想、年轻气盛的极端主义、非理智的激情、对领导人个人魅力的崇拜，以及正在全欧洲流行的法西斯强权所吸引。正相反：长枪党因为反对体制、思想新潮，在青年中声誉日隆。而半地下的性质更为它增添了一层无法抗拒的光环。长枪党不赞同划分左派和右派，主张两派跨越分歧，合二为一。他们的思想凌乱无章，把爱国主义和民族主义、平等革命和煽动蛊惑并行不悖地杂糅在一起。这一切对于一个刚刚离开家乡外出求学的十六岁少年来说，简直就是量身定做的洗脑妙药。在那样一个重要的历史关头，很多像梅纳一样的年轻人怀着救世主的美梦，希望能够一举终结折磨家人的恐惧和贫穷，也终结从小到大在光天化日下天天可见的侮辱和不公。而与此同时，他们认为这一切还不能威胁到社会秩序的稳定，整个西班牙还必须拥护何塞·安东尼奥·德·里维拉这位世袭的埃斯特拉侯爵所推崇的贵族精英主义。没人知道，梅纳家的好朋友，也就是那位在卡塞雷斯给马努埃尔提供住宿的恩里克·塞利约在那个时候是不是长枪党，他很可能不是。然而，在1936年年初，卡塞雷斯无疑是长枪党人数最多的

① 何塞·安东尼奥·普利莫·德·里维拉（1903—1936），西班牙独裁者米格尔·普利莫·德·里维拉长子，第三代埃斯特拉侯爵，西班牙长枪党创始人之一，经常被人称作“何塞·安东尼奥”。西班牙内战爆发前被捕入狱，内战爆发后，于1936年11月20日在阿利坎特被执行枪决。

一个省。1936年1月19日，何塞·安东尼奥·德·里维拉在卡塞雷斯市卡诺瓦斯大道上的诺巴剧院举行了第二场集会，马努埃尔·梅纳极有可能参加了这次会议，并目睹了那位穿着蓝衬衫[①]的年轻领导人如何向埃斯特雷马杜拉各地的党员们慷慨陈词，激昂的话语又是如何被一阵阵雷鸣般的掌声打断的。比如："我们这一代最重要的任务就是摧毁资本主义制度，资本主义致命的结果，就是财富向大公司集中，而劳苦大众一贫如洗。"又比如："阻止资本主义扩张的手段有两个：一是资本内部的既得利益者以堪称英雄的手段坚决制止其扩张；二是任其发展，直到爆发灾难性的革命。但革命的烈焰在烧毁资本主义大厦的同时，也会顺势烧毁无尽的文化与精神财富。权衡二者，我们选择灭火。"甚至有些言论是这样说的："阻挡马克思主义的道路不能靠选票，而要靠铁打的胸膛。就像我们为了抵抗共产主义而喋血街头的二十四位年轻同志一样。不过，为了消灭马克思主义，还需要做到的一点，就是在西班牙少喊什么'打倒这个''反对那个'的口号。要喊就喊'起来，西班牙！''为了统一、伟大和自由的西班牙！'，或者'为了祖国、面包和正义！'。"

上文中的一切都只是猜测，唯一可以确信的就是，内战爆发前，马努埃尔·梅纳正在卡塞雷斯努力读书，准备来年的大学考试。这期间每次回到伊巴埃尔南多，他首先要做的就是拜访堂埃拉迪奥·比涅拉。他会去医生家中找他，也经常去学校。当时的

---

① 指长枪党标志性服装。

学生对此还有印象，他们回忆说，马努埃尔・梅纳经常把卡塞雷斯学校里的笔记带到这里的学校来。这些笔记是他专门为了帮助孩子们提高成绩而记的。他记得又详细又工整，简直完美无缺。他们还记得，马努埃尔・梅纳来学校时，经常会为老师当助教。堂埃拉迪奥喜欢在露天的田野里上课，那个不祥的1936年春天，在马努埃尔的帮助下，这样的露天课上得特别多。有几次外出的时候，师生二人分别讲课，讲完便让学生们回了村，自己留在了郊外的田野。还有几次，堂埃拉迪奥趁学生们做当堂作业的时候，与马努埃尔・梅纳边走边聊。两人低着头走得远远的，双手要么背在身后，要么插在裤兜里。四周杳无人迹，午后的斜阳挂在无垠的天边，将金色的余晖无声无息地倾洒在石头围墙和圣栎树林上。多年后想起这一幕，当年的学生们依然好奇，在这逍遥学派般的漫步中，他们究竟谈了些什么。堂埃拉迪奥是否解开了马努埃尔・梅纳心中的疑团？这个刚到省城求学的少年，是否向老师吐露过自己的痛苦、迷茫、恐惧和雄心壮志？师生二人是否交流过最近读过的书籍，谈论过卡塞雷斯和伊巴埃尔南多的新闻，评说过国家令人忧心的现状？我们忍不住去想象，马努埃尔・梅纳如何试图让恩师相信，自己近来从何塞・安东尼奥那里学来的革命思想是多么美好，多么新鲜。而堂埃拉迪奥又是如何运用老牌的理性怀疑主义和传统自由派（马努埃尔・梅纳可能将其视为老顽固）陈旧而又温和的观点来反驳爱徒青涩激昂的陈词，也反驳长枪党虚假的乌托邦理念和自以为是的青春和新潮。这样的想象（或者说是幻想）的确令人痴迷，也特别为文人所热衷。但我不是文人，也不能胡思乱想。我唯有坚持事实，事实就是我们并不知道他们到底说了什么。而我几乎可以确信，此事永远也不会有人知道。历史就像一口无声无息的深井，井底伸手不见五指，看不到一点点真相的微光。关于马努埃尔·梅纳和他的一生，我们已知的与未知的比起来，渺小得就如沧海一粟。

5

大卫·特鲁埃瓦在“剃刀”家的门厅里录下了两个多小时的采访，最后的成片却只有四十分钟。片名叫《回忆》，共分五个章节，每章各有一个小标题。大部分时间都是“剃刀”的仰拍镜头，只能看到半身。他穿着白衬衣，尽管年过九旬，但干农活的肩膀依然结实。头发几乎掉光，头颅坚固而有力量。他的太阳穴上有一块斑，脸颊上有一道红疹。门厅里的蓝釉墙砖带着明艳的花朵装饰，构成了他身后的背景。

“剃刀”全程都坐在那里。女儿卡门和她丈夫都没有入镜，但经常可以听到她的画外音。她要么向父亲解释我的问题，要么对他的回答加以强调、调整和评论。就像我们预想的那样，“剃刀”在拍摄之初有点儿紧张害怕，后来就慢慢放松下来，虽然放松得并不彻底。他微笑过几次，有一次甚至是大笑，笑起来的样子就像个孩子，眼睛也眯成了一道缝。但在绝大部分时间里，他都是一脸隐忍严肃的表情，还稍稍有点走神。他在采访中沉默过许多次。每当沉默被打断时，他的眼神便阴沉下来，整个人都陷进了深重得难以承受的悲哀里。这一点我在采访中就感觉到了，后来看回放的时候，那种悲哀的情绪越发鲜明起来。“剃刀”一刻也离不开他的手杖，好像一旦没了它，自己就成了无依无靠的孤儿似的。有时候他将手杖平放在身边椅子的靠背上，更多的时候是把手、胳膊或者腋窝搭在手杖上面，然后紧张兮兮地把手杖从身体一边换到另一边。在一组短暂的镜头里，他还戴上了一顶灯芯绒帽子，我已经完全记不起来他什么时候在采访中戴过这顶帽子了。

采访一开始，我们谈起了他的职业。他是个剪毛匠，一辈子都在给伊巴埃尔南多和附近乡里的牲畜剪毛。后来又谈起了我的家庭，包括我的外曾祖母卡罗琳娜和她的孩子，我外公胡安也在其中，当然还有我外婆和他们的女儿，我妈也在其中。“剃刀”说，我们全家人都是他邻居，他跟每个人都认识，跟每个人的关系都很好，这不像假话。他还说起了村里其他人，其中就有我爷爷帕科。“剃刀”对他赞不绝口，说他起早贪黑地工作，都是为了供三个孩子上大学。这时候，影片出现了一个短暂的中断，随即打出了第三章的标题：《照片》。在这一章的第一个镜头中，剃刀擦了擦他的玳瑁眼镜。紧接着就是我的提问：

“你们见过这张照片吗？”

我在提问前，刚刚递给了卡门一张老照片，就是当年那群孩子在堂马塞利诺老师学校里的合影，不过这一幕并没有出现在影片里。照片里有马努埃尔·梅纳，听我堂兄何塞·安东尼奥·塞尔卡斯说，“剃刀”就站在离马努埃尔几步之遥的地方。卡门用她唱歌一般的声音回答我：

"哎，我没见过。从来都没见过。"

镜头里的卡门把照片递给了"剃刀"，镜头外的我还不死心：

"那你爸爸见过吗？"

"剃刀"接过照片端详起来。

"没有。"卡门再次确认，"我爸爸从来没见过这张照片。"

"剃刀"神情专注，目不转睛地盯着那张照片沉默了几秒钟。我在影片画面的最左端看到了自己的鼻子、一缕头发和指着照片的食指。

"您认得出照片里的人吗？"

"不知道。""剃刀"回答。话一出口，他马上道了歉，就好像这是一场考试，而他辜负了众人的期望，没有考好似的，"人的变化太大了。"

我沉默了一会儿，打算再帮他回忆一下。

"照片里的孩子都是堂马塞利诺的学生，"我接着说，"我猜您也在里面吧。"

影片里的"剃刀"抬起眼睛向左边看去，他在看我，但我没有出现在镜头里。

"不，这不可能。"他如释重负一样地纠正起我来，"堂马塞利诺没有教过我，我的老师是堂米格尔，他是从圣克鲁斯来的。等堂马塞利诺来村里当老师的时候，我已经做工了。那时候的年轻人都这样，十二三岁就开始下地照料牛羊了。"

"剃刀"继续说着照片的事，我则竭尽全力消化着自己的失望之情，或者说，我记得自己当时就是这样的心情。沉默了几秒钟，影片中断了一小会儿，第四章开始了。这一章的小标题叫《马努埃尔·梅纳》，在第一个镜头中，我的半脸和“剃刀”的脸紧紧靠在一起，镜头外是我的声音在问：

“您认识他吗？”

镜头下移，聚焦到了“剃刀”的手上。那是一双干农活的手，苍老而粗糙。他用指肚捏着那张合影，看我用紧绷的食指指着照片里站在马塞利诺老师右后方的那个男孩子——他穿着条纹外套和白衬衫，前额留着一绺调皮的卷发。我又问了一遍：

“您还记得马努埃尔·梅纳吗？”

镜头里的“剃刀”向左边看去。我从他的眼睛里看到了那天和采访时一样的东西：那天我在电话里跟他女儿安东尼娅定下这次采访后，她便把这照片的来龙去脉告诉了父亲。

“我怎么能不记得他呢？”他回答我。

“您看这个男孩儿是他吗？”我继续指着照片上的那个人问道。

“剃刀”又端详了一遍，微微变了脸色，连点了好几次头，这才说道：

“没错，就是他。”

从此之后，我们的话题就变了。我花了好几分钟时间，想让“剃刀”多谈谈马努埃尔·梅纳，也谈谈他们当年的交情，但我这番努力总是不得要领。“剃刀”要么只回应几个单纯的音节，要么只简单地说几句话，甚至干脆不回答或者顾左右而言他。他来回摆弄着手杖，一副心神不宁的样子。据“剃刀”说，他和马努埃尔·梅纳是邻居，两人几乎同岁，从小就很要好。他们曾在十字街一起玩耍，还到我外曾祖母卡罗琳娜家的牲畜栏里玩过。我问他，长大之后，两人是不是还经常见面，他说是的，虽然见得比以前少了。我又问他是否记得马努埃尔·梅纳参了军，后来又死在了战场上。他说他当然记得，他还记得他死的时候十九岁，是外籍军团的少尉，回乡休假的时候总带着个摩尔人勤务兵，两人形影不离。我又问，当马努埃尔·梅纳回来的时候，他们是不是还经常碰面，他说是的，因为梅纳就住在他家隔壁，想不碰到都难。我又问，他们见面时有没有说到战争和在前线的生活，他说没有。我又问他是否记得梅纳的葬礼，那天村里所有的老人都参加了。他说记得，而且记得很清楚。当时他就站在家门口，目睹了整个过程。但当我试图询问更多细节的时候，他却把话题转移到了另一场有很多人参加的葬礼上。那是堂菲利克斯医生的葬礼，时间跟马努埃尔·梅纳的葬礼差不多。而当我再次询问到梅纳和他的葬礼时，他又一次把话题绕到了我的外曾祖母卡罗琳娜、外祖父胡安和我自己的家人身上。他古怪地绕来绕去，说了几分钟之久，我终于闭上嘴巴不再问了。毫无疑问，这是“剃刀”封口的信号，再问下去已经完全没有意义了。

于是影片再一次被剪断了，接下来是最后一章，也是最精彩的一章。这一章的小标题是《伊巴埃尔南多的谋杀》。开篇第一个镜头是“剃刀”哀戚的面容，与此同时，镜头外的我反常地提高了音调，问道：

“所以，内战一开始，您的父亲就被杀害了？”

很明显（或者在我看来很明显），我的提问其实是个肯定句。因为在提问之前，“剃刀”已经在镜头外确认了这件事情。另外也可以明显看出，我在对“剃刀”的讲述故作镇静。不过我不敢肯定，自己当时是否想借着提问的时机，一来好好消化他的这番话，再来避免他在接下来的采访中再次转移话题，还想确认大卫的镜头是否记录下了刚才听到的话，说不定这三个理由是同时存在的。然而任凭我使尽招数，谈话还是跑了题，在接下来的几分钟里，“剃刀”陷入了更加深重的沉默，他的神色更加悲伤，表情更加痛苦，紧闭着双唇，低头凝视着镜头拍不到的地面。然后，他用低沉得几乎听不到的声音回答我——是的。

“爷爷给人剃头。”卡门发话了，她天生的快乐已经变成了满怀忧伤，“他是个理发师。”

正在这时，画外音中第一次也是最后一次响起了大卫·特鲁埃瓦的声音。

“是吗？”他问道，“你们两个的工作倒是很相像啊。”

他说的是“剃刀”和他的父亲。我不知道大卫是不是也感觉到采访到了最关键的时候，而我正需要帮助，这才插了一嘴。如果说，“剃刀”之前可能因为大卫的沉默而被吓到了（或者是被他的摄像机吓到了），这回倒是因为他的开口而增强了信心。他望着我的眼睛继续说了下去：

“内战刚爆发的时候，他们杀了好几个人。其中有个人是老师，叫米格尔。”

“是教过您的那位老师吗？”我问道，“就是从圣克鲁斯来的那位？”

“不是他。”“剃刀”澄清道，“是另一位老师，他是个好人。他们还杀了一个姑娘，叫萨拉，萨拉·加西亚。听说她的未婚夫在红区，他们就是因为这个把她杀了。”“剃刀”又沉默了，眼睛死死地盯着地面。门厅里一共有五个人，可摄像机没有留下一点儿背景音。最后他又补充了一句：“那天晚上他们杀了好几个人。”

接下来，“剃刀”不等我和其他人提问，就主动讲述了那件改变了他一生的往事。他的眼神看向别处，话说得不多，也不带任何感情，就像寒冷的坚冰，把浑身的血都冻住了。他说当时母亲已经去世好几年了，那天晚上，一家三口——父亲、姐姐和他——像往常一样在餐厅里吃饭。“就在这里。”他一边说，一边大致指着身体右边。他不记得那天的晚餐吃了什么，也不记得三人都说了些什么，但他们肯定是在谈论着某件事情。他唯一记得的是，突然有人敲门，父亲就让自己去开门。那时战争已经爆发了，但他不记得自己是否在父亲的口吻里察觉到了慌乱，也不记得自己当时有没有慌乱。他只是顺从地从桌边站起来，开了门。8月的夏夜刚刚降临，扑面而来的热气里站着几个模糊的人影。那些人他一个都不认识，既不记得具体人数，也不记得他们的模样。来人问他父亲在不在家，他说在，于是他们就进了门，把父亲带走了。这就是全部经过。他不记得父亲究竟是自己走出的家门，还是挣扎着被这些陌生人带走的。他不记得父亲当时来没来得及换身衣服，还是穿着吃饭时的衣服就出去了。他不记得父亲当时害不害怕，也不记得父亲出门前是否跟他说过什么话，或者有没有朝他投去最后的目光。他只记得方才对我说过的事实，其他的细节统统都不记得了，或者说，从来都没有记住过。他那时十八岁，比马努埃尔·梅纳大一岁。从此之后，他再也没有见过父亲。

“剃刀”说完了，周围安静得可怕，只有卡门大胆地打破了沉默。

“这是我第一次听爸爸说这些。”她的声音空空的，没有困惑也没有悲伤，“妈妈早就告诉我了，但我从来没有听他亲口说过。”

我到这时候才回过神来。因为一时间不知道该说什么好，也许还因为，那时候的我和后来看回放的我，都暗暗地对自己说：这并不仅仅是“剃刀”第一次向女儿开口讲述这段往事。也许这也是他第一次如此波澜不惊地去讲述它，至少他刚才的态度是这样的。

“您知道他为什么被杀吗？”我开门见山地问道。

“剃刀”没有立刻回答。他看上去好像心不在焉，尽管很难猜测为什么会这样：也许他自己也不明白为什么能讲出刚才那番话来，也许他自己也觉得奇怪，为什么刚才讲故事的那个人，好像不是自己，反倒像个外人。

“不知道。”他终于开口了。过了一秒钟，他的眼睛亮了一下，几乎要哭出来。但这种状况只持续了一秒钟，随后他便恢复了以前那种哀伤而又干涩的语调。“那个时候，什么都可以成为杀人的理由。”他接着说下去，“仇恨，嫉妒，不跟别人说话……为了什么都可以杀人。这就是战争。现在有人说，他们杀人是因为政治。其实并不是，至少不完全是。有人说应该把某个人抓起来，然后大家就去抓了，就这么简单。就像我对你说的，不多也不少，就这样。战争一开始，好多人就是因为这个原因才离开了家乡。”

在这之后的几分钟里，“剃刀”的话好像突然多起来了，他放开了束缚（或者说基本放开了束缚），最后甚至有点儿滔滔不绝。他说父亲遇害后不久的一天，他和姐姐找到了尸体。两人收了尸，偷偷将父亲下了葬，没有举行葬礼，也没找任何人帮忙。他还说，过了不久，那支与自己有杀父之仇的军队便把他召入麾下。他先后在阿维拉和阿斯图里亚斯某地服役过。他还说，等退伍回到村子的时候，他发现姐姐搬到一位女士家住了，那位女士非常善良，收留了她。他自己也跟当时的女友，也就是后来的妻子住到了一起。或者说，是女方主动搬到了他这里来。“很多人都骂她不守妇道，”“剃刀”的语气里带着一丝愤怒，“你也知道农村是个什么情况；在那个时候，怎么说呢……可她才不管呢：她就是搬到我家住了，因为她不忍心眼睁睁看着我孤零零的一个人。”紧接着他又说，他和妻子都非常年轻，总是争吵不断。他学着给牲畜剪毛，妻子在家照顾三个孩子。自己有了一份工作，还能养活一大家子，这令他深以为豪。“不信你去村子里打听打听，”他挑战似的说道，“听听别人都是怎么说我的。”说完这句话，“剃刀”就筋疲力尽地沉默了。卡门赶紧接过话题，又谈起了母亲和父亲的工作。“剃刀”一边摆弄着手杖，一边心不在焉地听她说，目光再一次垂向地面，显然是在暗示采访到此为止。如此看来，至少在这个下午，至少关于马努埃尔·梅纳和那场战争，我再问不出别的来了。然而奇怪的是，我当时好像并没有意识到这一点，或者我并不甘心就这样结束。虽然如此，我唯一敢再问他的问题，只是名为假设、实为事实的一句话。只听我郑重其事地说道：

“战争一定很可怕吧。”

话音刚落，“剃刀”偷偷瞥了我一眼，什么都没说，就好像没听明白我刚才说了什么，或者就好像听到了小孩或者疯子的胡言乱语一般。还是卡门接了我的话。她说道：

“但愿再也没有战争了。”

在接下来的影片中很明显可以看出，我挖空心思想让采访继续下去，并将刚才的假设变成了问句，可问题在于，除此之外我什么都没变，结果只能郑重其事地把刚说过的话又说了一遍，只不过这次听上去没那么蠢了。

“战争是您经历的最可怕的事情了，对吗？”

此刻，“剃刀”又瞥了我一眼，第一次笑了起来，笑得很和善。我在回看影片的时候，从他出乎意料的笑声里明白了，他完全无法向我说出自己想说的，或者应该说的那些东西。就在这老人褐色的眼睛里，我看到了如小孩子般纯真无瑕的快乐，这快乐属于马努埃尔·梅纳在战争爆发前就认识的那个小伙伴。但无忧无虑的童年“剃刀”一定不会想到，有一天父亲会被人杀害。我不知道当时在“剃刀”家的门厅里采访他的时候，我是否听到，感到，或者隐约觉察到了这一点。但是在几年后的今天，当我看到大卫·特鲁埃瓦的影片的时候，我确实听到，感到，也觉察到了。“剃刀”在笑过之后，又一次垂下眼睛，沉浸在习以为常的悲伤里。接下来的影片是一段异乎寻常的沉默，长得让我联想到《老大哥》节目和电影《奇遇》里那种无边无际的沉默。这一次打破沉默的不是卡门，而是“剃刀”本人。他用干涩无神的眼睛盯着镜头，嘴里就像采访结束了一般念叨着：

“好，好。”

紧接着又是沉默，不过比上一段的沉默短暂多了。我用一个肯定句下了结论：

“您不喜欢谈论战争。”

“不喜欢。”“剃刀”回答道，“一点儿都不喜欢。”紧接着他又补充了一句，“让战争见鬼去吧。”

“是不喜欢谈，还是害怕谈？”我半严肃半开玩笑地问道。

“剃刀”的嘴角流露出一丝微笑。

“不喜欢，我可是认真的。”他这样回答我。

“可说出来也没什么呀，爸爸！”卡门高声叫了起来，她又恢复了像唱歌一般快乐的声调，“都过去了。”

“难道您跟太太也不愿说吗？”

“跟她也不说。”“剃刀”这样回答，他的脸上依然带着笑容。

“这是真的，哈维，”卡门说道，“爸爸从来都不跟别人谈论战争。我妈妈倒是会说。我记得她对我们说过，内战时，红军的妻子们被村里人剃了光头，拉到外面游街，还有诸如此类的事情。但爸爸什么都没跟我们说过，从来，从来，从来都没有说过。”她一遍遍地念叨着，“这是我有生以来第一次听他说这些。”

6

1936 年 7 月 20 日，就是佛朗哥统领非洲驻军发动反对共和国合法政府的叛乱的三天之后，伊巴埃尔南多的右翼分子们闻风而动，兵不血刃地夺回了村子的领导权。几乎与此同时，卡塞雷斯的叛军占领了首府，并宣布全省进入战争状态。关于战争爆发时西班牙发生了什么，埃斯特雷马杜拉大区发生了什么，甚至卡塞雷斯省发生了什么，我们都如数家珍。可是对于伊巴埃尔南多发生了什么，知道得就很少了。从来没有历史学家专门研究过这个问题。曾经的小学老师堂马塞利诺当时是村务厅秘书，村里还保留着他手写的会议纪要。但这些文件只能帮我们还原一小部分历史。至于其余的事情，大多数能记得的村民都已经不在人世了。如今还健在的那几位，要么完全想不起来，要么只能回忆起蛛丝马迹。在那段恐怖的岁月里发生的大多数事情，都飞快地从人们的脑海中淡去了。

但是依然有一些事情顽强地留了下来。我在上段说过，佛朗哥刚发动兵变，村里的右派立刻行动起来夺了权。但我要澄清的是，他们并非主动为之，而是奉命行事。命令是从卡塞雷斯下达给村里的宪警队长的。我还要澄清的是，上文所说的“右派”，其实就是哈维尔·塞尔卡斯的家人，或者说，是他家族里的头面人物。7 月 20 日，村政府举行了一次不寻常的会议，最后一位共和派村长、社会党党员奥古斯丁·罗萨斯将权力移交给了由四名成员组成的管理委员会。这四人中有两人是哈维尔·塞尔卡斯的亲人。一位是祖父帕科·塞尔卡斯，另一位是舅公胡安·多明戈·戈麦斯·布尔内斯，他也是村里的当家人胡安·何塞·马丁内兹的女婿。在那场会议后，紧接着又举行了另一场会议，四位刚当选的委员通过匿名投票的方式推举帕科·塞尔卡斯担任委员长。内战开始时，帕科·塞尔卡斯只是个读过书的农民，却天生就具备领袖气质和领导才能，以豪爽仗义闻名乡里。他热衷政治，曾经加入过共和国总统马努埃尔·阿萨尼亚①领导的进步党——共和行动党，并当选为该党议员，有一段时间还曾对社会主义颇有好感。然而到了 1935 年 10 月底，他已经是保守派工会农民协会的主席了。1936 年 2 月大选过后，他被政府解除了议员职务，战前还因违法私藏武器，与村里其他几个保守派和右翼分子一起进了监狱。值得一提的是，帕科·塞尔卡斯思想上的转变在共和国时代再平常不过。也许正是因为政治立场和个人声望，他才被推选为伊巴埃尔南多第一位拥护佛朗哥的村长。另外还要提一下的是，他在这个位置上只待了短短几个星期。

---

① 马努埃尔·阿萨尼亚（1880—1940），政治家，1936 年至 1939 年间任第二共和国总统。

在后来的日子里，恐怖和暴力的飓风迅速席卷了整个西班牙。伊巴埃尔南多被右派控制后，左派便成了受政治风暴波及最深的受害者。严谨的学者们宣称，在内战期间和战后几个月，伊巴埃尔南多总共发生了十一起出于政治原因的杀人案，而哈维尔·塞尔卡斯的统计结果是十三起。几乎所有杀戮都发生在战争的初期和末期。对比内战三年间佛朗哥恐怖分子在其他村庄犯下的命案数，伊巴埃尔南多的数字实不算高，但这并不能削减杀戮本身的恐怖和杀人犯欠下的血债。很多受害人都是被强行从家里带走，未经审判就被枪决了。很多人甚至不知道杀他们的凶手是谁，因为实际的行刑者往往来自其他地方，但村里的那些人——无论是指认他们的人，还是下令杀人或者鼓励杀人的人，都一样罪责难逃。我不知道哈维尔·塞尔卡斯的家族中有没有人在那些人之列，但我知道，哪怕在战争中（也许特别在战争中），只要没有确凿罪证，每个人就都是无辜的；而在承平岁月里，任何一个诚实的人都不会空口无凭地指控别人有罪。更何况隔着八十年的漫长岁月，精确地还原当年的事实已经是完全不可能的事情了。话虽这么说，可哈维尔·塞尔卡斯的家族也撇不清对当年那些残酷罪行的责任。其一，这个家族在村子里有权有势，很难相信，为了避免这些惨剧的发生，每一个当权的成员都曾竭尽全力。其二，这个家族曾经数次保护过村里某些左翼分子在失控的暴力中免受伤害，在情况危急的时刻，他们曾经帮助某些人逃出村子避难；有时候出于保护的目的，也曾故意将某些左派告上法庭。当地的村医和左翼领袖堂胡安·贝尔纳多就是这种情况。虽然该家族的某些人与他交恶，但毕竟曾经朋友一场，更何况此人跟他们属于同一阶级（或者他们认为他与自己属于同一阶级）。堂贝尔纳多在特鲁希约入狱并受审，最终被军事法庭无罪释放。至于杀人的原因，当然与政治相关，但并不完全是因为政治，也无法完全搞清楚：比如战争末期遇害的堂米格尔·费尔南德斯老师，这位全村人心目中的大善人，除了跟堂胡安·贝尔纳多是朋友外，实在没什么被杀害的理由。另一起没人想得通的杀戮发生在战争初期，确切说是1936年11月26日。那一天有四名村民遇害，地点在特鲁希约到卡塞雷斯公路上一处叫“狭桥”的地方。死者中包括一位二十二岁的姑娘，名叫萨拉·加西亚。有些人推测她是被未婚夫牵连而死——那年轻人是当地的社会党领袖。佛朗哥起事后，伊巴埃尔南多的形势日益严峻，他跟很多左派一样逃出村子，投奔了巴达霍斯的抵抗组织。那里当时还在共和派的控制下，没有陷落于叛军之手。

由此可见，伊巴埃尔南多的遇害者都是与共和派沾亲带故的人，但佛朗哥支持者们同样惶惶不可终日，特别是战争刚爆发的时候。从7月末到8月初，佛朗哥麾下摩洛哥主力部队借助希特勒派出的空军掩护，从西班牙南部顺利登陆。此后，由西班牙驻摩洛哥殖民军老兵组成的三路纵队在亚圭①上校的指挥下，一路铁血地从安达卢西亚向马德里进发，伊巴埃尔南多正位于他们的必经之路上。此时整个国家都陷入了暴力冲突中，叛军在埃斯特雷

① 指佛朗哥麾下的胡安·亚圭·布兰科（1891—1952）上校，外号“巴达霍斯的屠夫”。

马杜拉区的战线并不稳固。巴达霍斯省的共和国军正在努力平叛，力图收复失地，这也正是战争开始时村里佛朗哥分子恐惧的原因：他们害怕刚刚逃走的左翼分子在巴达霍斯共和国军的支持下卷土重来，清算总账。首府卡塞雷斯下达了明确指示：如果共和派杀回村来，村民们必须竭力抵抗，等待驻扎在卡塞雷斯的阿尔及尔军团[①]前来救援。于是刚接管伊巴埃尔南多的村委员们决定在水街、陶土街、上井街和小橡树街这四个进村要道上全面布防。村里几家保守派大户都以为共和国军就要打过来了，他们二十四小时不合眼地在村广场那些坚固的房子里修工事，不但人武装到了牙齿，门窗也都堆上了沙袋。8 月 2 日发生的一件事情可以佐证当时的手段有多么极端。那时候兵变已经发生几个星期了，当天下午两点，十四辆载满共和国战士的“希斯巴诺－苏莎”牌卡车从雷阿尔城出发，沿着马德里的公路驶往特鲁希约。这支队伍的指挥官是一位叫梅迪纳的连长，向导名叫莱维亚，是个还了俗的神父。车上的士兵中有不少人是贝涅阿罗亚和博多亚诺的矿工。大队人马没有采取任何安全措施便冒失地把卡车开上了战时的公路，随后兴高采烈地喊着共和国的名字，包围了与伊巴埃尔南多只有几公里之遥的维亚梅西亚村。村里的宪警和右翼分子遵照卡塞雷斯的命令，竭力抵抗争取时间，终于盼来了阿尔及尔军团三个连的援军。援军指挥官名叫里卡多·贝尔达，他下令在村口架起机关枪，向对方猛烈开火。共和国军的战士们都是未经训练的新手，

---

① 阿尔及尔军团，埃斯特雷马杜拉区常驻部队，后更名为“第 27 阿尔及尔步兵团”。

这场激战完全变成了单方面的屠杀。共和国军坚持了不到一个小时就全军覆没，村口留下了百余具战士的遗体。

对于叛军来说，维亚梅西亚战斗虽是军事上的小胜，却是宣传上的大胜，这更激起了伊巴埃尔南多村的恐慌。接下来的几天，村里谣言四起，大家都在风传那几个逃跑的左派就在被击溃的共和国军队伍里。不过这种恐惧很快就烟消云散了。亚圭上校的部队在8月11日占领了梅里达，14日占领了巴达霍斯，不久后佛朗哥亲临卡塞雷斯。25日，亚圭麾下特亚、卡斯特洪和阿森肖三路纵队的指挥官，以及另两路援军——巴隆纵队和代尔加多齐纵队的指挥官齐聚特鲁希约，此地距离伊巴埃尔南多不过几公里远。右派们的险境就这样过去了，虽然埃斯特雷马杜拉大区的共和派一直在村子附近活动，直到战争结束都没放弃抵抗，让人始终放心不下，但因为力量有限，几乎没掀起什么风浪来。与之相反，伊巴埃尔南多村的左派在整个战争中都活得战战兢兢，总觉得不知道哪天早晨，行凶者的车子便会如死神的信使般停在自家门口。

可是村里的右派们也未能完全逃脱战争的危险。因为那场兵变，他们在一夜之间从右派变成了佛朗哥分子或者长枪党，对这些人来说，战争从那一刻才真正开始。1936年9月末10月初的时候，二十五位村民加入了佛朗哥的叛军，其中就包括哈维尔·塞尔卡斯的祖父帕科·塞尔卡斯。他刚当了两个多月的村长就上了前线。与他同行的主要有两类人：一类是有地种的农民或者佃农，这些人在几年前与帕科·塞尔卡斯一样，都是共和国的拥护者，如今却被偏了航的革命（或者他们认为已经偏航的革命）搞得胆战心惊，特别是伊巴埃尔南多几个月以来充满暴力的气氛，更让他们吓昏了头。另一类是没地种的贫农和老实巴交的短工，这些人沦落为农奴的农奴，被与自己同处于社会底层的阶级兄弟们绝望而盲目的暴行吓坏了。眼见着昔日和睦的邻里反目成仇，他们痛心疾首。大部分参军的村民已经不年轻了。哈维尔·塞尔卡斯的祖父当时三十六岁，妻子一听他说要去打仗，愤怒得大吵大闹。玛丽亚·塞尔卡斯声嘶力竭地质问丈夫，他是不是疯了，是不是忘了自己已经上了年纪，还有三个未成年的孩子要养活。她说他会死在战场上，她说只有年轻人才上前线，就算没那么年轻，至少也不会像他那么老。她说不管谁去参军他都不能去，她问为什么去的人非得是他。帕科·塞尔卡斯为了让妻子闭嘴，只回答了最后一个问题。他就说了一句话：

“玛丽亚，如果我不去，就没人去了。”

我不知道上文的记载是不是完全符合真实情况，但它确实跟哈维尔·塞尔卡斯的叔叔胡里奥·塞尔卡斯讲述的一模一样。后者听母亲多次说起过这件事，其实他当时也在场，只不过还是个刚出生的婴儿，一句话都听不懂。至于帕科·塞尔卡斯的那句回答，可能会有夸张，毕竟这是他唯一拿得出手去说服妻子的理由。但如果当时他没有身先士卒的话，有些人也许就真的不去了。在其他二十四名参军的村民心目中，哈维尔·塞尔卡斯的祖父就算不是他们的军事长官，至少也是大伙的精神领袖。

这支队伍并入了卡塞雷斯长枪党第三团，或者说，他们与最初的几支民兵志愿队一起，成了这支部队的前身。对于这些在西班牙本土最早支持佛朗哥的队伍，我们一无所知（或者说几乎一无所知），因为没有人（或者说几乎没有人）专门研究过，就好像他们从来没有存在过，或者激不起任何人的兴趣一样。关于他们的档案资料也少得可怜，只有一份有点儿用处：阿维拉军事档案馆收藏了卡塞雷斯长枪党第三团的作战日记，但日记是从1937年9月，也就是该军团正式成立的时候开始的。所以就像这段历史中其他的盲点一样，下面要讲述的事情也免不了摸索和推测的成分。不过有一些事情还是确凿无疑的。

伊巴埃尔南多这支二十五人的民兵队只不过是一支小小的杂牌军，没经过一丁点儿军事训练，穿着平民的衣服，武器只有猎枪，刚被临时编进队伍就随着亚圭的三路纵队朝马德里进发了。虽然部队的指挥官都是职业军人，但他们只被分配了些无关紧要的工作。主要任务是跟在来自殖民地的正牌军后面殿后，或者跟在他们侧翼提供后勤，协助撤退，以保障行军顺利。队伍一路风驰电掣，很快就逼近了马德里。大家都觉得首都马上就会被攻克，战争还有几个星期就结束了。队伍穿过纳瓦尔莫拉尔德拉马塔，穿过塔拉韦拉德拉雷纳，穿过纳瓦尔卡内罗，于11月抵达马德里，加入了城南的乌塞拉前线。虽然他们在那里待了一段时间，但是否真的参加了战斗却令人生疑，毕竟二十五个人中只有安德烈斯·鲁伊兹一个人挂了彩。他们参军的时间也分外短暂，1937年1月中下旬，战后第一个冬天还没过去，全部人马就返回了家乡，结束了这段特别的军旅生涯。我不知道为什么他们这么早就退了伍，也许随着战争的日益激烈，有人意识到这一仗会比预想中拖得更久。指挥官们也越来越感觉到，这些上了年纪的农民军事素养低，装备也差，根本就打不了仗。于是他们决定招募更多装备精良、素质优秀的青年人，把这些老农民换下来。另一个可能是，战争初期一些纯粹的长枪党人依然对党本身的独立性抱有真诚的希望，不愿跟鱼龙混杂的佛朗哥分子同流合污。1936 年秋冬时节，身为卡塞雷斯省长枪党领袖的何塞·鲁纳上尉以自己手下的民兵被正牌军的军官们虐待为由，率部撤出了马德里的前线，没有通知任何人，也没做任何解释。长枪党第三团很可能就是撤退部队中的一员。以上两种推断也可能同时成立，也就是说，军方为了淡化和粉饰鲁纳上尉擅自撤兵的危险行为，顺水推舟地把那些战斗力低下的民兵打发回了家。在从马德里的战壕返回家乡的途中，帕科·塞尔卡斯碰到了一桩奇事，他对此沉默了一生，直到将近七十年后，在他已经去世二十多年的时候，这件事情才意外地浮出水面。不，也不能说是意外。这要多亏一位名叫戴莉娅·加布雷拉的女士，她是另一个当事人的孙女——不，不仅仅是她一个人，还有一位名叫费尔南多·贝林的记者，加布雷拉女士亲口把这段往事告诉了他。总之，2006 年 8 月底，这件事被哈维尔·塞尔卡斯写进了一篇名叫《小说的结尾》的文章里。文中是这么说的：

> 就在一年前，有位名叫费尔南多·贝林的记者发现了我下面要讲述的故事。当时他在一档电台栏目中邀请听众说出自己身边的内战故事。最先打进电话的听众里有一位四十多岁的女士，名叫戴莉娅·加布雷拉。她讲述了一件发生在祖

父安东尼奥·加布雷拉身上的往事。

故事是这样的：

1936年7月18日，佛朗哥麾下的北非驻军借着纳粹空军的掩护穿越了直布罗陀海峡，随即一路北上，横扫沿途的城市乡村，几千人死于非命。将将一个月后，部队就开进了伊巴埃尔南多村。老村长加布雷拉是个社会党人，佛朗哥起事后没几天，叛军支持者们就从他手里接管了全村。佛朗哥的国民军受到了村民们的热情款待，他们在这里补充给养，休整了几天。几个长枪党村民参了军，还有几个共和派、共和派的支持者，以及左翼党员也被强拉入伍，做些补给后勤的杂活，其中就有安东尼奥·加布雷拉。整个内战期间，他都作为普通列兵在敌营中效力。虽然年纪已经不小了，身板倒还结实，三年来一直牵着驮辎重的毛驴，在非人的环境下艰苦行军，走遍了整个西班牙。军队行进到塔拉韦拉德拉雷纳时，传来了共和国彻底失败的消息，此地距离他的老家只有一百五十公里。令人惊讶的是（也许并不令人惊讶：也许大家只是忘记了他过去是个共和派，或者觉得他在战争中的表现可以将功赎罪），他竟被批准退伍了。他打算搭便车回家，可一连几天都没找到合适的车辆。直到有一天早晨，他偶然碰到了一位伊巴埃尔南多的老乡。虽然他比以前苍老了许多，身体干瘪消瘦、衰弱不堪，可这位老乡还是认出了他，他也认出了对方：两人以前并没什么交情，但他知道对方名叫帕科，比他年轻几岁，原先是个社会党人，却在战争爆发前加入了长枪党。帕科的家里人他也认识。两人聊了一会儿天，帕科说他明天要搭运兵卡车返回伊巴埃尔南多，加布雷拉问他车上是否还有空座。帕科回答“不知道”，但把搭车的时间和地点都告诉了他。第二天，加布雷拉按时赶到了约定的地方，发现来的那辆卡车上挤满了凯旋的士兵，有几个恰好来自伊巴埃尔南多，都跟自己认识。他心中一阵紧张，犹豫了片刻，觉得还是应该小心行事，再等一辆卡车为妙。但在帕科不停的催促下，回家的渴望还是占了上风，他终于上了那辆车子。

起初一切都很顺利，然而随着家乡越来越近，兴高采烈的士兵们开始喝酒，借着酒劲儿越发横行霸道起来。而他们恰好碰到了一个完美的受害者：有人认出了加布雷拉，并告诉同伴们，他以前不但是共和派和社会党，还当过村长。于是众人开始嘲笑他，辱骂他，逼着他庆祝胜利，逼着他高唱《面向太阳》①，逼着他喝酒，把他灌得烂醉。眼看着卡车就要穿过塔霍河上的大桥了，几个士兵嚷嚷着要把他扔到河里去。加布雷拉吓得魂飞魄散，觉得自己必死无疑了。三年战争都挺过来了，如今却死在这里，命运真是太不公平、太荒谬可笑了。可当时他醉得昏昏沉沉，根本没有反抗的力气。卡车已经开上了桥，他感觉自己被无数人举到了空中，正在这时，身后突然响起了一声大喝：“你们要干什么？”加布雷拉听出

① 《面向太阳》，西班牙长枪党党歌。

来，说话的正是他的老乡帕科。后者顿了一下又说道："我们答应他，要把他送回家。这就是我们要做的事。"

于是一切都平静了。士兵们放下了加布雷拉，他安然无恙地回到了家。

这就是整个故事：由戴莉娅·加布雷拉讲给费尔南多·贝林的故事。不，这故事并没有结束。戴莉娅讲完后又加了一句："那个救了我爷爷性命的人名叫弗朗西斯科·塞尔卡斯，大家都叫他帕科。他的孙子哈维尔·塞尔卡斯就是《萨拉米斯的士兵》的作者。"

小说《萨拉米斯的士兵》讲述了内战末期发生的一件小事。一位不知名字的共和国战士救了诗人、思想家、长枪党领袖拉斐尔·桑切斯·马萨斯的命。

就在戴莉娅·加布雷拉跟贝林讲了她爷爷安东尼奥和我爷爷帕科的故事后不久，我就上了那档节目，跟她、贝林以及主持人伊涅奇·加比隆多通了话。后者在连线时问我，爷爷的这段故事是否启发了《萨拉米斯的士兵》的创作。我说没有。他又问我，在戴莉娅·加布雷拉跟贝林讲述之前知不知道这段往事，我说不知道。他又问那我爸知不知道，我说不知道。他接着问我家里其他人知不知道，我说不知道。加比隆多被我搞得一头雾水，最后问的是："你为什么会觉得他从没跟任何家人提起过？"我一时语塞，不知如何回答，一秒钟的沉默仿佛永远没有尽头。记忆中的爷爷苍老瘦削，从早到晚都待在伊巴埃尔南多家中，在畜栏尽头的那间小屋里聚精会神地做些细碎无用的木匠活，比如用圣栎木打造小车、耕犁和其他农具。我记得三十五年前，也许是四十年前，当时我还是个小孩子。一天下午，爷爷奶奶带着我和几个姐姐去马德里附近的科亚多梅迪亚，探望住在那里的叔叔胡里奥，之后再搭出租返回伊巴埃尔南多。当车开过布鲁内特时，天已经快黑了，我趴在爷爷怀里打起了瞌睡。他指着天边轻轻地对我说："看，哈维，那里是战壕。"他说这句话时并不像沉默良久后脱口而出，倒像是已经跟我聊了好久似的。我还记得另一个下午，时间离现在更近，但也并不是特别近，差不多是西班牙刚从几十年独裁统治的深渊里探出头来（爷爷也是为挖掘这深渊出了力的），带着惶惑和惊恐向民主制度转型的那几年。那时候每个夏日午后，当爷爷猫在他的小屋里做木工时，家里人和亲朋邻里都喜欢聚在院门外谈天说地。那天大家正在谈论政治。天快黑的时候，爷爷像平常一样出门散步，走到门口也打招呼似的跟大伙闲聊起来。有人问他如何看待西班牙的局势，他只说了句"看看这回能不能搞好吧"，就继续散步去了。他说这话的时候，脸上掠过了一丝细微的表情，或者是做了一个轻微的动作，在我看来，那是一句介于耸肩和假笑之间的肢体语言，我无法参透其中的深意。当加比隆多静候我给出答案的时候，历历往事重新浮上心头，我不禁也像他一样问自己，为什么爷爷从来没向任何人提起过，他曾经勇敢地救过一个人的性命？也就在那一刻我突然领悟到，小说就如同一场接一场的美梦和噩梦，它们永远也不会完结，只会变成其他的美梦和噩梦。而我竟然拥有了一次不可思议的幸运：至少我的一个梦完结了——这才是《萨拉米斯的士兵》真正的结局。于是我带着无限的安慰和欣喜回答加比隆多：“我不知道。”

塞尔卡斯的文章就这样结束了，或者差不多结束了：我压缩了无关紧要的段落，做了些必要的精简，中和了某些过于情绪化的用词：但我必须要指出文中的五处与事实不符的错误。显而易见，作者犯下这几个错误，并不是因为对文学虚构的偏爱，也不是因为身为文人，面对事实和传说时总是不可救药地选择后者的缘故。这几个错误完全是疏忽和无知导致的。第一个错误：1936年7月内战爆发时，社会党党员安东尼奥·加布雷拉并不是伊巴埃尔南多的村长。他的村长任期是共和国中期的1933年到1934年间。1936年，他再次担任了将近三个月的村长，具体是从2月21日到政变前不久的5月16日，之后奥古斯丁·罗萨斯接替了他的职务。第二个错误：佛朗哥的国民军向马德里进发时并没经过伊巴埃尔南多，只经过了特鲁希约，所以他们从来没在村里做过哈维尔·塞尔卡斯在文中提到的事情。不过老村长加布雷拉的确被迫加入了国民军，并在军中负责后勤补给。但他并非整个战争期间都在服役，而是只干了几个月就退伍了，时间大约在1936年年底或1937年年初。这是文中的第三个错误，也解释了为什么他从前线回来时，恰巧碰到了同样退伍回家的帕科·塞尔卡斯和他的同乡们。第四个错误：帕科·塞尔卡斯跟安东尼奥·加布雷拉的交情显然要比后者的孙女想象的深。另外没有任何证据表明，帕科在内战之前加入过社会党，正如同样没有证据表明他在此事发生时就加入了长枪党一样。不过他后来确实加入了长枪党，甚至还在返乡几个月后的 1937 年 4 月 14 日被任命为当地的长枪党领导人。第五个也是最后一个错误是：帕科·塞尔卡斯并没有参加过布鲁内特战役[①]。哈维尔·塞尔卡斯之所以觉得他参加过，显然是祖父曾在文中提到的那个童年黄昏向他指点过战壕位置的缘故。而他自己从未核实过这个推断的真实性，更没人向他解释过真相；其实帕科·塞尔卡斯只参加过马德里战役，他之所以认得出布鲁内特战役的战壕，是因为儿子胡里奥住在离那儿不远的科亚多梅迪亚，内战结束多年后，父子俩多次探访过位于维亚努埃瓦德拉卡涅达和布鲁内特两地间的战场遗迹。还要特别提到的是，哈维尔·塞尔卡斯对祖父生平的一知半解，绝不仅仅表现在文中这几处错误上。比如在写下此文的时候，他不知道帕科·塞尔卡斯仅仅担任了两年长枪党领导人，任期大约在 1937 年上半年到 1939 年上半年；他不知道内战结束后，就在祖父辞任村里长枪党领袖的那段日子里，伊巴埃尔南多又爆发了一场战争，那是一场老年人与年轻人、纯粹的长枪党与功利的佛朗哥分子之间的政治斗争，包括他祖父在内的老长枪党在这场腥风血雨的夺权战中一败涂地；他不知道祖父至死都将那场战争的胜利者视为狼子野心的恶棍，终其一生从未掩饰过对那些人无条件的鄙夷；他不知道就在这场

① 布鲁内特战役，西班牙内战期间，共和国军于 1937 年 7 月对马德里的国民军发动的一次进攻战，也是内战中非常重要的一次战役。

失败前后，祖父不但辞掉了长枪党中的职位，还完全退了党，后来也没有重新加入过这个全国唯一的政党；他更不知道祖父不仅完全退出了长枪党，还完全退出了政治，余生再也没有担任过一官半职。整个独裁统治期间，那些内战获胜者中的获胜者在村中一家独大，祖父却带着妻子儿女离开了伊巴埃尔南多。他们先搬到了卡塞雷斯，又搬到了梅里达，但村里的祖宅一直保留着。祖父和祖母在新的家园面朝黄土背朝天地干活，咬牙坚持着把三个孩子都送进了大学。他不知道对长枪党失望透顶的祖父从不允许孩子们加入这个党，也不许他们与之有任何瓜葛，哪怕这是独裁时期青少年最主要的社会化手段；他更不知道，祖父不仅对佛朗哥主义失望，也对当年参战的理想失望（如果说当年激励他上战场的不是简单的冲动，而是一种理想的话），虽然已经无从得知他是从什么时候起对这两者都失望的。正是因为哈维尔·塞尔卡斯什么都不知道，所以他就更不会知道，尽管年龄相差二十岁，祖父却在战争中与马努埃尔·梅纳结下了深厚的友谊。那年轻人每次从部队回村休假，祖父都会把他请到家里吃饭。

内战爆发时，马努埃尔·梅纳就在伊巴埃尔南多村。他已经十七岁了，刚以优异成绩从卡塞雷斯的中学毕业，准备先去马德里攻读法律。他回村里过暑假，跟母亲和三个还没成家的哥哥姐姐住在一起。与他们同住的还有两个小辈，一个是大哥胡安的女儿、五岁的小布兰卡；另一个是姐姐玛丽亚的儿子、七岁的亚历杭德罗，这小家伙跟他同住在一间屋里。在卡塞雷斯待了一年，他与童年的小伙伴们疏远了，倒是常常去找堂埃拉迪奥老师谈心，向他借阅书籍杂志，带着亚历杭德罗跟他一起散步——这孩子总跟他形影不离。此外他还与村里牧师的弟弟分外要好。那个年轻人名叫托马斯·阿瓦雷斯，战前经常来这里长住。虽说伊巴埃尔南多的生活有些封闭，但马努埃尔·梅纳一定在这里嗅到了那种蔓延全国的战火将至的气氛，一定预感到眼下的形势不会持续多久，也一定像所有人一样，认为残酷的战争或者兵变在所难免。毫无疑问，当佛朗哥最终起事的时候，他一定站在国民军一方，在村中欢庆合法共和国的末日；同样毫无疑问的是，在兵变刚开始的时候，他就下定了上战场的决心。

母亲立刻猜出了儿子的心思。也许她心里明白自己阻止不了他，可还是非要阻止他不可。随着岁月的流逝，母子两人在内战刚爆发的几个星期里的对话渐渐构成了马努埃尔·梅纳的传说中最生动的章节。据说母亲一遍遍地劝儿子，他还没到上战场的年纪，自己一个穷寡妇，还带着两个没出嫁的女儿，他不能丢下她们不管。她提醒儿子，他是全家人的希望。母亲和哥哥们辛辛苦苦地干农活，就是为了他能够不再重复这样的生活，能够离开家乡闯荡世界，能够进大学念书，谋个体面的职业。可他如果上了战场，这一切全都可能化为泡影。据说她还说，他是她最钟爱的儿子，是她的精神寄托，她质问，如果他死在战场上，这让她该怎么活。据说她费尽口舌，耳提面命，苦苦哀求，用尽了一切办法，而马努埃尔·梅纳的态度还是平静又坚决。他努力安慰母亲，但从未给过她一丝妥协的希望。据说马努埃尔·梅纳对母亲说，参军是自己的责任，他不能眼睁睁地待在家里看着其他跟他一样的同龄人在战场上舍生忘死。他应该义不容辞地挺身而出，绝不能当缩头乌龟。他上战场是为了保护母亲、姐姐、哥哥、侄女和外甥的生命，他只是在做许多人都在做的事情——为正义、为家人、为祖国、为上帝而奋勇杀敌。听说他是这么对母亲说的："妈妈，别担心。我要是回得来，一定会戴着军功章回来；要是回不来，也是为国捐躯，没有什么比这更伟大的事情了。""另外，"他最后说道，"如果我死了，你会收到一大笔抚恤金，再也不需要为将来的生计发愁了。"这都是传说中马努埃尔·梅纳对母亲说过的话。然而他说得最多的并不是对母亲提前的安慰，而是一句请求：

"妈妈，"他一次次对母亲说道，"如果我死了，只求你一件事——不要让别人看到你哭。"

1936 年 10 月初，在内战爆发两个多月后，马努埃尔·梅纳终于上了战场。我不知道有没有人看着他离开家乡，也不知道有没有人与他同行。我知道的是，他曾劝过好友托马斯·阿瓦雷斯跟他一起参军，但后者拒绝了。我知道他是一个人悄悄走的，没有征求任何人的同意，也没有向任何人告别，至少没向家人们告别，无论是母亲、兄弟姐妹，还是侄女和外甥。在离开几个小时或者几天后的 10 月 6 日，他作为志愿军加入了卡塞雷斯长枪党第三团，而村里第一批二十五人组成的民兵队，恰好也在几个月前加入了这个团。我不知道这件事情是不是偶然。有人宣称曾听梅纳当面说过（或者是听与他关系亲密的人当面说过），战争初期他曾在马德里打过仗。还有人称，马努埃尔·梅纳跟其他年轻的志愿军被派往马德里前线，正是为了把包括帕科·塞尔卡斯在内的第一批民兵换下来。据说就在那个时候，他跟帕科·塞尔卡斯成了忘年交，而我对此依然一无所知。这是马努埃尔·梅纳生命中最模糊的枝节。我们唯一了解他的是，从当年10月加入这支部队，直到次年7月调离，关于他的部队所参与的战斗部分，我们知之甚少。

在这九个月中，长枪党第三团的军事行动寥寥可数。他们很可能参加了马德里的战斗，但很快就撤回了埃斯特雷马杜拉大区，随即被派往巴达霍斯省的米亚哈达和维亚德雷纳，这两地是两军对垒的前线。由于亚圭率领的非洲纵队一路对共和派斩尽杀绝，所到之处寸草不生，巴达霍斯省最初几个星期的失控状态终于得到了扭转。眼下阵地稳固，波澜不惊。直到来年7月马努埃尔·梅纳调离之际，那里除了一些鸡毛蒜皮的小冲突，什么大事都没发生过。一切迹象都表明，在战争伊始那充满了仇恨、混乱、对战争的激动和群体性乐观的几个月里，马努埃尔·梅纳就像《鞑靼人沙漠》中的德罗戈中尉一样，年轻，满怀理想，听多了激情澎湃的演讲，被战斗的浪漫主义和战争的净化之美洗了脑，整日沉浸在杀敌建功的渴望里。一切迹象也表明，他待在埃斯特雷马杜拉死气沉沉的前线，摩拳擦掌地盼望与共和国军决一死战的这一年，简直就是小说中那位为了等待鞑靼军队的到来，在死气沉沉的巴斯蒂亚尼城堡中蹉跎一生的主人公的翻版。但这并不是马努埃尔·梅纳期待的战争，更不是他志愿从军的理由。于是他很快就开始寻找更符合自己期待的机会。

机会很快就来了。叛军从战争一开始就面临指战员的严重短缺。为了缓解这个问题，佛朗哥临时成立了一支由大学生组成的部队。这些年轻人经过区区两个星期的训练后就晋升为军官。三年内战中，以这样的方式培养的临时少尉将近三万名，几乎占佛朗哥军队军官总数的三分之二。这些人从一开始就被笼罩上了一层英雄主义的光环。在佛朗哥的宣传下，临时少尉很快就化身为英雄的典型：他们年轻勇敢，志存高远，慷慨无畏，随时准备献出生命。他们构成了国民军的中坚力量。“临时少尉，有死无回”，此话确实不假。整个内战期间，总共有三千多名临时少尉战死沙场，占到了死亡总人数的十分之一。1938 年 3 月，就在马努埃尔·梅纳阵亡前的几个月，佛朗哥的御用诗人、名誉临时少尉何塞·玛丽亚·佩曼创作的戏剧《世界是他们的》在萨拉戈萨的阿赫索拉剧院首演。这部作品塑造了临时少尉不朽的形象，热烈的颂诗很快就传遍了大街小巷：

临时……少尉。
脆弱的东西
总是悲伤又美丽。
如同风中花，
如同水晶盏，
我是西班牙人
是少尉
更是……临时的。

西班牙，我在这里
像献出二十枝鲜艳的大丽花那样，
把二十年的生命献给你，
也像花后的园丁那样
把死亡献给你。

1937年7月初，马努埃尔·梅纳进入格拉纳达军事学院学习，同年9月毕业，被授予临时少尉军衔——当时军校的学习时间已从内战初期的两星期延长到了两个月。成为临时少尉需要符合三个条件，此时他已年满十八岁，并在前线待够了半年，终于满足了其中两个。另一个条件是要有中学文凭，他在去年夏天就已经达到了。比起埃斯特雷马杜拉前线无所事事的日子，马努埃尔·梅纳应该非常喜欢格拉纳达的军校生活。身边的同学都是和他一样的青年学生，当大家唱着军歌，沿着中央大街朝军校或郊外方向列队行进时，总能引来围观市民一阵阵的欢呼喝彩。他们一边前进一边唱道：

士官生们——走出了校门
姑娘们——都涌上了阳台。
你向上看——能看到她们的袜带，
她们会罚你的——快跑，快跑，快跑，
跑向大海。

军校坐落在耶稣会神学院的旧址上，四周树林掩映。未来的少尉们在这里接受了严格训练，作息时间一成不变。马努埃尔·梅纳每天早早起床，六点就在阿尔罕布拉宫后面的山中训练野营、打靶和战术。那里低头可以俯瞰整座城市，抬头可以望见高高的内华达山脉。中午大家返回学校，一起在宽敞的食堂里吃午饭，食堂里摆着一个用来讲课的讲道台，但从来都没使用过。上午的操练课教官是德国人，几乎不讲废话，也很少说西班牙语。下午的理论课教官是西班牙人，讲授战术、后勤学、内部军纪、军事法庭、道德和宗教。士官生们每月能领到三百二十比塞塔的津贴。马努埃尔·梅纳曾经提起过，有个老兵提醒他领取第一个月的薪水："我说'陶罐儿'，第一个月的钱要花在制服上，第二个月的钱要花在寿衣上。""陶罐儿"是老兵给新兵蛋子们起的外号，在刚进校的几个星期，这些"陶罐儿"没少受他们的欺负。而老生们则常以"老子"自称。

军校的最后几天向来蔓延着焦虑的情绪，这里不允许留级，想要晋升军官就必须先通过考核。不过幸运的是，考试内容对于士官生而言并不困难，大部分人都能顺利过关。虽然身为教徒的马努埃尔·梅纳对于宗教向来没那么虔诚，但几乎可以确定，他一通过考试就和同学们去了安古斯迪亚圣母堂，向这位格拉纳达的守护神献上军衔上的少尉星，请求她庇佑自己和家人平安，这是士官生们必不可少的礼数。我不认为毕业后去伊夫尼射手团是马努埃尔·梅纳的初衷，因为这支部队实在太不起眼。但他很可能申请去外籍军团服役，毕竟那是临时少尉们最向往的部队。这支军团始建于非洲，大部分主力是当地土著队伍，伊夫尼射手团就是其中一员——然而无论他申请去哪里，最终都是部队根据需要挑选士官，而不是由士官生挑选部队。他一定在军营的露天弥撒上对着军旗宣了誓，仪式上还有军歌演奏、阅兵式和爱国演讲。我不知道宣誓的地点在哪里（可能就在格拉纳达，也可能在安达卢西亚的其他地方），但基本可以确认，南方部队的负责人冈萨罗·盖普·德·亚诺将军亲自莅临了现场。另一件基本可以确认的事情是，宣誓仪式后举办了一场毕业盛宴，新晋升的军官和他们的教员悉数出席。等到晚上宴会一结束，马努埃尔·梅纳就立刻动身返回了伊巴埃尔南多。在被派往新部队之前，他将在家乡享受为期一周的假期。

关于马努埃尔·梅纳晋升临时少尉后的第一次回乡，我打听到了两则逸事，更确切地说，是两个场景。将近八十年过去了，它们依然鲜活地留存在两位证人的记忆深处。第一个场景的亲历者是哈维尔·塞尔卡斯的母亲布兰卡·梅纳。那个幸福的下午，当马努埃尔·梅纳把军校毕业证夹在胳膊下，从格拉纳达返回的时候，她就在卡罗琳娜奶奶家里。时至今日，已经八十五岁高龄的布兰卡·梅纳依然能够栩栩如生地回忆起叔叔回家时的光彩照人，回忆起餐厅里一家人的欢呼雀跃，回忆起卡罗琳娜奶奶的喜极而泣，还有那些认识马努埃尔·梅纳的女孩儿——伊莎贝尔·马丁内兹、玛丽亚·鲁伊兹、帕卡·塞尔卡斯，全都没羞没臊地从村子的四面八方跑过来，欢迎这位刚到家的大英雄。这几个姑娘跟他年纪差不多，她们叽叽喳喳地围住他，又紧张又快乐，一个劲儿地跟他打听军校、格拉纳达和战争的情形。奶奶殷勤地招待她们，与她们共享爱子回家的喜悦；布兰卡·梅纳还记得，她一手抓着叔叔的军装上衣，一手抓着他佩带的少尉刺刀的刀柄（或者刀鞘），被这热腾腾的接风场面搞得晕头转向。她记得马努埃尔·梅纳的脚边放着没有打开的行李。他是那样高大年轻，就像王子一样出众——他穿着洁白无瑕的军装，银白色的军帽上绣着代表士官的金星，脖子上打着黑色领带，黑色袖带上绣着金色的星星和纽扣。他的上衣没有一道皱褶，裤子笔挺，扣子金灿灿的，皮鞋也擦得锃亮。他在欢乐的人群中开怀地笑着，军校数月的苦练、耀眼的少尉军衔、毛骨悚然的战争都被他一笑置之。他还讲起了笑话，引得众人阵阵喝彩。第二桩逸事是哈维尔·塞尔卡斯的表舅亚历杭德罗·加西亚在不久前讲给他听的。我在前文提到过，亚历杭德罗是马努埃尔·梅纳的外甥，在卡罗琳娜外婆家中的几年间，两人一直同住一间屋。不管他从卡塞雷斯的学校里回来，还是从前线回来，亚历杭德罗都会拉着舅舅的手，像只忠实的小狗一样形影不离地跟在他身后。他记得，马努埃尔·梅纳有时会带着自己去一个绰号叫"兔子"的男人家中听广播，他是全村唯一（或者几乎唯一）有收音机的人。有时候，他也会在吃饭的时候把舅舅送到住在村广场附近的堂埃拉迪奥·比涅拉老师家里，甚至还一路陪他去过帕科·塞尔卡斯在方塔尼亚街的家，然后遵照他的命令，一丝不苟地等到一个半或两个小时后聚餐结束，或者心下预测已经结束的时候，再去把人接回来。在马努埃尔·梅纳第一次回家休假的时候，甥舅二人大体也做过相同的事。

关于这次返乡，亚历杭德罗还记得两件小事。第一件是舅舅从格拉纳达给他带了个小礼物——一件阿尔罕布拉宫的石膏雕塑。另一件就是下文要讲的故事：

事情发生在马努埃尔·梅纳返回前线的两三天前，当时他已被任命为伊夫尼第一塔博尔营的军官。那天下午，亚历杭德罗在卡罗琳娜外婆家的大门口玩耍，马努埃尔·梅纳待在院子里读书。据亚历杭德罗说，他突然感觉到空气中或者天空里有一点异样——就好像重云猛然遮住了下午的太阳，黄昏骤然变色，黑夜提早降临，又好像预示着大难临头。他转头向西方望去，被眼前的景象惊呆了。尽管距离天黑还有几个小时，夕阳已经落到了村里最遥远的屋顶下，可余晖并没有完全消失殆尽。右边的空中还残留着一抹宛如幻影的黄光，其他大部分天空都被染成了红色，红得比右边那抹黄光更加奇幻。这片红光的左侧偏玫红，越遥远就越厚重。大片红色在他眼前涌动，越发浓烈，越发凶狠，就像从天上喷出来的鲜血。他突然回过神来，大喊大叫地引来了一群家人和亲戚，马努埃尔·梅纳自然也在其中。亚历杭德罗回忆说，刚开始的一瞬间，大家都震惊得说不出话，但很快就七嘴八舌地议论起来，所有人都在大声地猜测和争论，只有马努埃尔·梅纳一动不动，无言地凝望着烧红的天宇。亚历杭德罗走到他身边，握住了他的手，怀着好奇，急不可耐地问道：

“那是战争。对吗，舅舅？”

“不是战争，”马努埃尔·梅纳回答，“是北极光。”

7

“发现了吗？”大卫·特鲁埃瓦问我，“你每次提到马努埃尔·梅纳，‘剃刀’都很紧张。”

此时距我们从“剃刀”家出来已经有一会儿了。我们开车穿过卡斯特罗井广场，广场上的那对街灯散发着球形的光芒。透过酒吧方窗里的光亮，隐约可见有人站在柜台前，也有人在坐着打牌。一离开伊巴埃尔南多，我们就上了通往特鲁希约的狭窄公路，在深沉的夜色中又一次驶过吃午饭的玛哈达餐馆，从那里的十字路口拐上了去往马德里的高速路。我们原本打算在特鲁希约过夜，但现在还不到九点，开回马德里预计只需要一个小时，所以当车子到达通往特鲁希约的岔道口时，我们决定继续前进。左手边的狐头山在身后渐行渐远，矗立山顶的古城堡在黑夜中点起了灯，照亮了城墙和中世纪的塔楼。直到此时，关于“剃刀”的那场两个半小时的采访（他的女儿女婿也在场），我俩还没有交流过一个字。我原以为大卫之所以沉默，是因为在拍摄时不感兴趣。然而听到他这句话我才明白，事实跟我预想的恰恰相反。于是我立刻回答他，他注意到的这一点，我也同样注意到了。

“他不停地把手杖从一个地方换到另一个地方。”我补充着自己对“剃刀”的观察。

“真是不可思议，”大卫继续说道，“想想看，你爸爸被人像条狗一样地杀了，不知道是谁干的也不知道是为了什么。而你还得偷偷把他埋了，连个在葬礼上说句悼念话的人都没有。这太可怕了。而马努埃尔·梅纳是自愿参军，像个男人一样战死沙场，全村人都为他送了葬。在伊巴埃尔南多，马努埃尔·梅纳是英雄，‘剃刀’的父亲却什么都不是，甚至连这都不如，他只是一个死有余辜的‘红鬼’罢了。可怜的‘剃刀’：他把这段往事藏了将近八十年，没有跟一个人说过。将近八十年，就这么一直憋在心里。不知道你是怎么想的，反正我从一开始就觉得，面前的这个男人一生都过得像个病人。甚至连他自己都不知道自己有病。”

“我也有这个印象。”我点头承认，“另外我还觉得，他谈论起战争来，冷漠得就像在谈论一场天灾。”

“也许吧。”大卫承认道，“许多经历过战争的老人都是这么谈论战争的，特别在乡下。不过我觉得‘剃刀’的反应是故意的，他在掩藏。”

“掩藏？”

“你们家是村里的右翼，对吧？或者说，你们全家都是站在佛朗哥这边的；无论‘剃刀’怎么夸他们，你家里人都是他的杀父仇人，事实就是如此。而你作为这个家族的一员，竟然希望他能向你坦白对战争和马努埃尔·梅纳的真实想法？可这些他对自己的女儿都没说过！……正因为如此，他说起话来才那么克制。你可别提什么战争已经过去快八十年了，在他看来，战争从来都没有结束，或者说，佛朗哥主义从来都没有结束——因为佛朗哥主义是战争另一种形式的延续，而这些他都没法跟你说明白。”

“是的。”我附和道，“我也觉得，他心里藏着的事儿要比对我们讲出来的多。”

“不是多，是多很多。”大卫强调道，“至少对于战争和马努埃尔·梅纳是这样的。”

我再次表示赞同，也许是怕大卫转换话题，我赶紧把脑子里的第一个想法和盘托出：

“你难道不觉得，他随时都会放声大哭吗？”

大卫的目光从眼前的公路转向我，满脸都是惊愕和不解的表情。

“谁？你是说‘剃刀’？”大卫马上转过头去，一心看着前路，“我敢打保票，他从来没哭过。”

我想到了我妈。自从马努埃尔·梅纳死后，她也再没哭过。我觉得大卫是对的。

“有道理。”我说道，“可以肯定，他一辈子的眼泪在父亲被杀的时候就流干了。”

“那当然。”大卫点了点头，“对了，你有没有想过另一件事？”

此时我正在默默地问自己，是否可以把“还能不能哭出来”设定为划分人群的重要标准。同时我也在默默地问自己，究竟有多少人在战争中失去了哭泣的能力。我一听到大卫的话，就高声问道：

“什么事？”

“也许，‘剃刀’之所以同意接受你的采访，并不是为了跟你谈论马努埃尔·梅纳。”

我试图理解这句话的含意，但一片茫然。

“你什么意思？”我坦言。

大卫面色阴沉地咂了咂嘴。

“你看啊，”他开始上课了，“将近八十年过去了，这个人一直对那场战争守口如瓶，哪怕跟他女儿也没说过。你当真相信他会随随便便地开口谈论一个被全村视为英雄的佛朗哥分子，特别是跟你谈？去你的吧！你可是村里这位英雄、佛朗哥分子的亲侄孙。他之所以答应你的采访，其实是想跟你说他父亲，是想让你背负这段往事，让你替他说出来，否则他父亲被杀的事情将永远石沉大海。也许他自己也没有完全意识到这一点，但他却这么做了，你对此一点儿都不需要怀疑。或者说，他才是那个让历史重见天日的人。对了，是谁说过要承担责任的？汉娜·阿伦特？好，现在责任来了，该去承担了！”

公路上几乎没有人影。这是一个看不见月亮的夜。道路两侧遍植着圣栎树的田野从近乎隐匿的黑暗中显现出来。修长的街灯散发着煤气炉颜色的光，好像长颈鹿的脖子，又好像巨大的向日葵。但也有几条路没有街灯照明，或者街灯不亮，整条道路都笼罩在一团昏黑里。反向公路上驶来的寥寥几辆车与我们擦肩而过，又消失在身后的夜幕中。同向公路上行驶在我们前面的车辆就更稀少了。大家的车灯都亮着，一起反抗着大山压顶般的暗夜。大卫不慌不忙地把车速调到每小时一百二十公里，他靠在座椅上，手搭在方向盘的底部（看上去更像在抚摸它），两眼紧紧地盯着公路，可我却觉得他的目光并没有停留在外面，而是停留在内心：此刻令他全神贯注的并不是车窗外的路况，而是脑海中的思想。我记得当时我要么拧开了收音机，要么放了一张CD。耳边响起了一首不知名的歌。歌声温柔，我们的话题从“剃刀”转向了马努埃尔·梅纳。

“从前的人们对战争的看法跟现在是完全不一样的。”大卫的声音在某一刻响起来，时断时续的路灯照在仪表盘的荧光上，在车里营造出一种像池塘或者鱼缸那样虚无缥缈的氛围，“我们已经忘了，但这千真万确。其实我们几乎总是觉得战争是有用的，是能解决问题的。成百上千年来，人类一直都是这么想的：战争可怕残酷，但也壮烈高贵，战场是真正能够展现自我的地方。这种观点在现在看来简直就是狗屎，是不堪一击的疯话。但实际上，就连最伟大的画家都是那么想的。不知你看没看过委拉斯开兹的《受降布雷达》，画中的战场还在冒着硝烟，可所有人物都充满了骑士风度，失败者不失尊严，胜利者宽宏大量，让你看过那幅画后，也跃跃欲试地想去战场上走一遭，哪怕是战败了也好。真的！就连战马都被他画得聪明又善良。可你再看戈雅的《五月三日的枪杀》或者《战争之祸》，只会觉得浑身汗毛倒竖，脑子里唯一的念头就是快跑。当然了，我们都知道戈雅比委拉斯开兹更接近现实，但我们也是不久前才知道的。或者说，也许戈雅只是如实描绘了战争，而委拉斯开兹画出了我们心目中的战争，或者说，画出了人类几百年来对于战争的主观想象。无论如何，我相信当马努埃尔·梅纳走向战场的时候，他对战争的认识严重倾向于委拉斯开兹而不是戈雅。年轻人在上战场前都是这么想的。”

大卫就是在这个时候提起了南斯拉夫作家丹尼洛·契斯的短篇小说《为国捐躯是光荣的》。我敢说他一定是因为马努埃尔·梅纳才想到了这个故事，虽然我也不知道他是怎么将两者联系在一起的。他之所以跟我提起这部作品，是因为契斯笔下的主人公是个像马努埃尔·梅纳一样的年轻战士，在鼎盛年华死于暴力。也许他这么做还因为想继续跟我说些以前没说过，或者不敢说，或者虽然委婉地暗示过，但我却没听明白的话。我重申一遍，我对他为什么提这部小说始终一无所知。但我知道他非常喜欢这个故事，几年前还曾考虑过把它搬上银幕，因为这个原因，他把这篇小说读了许多遍。

“故事发生的时间和地点都没有明写，”大卫措辞严谨地讲起了故事梗概，“作者显然是故意的：我们一看就知道他写的是欧洲。故事里有一个帝国和一个皇帝，文中暗示那是西班牙帝国和西班牙皇帝，可同时又提到了无裤党和雅各宾派，在这两群人生活的时代，欧洲并没有什么西班牙帝国。最后……故事的主人公——或者说是明面上的主人公——名叫埃斯特哈希，是个伯爵，他死时跟马努埃尔·梅纳差不多年纪……埃斯特哈希出身于一个高贵的家族，家族的历史与皇室一样久远，因为参加了平民反抗皇帝的暴动，被后者判处了绞刑。小说从埃斯特哈希受刑前夕开始写。

有一天，伯爵的母亲来监牢里看他，这位贵妇人一向以显赫的家族为傲。母子俩说了一会儿话，年轻人对母亲说，自己已经做好了赴死的准备。可话虽这么说了，母亲却并不相信他能说到做到。证据就是，她一个劲儿地鼓励儿子，给他勇气，希望他能够保持住最后的尊严，昂起头无畏地面对最可怕的时刻。她还向儿子保证，会到皇帝那里替他求情，哪怕跪在他的脚下也不足惜。她告诉儿子，如果求情成功，就会在他被押上刑场的那天穿着一身白衣站到阳台上。只要看到这一幕，就说明皇帝会及时赦免他，他的性命已经保住了。”说到这里，大卫停顿了一会儿，好像不知应该如何继续讲下去，又好像刚发现自己遗漏了什么情节。“在被捕入狱的那段日子里，”他继续说道，“埃斯特哈希伯爵心中的头等大事，就是将贵族精神保持到生命的最后一刻。他所做的一切都是为了不让任何人看到自己临死前的崩溃、恐惧和脆弱。行刑那天清晨，他早早就起床了。虽然前一晚彻夜未眠，他还是不慌不忙地做着平常该做的一切：祈祷，抽完最后一支烟，然后任由别人像对待山贼一样，在背后捆住双手，把自己押上通往断头台的囚车。在通往绞刑架的路上，恐惧一时间占了上风，但这个年轻人还是顽强地战胜了它。小说最精彩的一幕，是埃斯特哈希的囚车穿过人群汹涌的街道。沿街百姓对他恨得咬牙切齿，挥着拳头对他破口大骂。他感觉勇气从身体里消散了，身边的平民觉察到了他的脆弱，越发兴奋起来，大家声嘶力竭地纵情高呼。然而，这一切突然改变了。只见伯爵重新挺直了腰杆，埃斯特哈希家族的高贵和勇敢又重新回到了他的身上。你猜发生了什么？”大卫显然不指望听到我的回答，可他还是停顿了一下，“因为当囚车马上就要驶离那条街的时刻，他突然看到远远的阳台上闪着一个耀眼的白点。那是母亲披着一身白衣，从阳台上探出身来。她在告诉儿子——他已被赦免了……于是伯爵知道，母亲的哀求打动了皇帝，赦免他的敕令马上就要到了；于是他像家族中的先辈那样，充满尊严地走上了刑场，直面死亡。这故事听上去很动人，是不是？可唯一的问题是，赦免的敕令并没有来，埃斯特哈希还是被绞死了。”

大卫沉默了，好像在等待这个故事的结尾，或者说是表面上的结尾，将我深深打动。

“确实是篇好小说。”我只是真诚地回了他一句话。

“没错。”大卫说道，“你不觉得这部小说最棒的地方就是它的模糊，更确切地说，是复数的‘模糊’吗？这个故事的模糊具有双面性。一面在明，另一面在暗；一面是表象，另一面是真相。契斯本人在小说的尾声中阐明了表象上的那层模糊，他说自己讲述的这个故事具有双重版本，穷人和失败者的版本洋溢着英雄主义，这个版本中的埃斯特哈希很清楚自己将会死去，并像个勇士一样昂首就义。第二个版本是凡人的版本，也是由胜利者书写的版本。在这个版本中，一切只不过是伯爵母亲导演的一出戏。”

大卫转头看了我一会儿，只有眼神里含着笑，或者说，我的感觉是这样的。

“然而所有这些话都只不过是在讲故事罢了，没有人能比他讲得更好了。”大卫继续说下去，“我的意思是，契斯说了谎。这个模糊的故事只是表面上模糊而已。因为我们都知道，所谓历史的英雄主义版本，指的就是故事和传说（或者说虚构），它们都是穷人和失败者在穷困和惨败中寻找安慰、逃避痛苦的方式。所以母亲导演的那出戏才是实打实的真相，而胜利者和官方历史学家为了阻止英雄传说的诞生，也会坚持这个真相。契斯是个铁面无情的冷血作家，不会留给读者丝毫的安慰和希望，在他的笔下，统治者不但掌握权力，而且掌握真理。所以这个故事本质上既不模糊，也不稀奇。真正模糊的是那位母亲，是她的态度或者谋划，她才是小说真正的主人公。因为她的行为的确存在两种解读。第一种解读是：她之所以身披白衣登上阳台，欺骗儿子国王已经赦免了他，完全是出于母爱。只要儿子一直坚信国王会赦免自己，他在临刑前就不会感到痛苦，就会死得平静和幸福。第二个解释是，母亲欺骗了儿子，虽是出于母爱，却又不完全是出于母爱：她还希望儿子能像个真正的埃斯特哈希贵族一样，无所畏惧地走上刑场，不辜负姓氏和家族的荣光。”

“她想让儿子死得壮烈，”我打断他，“希腊人把这称为‘死亡之美’，这就是伯爵母亲对儿子的希望。”

“千真万确。”大卫回答。

“在希腊人眼中，这是最好的死法。”我向大卫解释道，“一个高贵纯洁的年轻人为理想献身，以此印证自己的纯洁和高贵。就像《伊利亚特》里的阿喀琉斯，就像这位埃斯特哈希伯爵。”

“也就像马努埃尔·梅纳。”大卫补充道。

直到这时我才明白过来，大卫突然把话题转到契斯，并不是因为他不想再谈马努埃尔・梅纳。

“假设他是一个高贵纯洁的青年吧，”我迅速接下了话题，“然而一个高贵纯洁的青年，有可能为了一个错误的目标而战斗吗？”

大卫想了一会儿才开口。在他沉思的当口，我突然想到，他对这个问题的思考，也许从把《萨拉米斯的士兵》改编成电影的时候就开始了。

“有可能。”他回答，“想知道为什么吗？”

“为什么？”

“因为我们人类并不是全知全能、什么都懂的。内战已经过去快八十年了，你我也都四十多岁了，所以才能轻而易举地明白马努埃尔・梅纳为之舍命的目标是不正义的。但当年的马努埃尔・梅纳只是个刚刚成年的男孩子，没有穿越时空的视角，也不知道将来会发生什么，他只不过才刚刚走出从小生活的那个村子而已。再说了，谁说阿喀琉斯为之献身的理由就一定是正义的？依我看他一点儿都不正义。就算可怜的海伦没有权力跟帕里斯私奔，也没有权力抛弃墨涅拉俄斯——这家伙不但是个老头，还是个㞞蛋——你觉得这能成为发动战争，特别是像特洛伊那样野蛮的战争的理由吗？说真的，我们评价阿喀琉斯，并不在意他为之牺牲的理由是不是正义。我们歌颂他，是因为他行为的高贵，以及他身上所表现出来的庄重、勇气和仁慈。所以，我们为什么不能以同样的标准去评价马努埃尔・梅纳呢？”

“可我们不是古希腊人啊，大卫。”

“但是在这件事情和其他诸如此类的事情上，我们还是像他们那样比较好。你看，马努埃尔·梅纳在政治上是错误的，这一点毫无疑问；但是在道德上……你敢说自己就一定比他高尚吗？反正我可不敢。”

我不想回答他的问题，于是就又问了一个问题：

“万一他既不高贵，也不纯洁呢？”

“那我就收回这句话。”大卫斩钉截铁地回答，“不过你得先证明，他既不高贵，也不纯洁。因为如果正相反的话……”

正在这时，两辆汽车如同贴在一起，突然超到了我们的前面。红色的尾灯迅速消失在公路上弥漫的昏暗里，活像被黑夜一口吞掉了似的。大卫一边骂着两位司机，一边说起儿子莱奥和他的朋友来。说完了又来问我，刚才讲到哪儿了。

“讲到‘kalos thanatos’，”我回答，“也就是‘死亡之美’。那是古希腊人的道德理想，也是他们获得永生的保证。但这些话题都是由契斯的那篇小说引出来的。”

“当然，”大卫想起来了，“讲到那个故事的双重解读，是吧？也就是为什么伯爵的母亲会穿着白衣登上阳台，去欺骗她的儿子。第一个解释是，她完全是出于母爱，为了让儿子少受折磨；第二个解释是，她这么做固然有母爱的因素，但也是为了家族的荣耀和骄傲，为了确保儿子不辱没埃斯特哈希家族的门风。这两个解释，你更倾向于哪一个？”

车灯的照明范围外是几乎不见五指的夜色。双行道中央的白线如同断断续续的闪电从车身左侧掠过。我努力集中精神思考大卫的问题，不知是什么原因，我又想起了早先在玛哈达餐馆吃饭时从脑海里跳出来的那句话："我写，是为了不被写。"我突然意识到，埃斯特哈希的命运是由他母亲决定的。是这年轻人的母亲，而不是他本人，写就了他英雄的结局。想到这里，我不由自问，同样的事情是否也曾发生在马努埃尔·梅纳身上？虽然在家人们的传说中，他母亲一直在阻止儿子上前线。但事实会不会是，为了光耀这个大家族在村中的门面，她以一种隐秘而不自觉的方式，暗暗把儿子推向了战场，从而替他书写下了英雄的结局？想到这里，我又像在玛哈达餐馆里那样暗暗对自己说，是写作让我摆脱了埃斯特哈希和马努埃尔·梅纳的宿命。只不过这一次，我的心中涌起了一丝浅浅的骄傲。我成为作家，是为了不让我妈写我，不让她参照着自己心目中最崇高的命运，也就是马努埃尔·梅纳的命运，来书写我的人生。也许是出于对刚才这个想法的一丝惭愧，也许是出于想到这个问题时内心的骄傲，我的思绪又重新回到了契斯的小说和大卫的问题上。我的脑海里突然冒出了一个答案。

"还有另一种可能。"我提出了自己的推测。

"什么可能？"大卫问道。

"母亲并没有欺骗儿子，至少不是有意欺骗。"我解释道，"是皇帝欺骗了母亲。"

大卫立刻明白了我的意思，我猜他一定也曾考虑过我提出的这个可能。

"你是说，母亲放下尊严，请求皇帝赦免她的儿子。皇帝答应了她，却没有履行诺言？"

“没错。”

“这不可能，”大卫反驳道，“这样一来，皇帝就不像个皇帝，母亲也就不像是埃斯特哈希家族的母亲了：这样的女人是不会向任何人弯腰的，哪怕是面对皇帝，哪怕是为了救她儿子的命。”

大卫最后的语气不容置疑，而我也不想质疑。两人一阵沉默，只有收音机（或者 CD）飘出的音乐浮动在车中。直到这时我才认出来，这是鲍勃·迪伦的声音，或者是一个跟他非常相似的声音。我觉得大卫不会再谈论埃斯特哈希母子了，可是我错了。

“不知道你怎么看，我就特别不喜欢那种带着说教气、一点悬念都不留的结尾。”他继续说道，“从表面上看，契斯这个故事的结尾也属于这一类，可实际上并不是，因为它什么都没挑明，所以我特别喜欢，喜欢到可以背下来。‘历史是胜利者书写的。’”他口中念念有词，停了一会儿又继续背下去，“‘传奇是人民讲述的。文人们异想天开。只有死亡实实在在。’”

大卫还在说个不停。我不记得他都说了些什么，但一定是些跟契斯的小说无关，却是由这篇小说或者小说的结尾引申出来的话题。而他刚才念出来的四句话，就像透明的谜团那样，久久地在车里萦绕着。我听着大卫的谈话声，听着鲍勃·迪伦或者鲍勃·迪伦模仿者的歌声，听着夜车在坑洼的柏油路上行驶时单调的轰鸣声，不禁走起了神。我想到我们这些文人果真是喜欢异想天开的，死亡也果真是实实在在的。然而同样果真的事情是，虽然马努埃尔·梅纳是战争的胜利者，大家也只是在讲述他的传说，但从来都没有人书写过他的历史。那么，这是否意味着契斯的话是错误的，也就是说，尽管历史是由胜利者书写的，但有时候胜利者本人的历史却无人书写？这又是否意味着，尽管马努埃尔·梅纳作为胜利者的一方战斗过，但归根到底，他并不是一个胜利者呢？

汽车已经开过了塔拉韦拉德拉雷纳的公路口，契斯的话还在我的脑子里打转。大卫在一家公路餐厅停下来，我们进去喝了杯咖啡。就在那里，他出乎意料地（至少对我而言是出乎意料的，我从来没想到他会主动讲这些）说起了自己破裂的婚姻和另觅新欢的前妻。也许他已经说了一会儿了，而我直到此时才听见。直到回到车上，他还在继续这个话题。他说了很久，我转过身去侧耳倾听，就好像看着他脸上开始花白的胡须，看着他落在方向盘上的双手和凝神观察夜路的眼睛，就会忘掉马努埃尔·梅纳，而把注意力集中到他正在说的事情上一样。大卫与前妻已经分手好几年了，我从来没有听他这样谈论过这场分离。他是如此平心静气，没有痛苦，也没有痛苦的言语。过了一会儿他说道：

“你知道我最想念的是什么吗？”他等着我回答，“不爱的时候，”他自己回答了，“听上去就好像夏天的一句歌词，不过事实他妈的就是——当你爱着一个人的时候，一切都会好很多。”

又过了一会儿，在事无巨细地向我描绘了他前妻和那位好莱坞巨星幸福的新生活后，大卫若有所思地沉默了。

“哈维尔，我就是想不明白。”他最后是这么说的。紧接着，仿佛是在控诉一桩天大的冤屈，他又激动地冲我大叫起来，“你倒是说说看，维果·莫腾森这浑球儿到底他妈的哪一点比我强？”

他朝右边转了转身，平静地看了我一秒。第二秒，我俩一齐放声大笑起来。

“祝贺你，伙计，”我一边笑一边对他说，“你痊愈了。”

夜里十一点，往来的车辆越来越多。城郊的旅馆、饭店、加油站和工业区的灯光渐渐点亮了夜色，冲淡了公路两侧旷野上浓重的漆黑。远处的天边闪耀着一片璀璨的黄光，就像巨大的火堆在熊熊燃烧：那是马德里。过了一会儿，我们的话题又重新回到了马努埃尔·梅纳和“剃刀”身上。

“有件事你可以肯定，”当我们的车驶出埃斯特雷马杜拉大区的公路，进入马德里市区的时候，大卫这样断言，“那个人一定会把成堆的秘密带进坟墓。”

8

1937年9月25日，马努埃尔·梅纳第一次以少尉身份加入国民军，十二个月后阵亡。在那段惊涛骇浪的日子里，他经历了无数生死考验。有些战争的幸存者在公共场合下宣称，战时的极端状态能让人学到许多重要的东西。可是背地里，所有活下来的人都知道，自己什么都没学到，唯一明白过来的就是，人类在战争中可能达到的邪恶程度远远超出了我们在和平年代的想象。整整一年间，马努埃尔·梅纳一直在全国各地的火线上穿梭。他参加过最惨烈的战斗，忍受过四十度的酷热和零下二十度的严寒，在飞沙走石的荒漠和高耸陡峭的山岭上噩梦般地行军，打退过共和国军的突袭，与敌人徒手格斗过，进攻过（或试图进攻过）被恐惧清空了的村庄和城市，还有条件恶劣的工事、防线以及险峻的山峦。他曾经五次负伤，目睹过若干人的死亡，甚至亲手结果了若干条人命。然而他这辈子直到战死都没跟女人上过床（除非他的第一次发生在战地妓院里）。有些人说他曾喜欢过一个姑娘，名叫玛丽亚·鲁伊兹，是伊巴埃尔南多村里一户大财主家的千金，生得美丽娇柔，优雅聪慧，还读过书。但没有一丝证据表明那位小姐回应过他的爱意。就连这件事本身，可能也只是大家编织出来的另一则传说而已。

通过查阅某些文件，我较为精准地还原了马努埃尔·梅纳人生的最后一年。这些文件并非毋庸置疑——任何历史文献都担不起这个词——然而借助恰到好处的想象，我的确在这些信息的指引下冲出了传说的迷雾，触碰到了历史的真相。最重要的一份文件无疑是马努埃尔·梅纳所在部队——第一塔博尔营的作战日记。这个营隶属的伊夫尼射手团，得名于西非加那利群岛对面那块同名小飞地，1934 年，伊夫尼飞地正式并入西班牙北非殖民地，伊夫尼射手团也应运而生。团里的大部分士兵是当地土著，大部分军官是西班牙人。作为一支突击部队，整个内战期间，哪里的战事最激烈，这个团就被派到哪里的火线上打硬仗。这么做的结果是，内战结束时，全团减员率超过了百分之五十：将近四千人受伤，一千多人阵亡。很有可能的是，在埃斯特雷马杜拉的前线无所事事地待了好几个月后，马努埃尔·梅纳正满怀雄心壮志，迫切地渴望能到战斗最艰苦的地方杀敌建功。如今这个日思夜想的夙愿终于实现了。

马努埃尔·梅纳加入伊夫尼射手团第一塔博尔营时，这支部队正在萨拉戈萨附近休整待命。在此之前，他们已经马不停蹄地战斗了将近一年，用“马不停蹄”来形容他们一点儿也不夸张：从 1936 年初秋起，马努埃尔的战友们先是在马德里战役中打了几场关键的大仗，紧接着就向布鲁内特进发，参加了维亚努埃瓦德拉卡涅达的阵地战和拉斯罗萨斯的保卫战。他们攻克了戈贝泰拉高地，冒着共和国军的炮火强行通过了哈拉马河上的战略要地品多戈桥。在1937年春的托雷多桥争夺战中，全营在两天内阵亡三百零三人，全部十三名军官中阵亡七人。随后他们又参加了阿巴拉辛战役，在苏埃拉、圣马代奥德加耶戈和弗恩特德埃布罗等地抵挡住了共和国军对萨拉戈萨的进攻。9月末，当马努埃尔·梅纳少尉前来报到的时候，全营的人已经快打光了。第一塔博尔营与整个伊夫尼射手团一样，都属于巴隆将军[①]率领的第十三师。这个师的红色徽章上印着一只黑手，还印着一句阿拉伯语“谁开进了布鲁内特？”，所以又被称作“黑手师”。接下来的两个月是第一塔博尔营的休整期，也是马努埃尔·梅纳作为新军官的适应期。部队长官利用这段时间养精蓄锐，重整旗鼓，从摩洛哥和西班牙招募新兵，来补充将近十二个月不停作战所造成的严重减员。马努埃尔·梅纳很可能参加了新兵的训练。从他后来直接被分配到塔博尔机枪连来看，他很可能在此期间学会了佛朗哥国民军配备的哈奇开司系列机枪，包括M1909贝内－梅西耶轻机枪和M1914重机枪。甚至在这两个月中，他还可能跟随本部或者其他部队参加过某些助攻战斗。可以确定的是，1937年12月初，第一塔博尔营与第十三师一起向瓜达拉哈拉附近的阿科莱亚德皮纳集结，准备与佛朗哥最精锐的部队会合，向1936年11月起一直在抵抗的

① 指第十三师指挥官费尔南多·巴隆·奥尔蒂斯（1892—1953）。

马德里发动总攻。这次行动是佛朗哥在国民军攻占北方后策划的，可最终并未付诸实施。于是1938年1月，马努埃尔·梅纳的部队又回到了阿拉贡，准备参加内战中最血腥的战役之一——特鲁埃尔战役。

这是马努埃尔·梅纳加入伊夫尼射手团后的第一仗。两星期前，八万名共和国战士包围了特鲁埃尔城，揭开了特鲁埃尔战役的序幕。自内战爆发起，这座省会[①]就处于共和国军的三面合围下，只有希罗卡山谷的公路和铁路通往国民军占领的萨拉戈萨及其周边地区。12月15日晚，围城战正式打响，利斯特[②]统率的第十一师从塞拉达斯高地上冲下来，占领了康库德村，与从卢比亚雷斯赶来的第六十四师在桑布拉斯村会师，共同击溃了国民军在姆莱顿山坡上的防线，切断了希罗卡山谷的道路，也切断了城内和国民军后续部队间的通信。这次高效神速的行动由共和国军参谋部策划，既有宣传目标，也有战略目标。内战爆发后，共和国军节节败退，处处都比不过佛朗哥的国民军，甚至连一座省会都没有打下来。为了提振士气，也为了引起国际社会的关注，参谋部决定一举拿下弱小的特鲁埃尔城，借此向全世界证明，共和国军虽然屡战屡败，但只要有充足的外援，就依然有反败为胜的希望。这就是此战的宣传目标。至于战略目标，一是围点打援，阻止包括伊夫尼射手团在内的佛朗哥精锐进攻马德里；二是助攻共和国军野心勃勃的“P计划”，即进攻埃斯特雷马杜拉大区的国民

① 特鲁埃尔城是特鲁埃尔省的省会。

② 指共和国军重要将领、共产党员恩里克·利斯特（1907—1994）。

军防线，将战线延伸到葡萄牙，将该省的国民军控制区一分为二。然而P计划的成功是有先决条件的，即一切战况的发展必须完全符合共和国军参谋部对战争的预判和假设。他们的预判是：哪怕有一寸土地失手，佛朗哥也会立刻动兵夺回来，并且将战场摆在共和国军预判的地方；他们大胆的假设是：佛朗哥不会甘心失去哪怕一个省的省会，一旦特鲁埃尔城失守，他一定会集结精锐部队进行反扑。共和国军的预判和假设都对了。虽然直到12月21日，佛朗哥还在犹豫是否采纳顾问们的建议，按原计划重新攻打马德里，但他最终还是决定停止进攻。12月29日，原定攻打马德里的国民军直奔特鲁埃尔城，打响了对共和国军的反击战。

五天后，也就是1938年1月3日，马努埃尔·梅纳在希罗卡山谷中的塞亚火车站下了车，此地距特鲁埃尔城只有二十公里，与其说是火车站，不如说是个临时乘车点。四角形的候车楼裸露着石块，矗立在孤零零的铁轨边，远离了一切文明的痕迹。周围群山环绕，山上遍布着敌军的战壕。特鲁埃尔城尚未落入共和国军之手，但自12月21日起，城里便爆发了血腥的巷战。双方战士以手榴弹和刺刀为武器，步步为营地争夺每一栋房屋，一对一地展开贴身肉搏。数千名国民军士兵隐蔽在堆积如山的瓦砾中，在几乎断水、断药、断粮的绝境下拼死抵抗。他们隶属于雷伊·达科特麾下的第五十二师，分别集结在西班牙银行、特鲁埃尔神学院和市政府的废墟里。就在这一天，政府大楼、修道院和圣克拉拉医院尽数沦陷。我不知道马努埃尔·梅纳此前是否见过雪，但就在他抵达前几天，特鲁埃尔城及其周边地区下了一场极可怕的暴雪。大雪落满了整个希罗卡山谷，气温降到了空前低点；很可能伊夫尼射手团第一塔博尔营的大部分士兵都没有见过雪。他们和马努埃尔·梅纳一样，在这片白茫茫的荒原上等待着与第十三师剩余部队的会师。

1月3日到4日当晚，马努埃尔·梅纳在塞亚火车站附近露天睡了一夜。他努力抵御着严寒，却没有充足的装备。他的鞋子和军服都不是冬装，只能勉强裹着普通军毯和大衣取暖。天开始黑了，他用铲子在雪中挖了一个洞（或者是他命令手下挖的），铺上毯子，跟两三个战友抱成一团躺下去，希望靠彼此的体温取暖。他把大衣盖在身上，仗着十八岁壮实的身体勉强睡了一会儿，醒来时发现四肢并没有冻僵。我不知道他是如何熬过了那个长夜和第二天清晨的。但是到了第二天下午，第十三师所有部队终于在塞亚火车站集结完毕，紧接着便争分夺秒地向塞拉达斯村和塞拉达斯高地进发。

马努埃尔·梅纳也行进在那支队伍里。大雪纷纷扬扬地飘在田野上，飘在废弃的房舍和畜栏上，几乎掩埋了前方的道路。冬风凛冽，天寒地冻，低垂的天空像蒙上了一层白粉。队伍像幽灵一样穿行在洁白的旷野上。右侧方向是萨恩斯·德·布鲁阿戈统率的第一五〇师，他们已经拿下了科尔多山和塞拉达斯公路之间的高地。更右侧方向是萨戈迪亚的第六十二师，他们在新年前夕已经拿下了平原地区，包括康库德村。而马努埃尔·梅纳的第十三师本该占领1207号高地——拉罗西亚村所在地，从内战一开始共和国军就在这儿部署了阶梯形战壕，也是第一五〇师企图占领塞拉达斯高地的关键所在。这是特鲁埃尔攻城战中的一处战略要塞。我不知道马努埃尔·梅纳在穿越希罗卡山谷向共和国军阵地进发的途中，是否清楚此行的任务。但等到第二天，当巴隆将军在与拉罗西亚村相距五公里的塞拉达斯村集结所有军官、下达作战指示的时候，他一定知道了。那天晚上，部队再次睡在了露天的雪洞里。第二天早晨，当马努埃尔·梅纳醒来的时候，面对周围荒寂的雪原，也许会情不自禁地疑惑，第十三师是不是在天亮时就已经开拔，把自己和那两三个一起过夜的战友丢在这里了。或许当他面对着眼前令人目眩、不见一个人影的纯白世界，会觉得自己还在做梦。但他很快就会明白，昨夜又下了一场暴雪，雪花就像厚厚的棉被，盖住了全团官兵和他们的辎重。就在队伍重新出发之前，他还会不那么惊讶地发现，军用水壶里加奶的咖啡已经冻成了棕色的冰块。他还会看到——根据当年一位战友多年后的回忆——团里一位冒失鬼想用融化的雪水梳头，结果整个脑袋都被冻成了挂着冰凌的雪球。

眼看特鲁埃尔城就要落入共和国军之手，国民军指挥官决心不惜一切代价撕破包围圈。那天下午，第十三师在拉罗西亚村与共和国军交上了手。这是一次匆忙而愚蠢的火线遭遇战。因为时间紧急，国民军来不及调动必不可少的炮兵支援，就对共和军固若金汤的防线发动了进攻。他们的对手是阿尔巴·雷布依达少校指挥的共和国军第三十九师，这支部队装备精良，最近几周刚刚加固了防御工事，修建了铁丝网，挖好了战壕、机枪坑道和迫击炮坑道。国民军从拉罗西亚村对面的贝伦山上发起冲锋，第十三师就驻扎在山顶上。我坚持认为那是一场愚蠢的自杀式攻击。冲在最前面的第四旗[①]和第五旗在隔绝两军的一处名叫埃尔波苏埃洛的山谷中被共和国军迎头痛击，死伤遍地。被打垮的佛朗哥士兵在地面上匍匐，企图在谷底寻找掩护，但那里不但没有什么掩护，那一身绿军装倒是在白雪的映衬下分外醒目，简直成了对手的活靶子。直到夜色降临，大家才摸黑撤回了原地。

也就是在这里，马努埃尔·梅纳第一次负了伤。那天是1938年1月8日。1月6日至7日，第十三师共向拉罗西亚村发动了五次进攻，结果全部被打退，造成了大量伤亡，宛如拿鸡蛋去碰石头——共和国军不但武装精良，兵强马壮，四面开花，还占据了埃尔波苏埃洛山谷的绝佳地形；相比之下，佛朗哥的国民军只能从谷底向高处发动进攻——然而两天来的惨败并没有让他们放弃，1月8日天刚亮，伊夫尼射手团第一塔博尔营就又冲了上去。

关于那次冲锋我一无所知，任何人都一无所知：既没有留下什么书面记录，也没有哪位幸存者讲述过当时的情景。所以我应该停下笔，将语言交付于沉默。当然我要是个文人的话，大可以编出一部天花乱坠的小说来。对于他们而言，想象本就是天经地义的事。打个比方，如果我是个小说家，我可以想象战斗打响前的几个小时，马努埃尔·梅纳瑟缩在露天的雪洞里，因为寒冷和生死未卜的明天而彻夜难眠。我可以想象他当时很害怕，也可以想象他一点儿都不害怕，还可以想象他一边无声地祷告，一边思

---

① 旗，西班牙驻非洲殖民地的雇佣军建制，相当于连。

念着家中的妈妈、哥哥、姐姐、侄女和外甥。他知道关键时刻真的来了，正努力地抖擞精神，准备英勇无畏地接受考验，绝不让任何人失望，也许更重要的是，绝不让自己失望。我可以想象他知道自己今夜睡不着了，便干脆站起来，从贝伦山顶的雪窝里探出脑袋。借着破晓前微明的天光，他远远地望见，或者是在幻觉中望见，就在拉罗西亚村的那一边，在弗尔米契高地上的科尔多山顶上，大片共和国军的战壕沉默无眠地延伸着，一直延伸到右侧的塞拉达斯高地，甚至延伸到山脚下依然笼罩在黑暗里的特鲁埃尔城。我可以想象他叫醒手下，在贝伦山顶上整队集合。战斗即将打响，他努力咽下一点吃的，就召集士兵们做好战斗准备。他向某个中尉或者上尉长官报告了最新情况，也接受了最新的战斗命令。我可以想象当队伍一离开贝伦山顶，他立刻猫着腰行进在队伍的最前面，踏着黎明时泛着光的雪地向埃尔波苏埃洛山谷进发。他克制着恐惧，先是一阵疾走，随后大步冲锋。共和国军的子弹呼啸而至，他在飞溅的雪末中卧倒，匍匐着寻找一处安全的地方，或者说理论上安全的地方。那里也许是前几天刚挖好的一处机枪坑道，也许是头天被击退的同伴们临时垒起来的一面还能派上用场的石墙。他隐蔽好自己，架起机枪，向着对面的战壕猛烈射击，掩护着火线上战友们继续前进。我可以想象他一连战斗了几个小时，或者指挥着士兵们战斗了几个小时。也许是为了抵挡敌军的炮火，也许是在山谷中的行军被对方击退，他怒火中烧地端着机枪，向共和国军的阵地射出一排排子弹。我还可以想象，他在通往拉罗西亚村的山坡上找到了一个更好的位置，把武器架到了距离敌人铁丝网几米之遥的地方。当然，我还可以想象他负伤的情形：我能确认负伤的部位是右臂，却不知道击中他的到底是步枪、机枪还是迫击炮。但我能想象出中枪那一刻他痛苦的尖叫和随之而来的惊恐，还有军服袖子上被子弹打穿的破洞和溅落到白雪上的殷红。我可以想象某个勤务兵用紧急止血带替他包扎，也许是他自己动手的。我还可以想象他在耀眼的白雪中躺了几个小时，忍受着伤口陌生的疼痛和眼前的昏黑，等着被抬下地狱般的战场。空气中弥漫着机枪、步枪和迫击炮刺鼻的火药味。耳畔炮声隆隆，嘶吼和叫骂声从高地的战壕里传到低洼的山谷中，又从山谷中传回到战壕里。受伤垂死的士兵像吓坏了的孩子一样抽泣着，哀求别人救自己一命。一具具尸体横陈在雪地上，寂静无声却又震耳欲聋。

所有这一切我都可以想象。但我不会想象，至少假装不会想象。因为我不是文人，写的也不是小说，坚持确凿的事实才是我应该干的事。我对此并不遗憾，并不十分遗憾：因为不管我怎么想象，也想象不出来最重要的那一刻，最重要的东西总是抓不住的。最重要的——或者说此时我认为最重要的——是去判断，那个晚上，当马努埃尔·梅纳第一次真正地上战场就不得不撤下火线、去师部医院养伤的时候，他心中会是怎样的感受。那个时候他已经知道，国民军对拉罗西亚村发起的冲锋尽数失败，对特鲁埃尔城的大举进攻也不得不中止。城中最后的据点已经陷落于共和国军之手。而自己在刚过去的十二个小时中经历的所有恐怖，只落了个竹篮打水一场空。

9

2015 年年初，距离从我妈那里得知“剃刀”去世的消息已经过去了整整一年。距离我动手收集马努埃尔·梅纳的资料也已经过去了两三年。就在那个时候，我接到了一位影视制片人的电话，打电话的女士说，他们正在筹拍一部系列片，讲述出生在西班牙其他地区的加泰罗尼亚人的故事。他们想拍几集关于我的内容。因为总有人请我上电视，我突然想起了翁贝托·艾柯的女友对他说的话：“翁贝托啊，你一不上电视了，我就觉得你更聪明了。”于是我对她说我不去。可是话刚一出口，我又突然想起了我妈和马努埃尔·梅纳，还想起了“剃刀”，于是我又改口说去。但我提了一个条件：片子必须在伊巴埃尔南多录制，我妈也要出镜。

制片人女士答应了，于是 2015 年 6 月底，我们在伊巴埃尔南多拍摄了整整三天。那时候我对马努埃尔·梅纳的历史已经烂熟于心，并同很多认识他或者听说过他事情的人交谈过。我去档案馆和图书馆查过资料；为了实地考察他当年战斗过的地方，我走遍了特鲁埃尔城周边、莱里达、比耶萨山谷，还有特拉阿尔塔地区埃布罗河战役的诸多遗迹。我接触的人中包括专业历史学者、历史发烧友、见多识广的当地人、历史研究者协会成员、地方历史爱好者，还有普普通通的老百姓。尽管如此，我还是看不见马努埃尔·梅纳。也就是说，他在我心中的形象一如既往，还是那个模糊遥远的影子，只有轮廓，却没有立体的人性和复杂的内心。他是那样僵硬、冷酷、抽象，宛若一尊雕塑。另外在调查的最初阶段，我还碰到过一些匪夷所思的事情。比如第一次跟弗朗西斯科·加布雷拉通邮件的经历就令我至今难忘。加布雷拉是个退休的老宪警，住在特拉阿尔塔的首府冈德萨。他花了二十年时间，专门收集埃布罗河战役的资料，还发表过好几篇关于埃布罗河战役的长篇研究文章。他收集的资料都保存在家中的档案室里。我在巴塞罗那图书馆偶遇了他的助手兼好友，从那位女士那里打听到了他的电邮。我给加布雷拉发了一封简短的邮件，说明了自己想查找的信息。他立刻就回了邮件，就好像故意在等我找他，或者他唯一的工作就是回答我的问题似的。“很抱歉，关于你目前对你小外公的调查，我有不同意见。”他写道，“根据我的资料，他于 1938 年 1 月 8 日死于特鲁埃尔战役，而不是 1938 年 9 月 21 日死于埃布罗河战役。希望你别生我的气，因为我手头的材料确实颠覆了迄今为止你对你小外公死亡的认识。”他还附上了一页伊夫尼射手团第一塔博尔营的历史记录，这份文件记载了该营在 1938 年 1 月 3 日到 1 月 27 日间，在特鲁埃尔城近郊参加的全部军事行动。而马努埃尔·梅纳的名字赫然出现在这场激战的阵亡名单里。

刚听到这个消息的那一刻，我何止困惑，简直都要晕过去了。但我很快就仔细琢磨起这件事儿来。那时候我才刚刚开始调查马努埃尔·梅纳，虽然可能知道或者听说过他在特鲁埃尔城打过仗，却还不清楚他具体都做了什么。不过那时我已经亲眼看到过马努埃尔·梅纳的葬礼通告，那份文件就保留在伊巴埃尔南多村教堂的档案室里，我恰好借回乡之际复印了一份。我立刻翻出了复印件，核实了葬礼的日期的确是 1938 年 9 月埃布罗河战役正酣之际，而不是 1938 年 1 月特鲁埃尔战役期间。有了这份证据，我长舒了一口气，但还是急切地想弄明白误会发生的原因。我把通告的事情告诉了加布雷拉，他回了邮件："你好，哈维尔。"他冷冷地写道，"我确信马努埃尔·梅纳·马丁内兹临时少尉死于特鲁埃尔战役，而不是埃布罗河战役。"接着又加了一句，"你看看附件就知道了。"

我打开他发来的附件。那是伊夫尼射手团第一塔博尔营在整个内战中伤亡名册中的一页。文件分为五列，顶上是一行横格，标出了每一列的名目。左起第一栏是军衔，第二栏是编号，第三栏是名字，第四栏和第五栏分别表示此人是"受伤"还是"死亡"，并注明了伤亡日期。我把名单从上往下看了个遍，终于在最末几行找到了马努埃尔·梅纳的名字。姓名的左边一栏写着他的军衔：临时少尉；右边一栏写着他死于 1938 年 1 月 8 日。看来加布雷拉是对的，这份证据确凿无疑，我不由自问，现在一切都成了谎言吗？现在马努埃尔·梅纳死于特鲁埃尔战役，而不是埃布

EMPLEOS	NUMERO	N O M B R E S	Muertos Día	Mes	Año	Heridos Día	Mes	Año
		Un herido de tropa				13	8	37
		Dos heridos más				14	8	37
		Tres heridos tropa				19	8	37
Sargento	4172	Brahim Ben Lahssen				25	8	37
otro	3630	Aomar Ben Mohammed				25	8	37
otro	3798	Buselham Ben Hamed	25	8	37			
otro	3824	Brahim Ben Mohammed				25	8	37
3926	3926	Abdeselam Ben Mohammed				25	8	37
		Dos muertos y 22 heridos tropa	25	8	37	25	8	37
		Un muerto y tres heridos tropa	26	8	37	26	8	37
Sargento	3827	Mohammed Ben Embark				27	8	37
		9 muertos y 17 heridos tropa	27	8	37	27	8	37
		16 heridos tropa				28	8	37
		Uno de tropa herido				6	9	37
Sargento	3134	Maati Ben Hamed				10	9	37
		Tres de tropa heridos				12	9	37
		Tres de tropa heridos				13	9	37
		Uno de tropa herido				15	9	37
Sargento	3331	Brahim Ben Lahssen	23	9	37			
		Uno de tropa herido				28	9	37
		Uno de tropa herido				5	10	37
		Un muerto y dos heridos tropa	13	10	37	13	10	37
		Un muerto y dos heridos tropa	14	10	37	14	10	37
		Un muerto y un herido	15	10	37	15	10	37
Sargento	3127	Said Ben Abdeselam				18	10	37
		Uno de tropa herido				20	10	37
		Uno de tropa herido				23	10	37
C. Moro		Sid Hamed Ben Kad-dur				27	10	37
		Un herido de tropa				10	11	37
		Uno de tropa herido				12	11	37
		Un muerto y un herido tropa	18	11	37	18	11	37
		Un muerto de tropa	25	11	37			
		Un herido de tropa				29	11	37
Sargento	3132	Mohammed Ben Abdeselam				30	11	37
		Uno de tropa herido				30	11	37
		Uno de tropa herido				4	12	37
		Uno herido de tropa				6	12	37
		Uno de tropa herido				8	12	37
		Dos de tropa heridos				10	12	37
		Uno herido de tropa				17	12	37
		Uno de tropa herido				19	12	37
Sargento	3929	Mohammed Ben Mohammed				23	12	37
		Uno de tropa herido				24	12	37
Sargento	3727	Brahim Ben Lahssen				25	12	37
		Uno herido de tropa				26	12	37
		Dos heridos de tropa				1	1	38
Sargento	3128	Mohammed Ben Kad-dur				2	1	38
		Uno de tropa herido				2	1	38
Capitan		Don Nicolás Baliño Cartello				4	1	38
		Uno de tropa herido				4	1	38
Capitan		Don Rafael Barros Manzaneres				5	1	38
Alferez		Don Lorenzo Dominguez Perez	5	1	38			
Cabo		Emilio Iglesias Prieto				5	1	38
Sargento	3138	Hassen Ben Mohammed	5	1	38			
		9 muertos y 30 heridos de tropa	5	1	38	5	1	38
		Un muerto y ocho heridos	6	1	38	6	1	38
Sargento	3333	Abdeselam Be Mohammed	7	1	38			
Teniente		Don Angel Gonzalez Goret				7	1	38
		4 muertos y 27 heridos de tropa	7	1	38	7	1	38
Alferez		Don Manuel Mena Martinez	8	1	38			
		Un muerto y 14 heridos de tropa	8	1	38	8	1	38
		Un herido de tropa				9	1	38
C. Moro		Si Hamed Ben El Meki				10	1	38
		Dos heridos de tropa				10	1	38
		Dos heridos de tropa				11	1	38
		Uno de tropa herido				13	1	38
C. Moro 2		Si Hamed Ben Mohammed				14	1	38
		Tres heridos de tropa				15	1	38
Sargento	3336	Aomar Ben Tahar				17	1	38
		Cinco heridos de tropa				17	1	38

罗河战役了吗？难道教堂的葬礼通告弄错了？难道我妈曾经对我说过的关于他的死亡，以及他的遗体被运回村中的往事，并没有发生在她所说的那个时候，而是提早了将近一年？当然，为马努埃尔·梅纳撰写葬礼通告的人很可能犯了一个错误，或者一系列错误，更别说我妈也可能记错了；可如果马努埃尔·梅纳的死亡和葬礼本身没错，只是时间和地点搞错了的话，那在他一生的记载中，还有哪一段也是错的？难道这就是他的全部历史吗？当我还在努力从惊愕中恢复过来的时候，加布雷拉又发来了一封邮件。这一次他附上了一页伊夫尼射手团第一塔博尔营在1938年年初的作战日记。日记中明确写道，马努埃尔·梅纳在特鲁埃尔城附近受了伤。“他可能是先受了伤，后来不治身亡，就像伤亡统计表里写的那样。”加布雷拉推测道。而我直到这时才表达了反对意见。我还是觉得葬礼通告并没有错，马努埃尔·梅纳的全部历史不可能是假的，所以我一再恳求加布雷拉再去查查伊夫尼射手团第一塔博尔营同年9月20日和21日的作战日记。“好吧，”他的口气有点不耐烦，“这事儿足够写本小说了。”然而他搞错了，几分钟后，我就收到了他用电邮发来的另一页作战日记，根据上面的记载，马努埃尔·梅纳于1938年9月20日在埃布罗河战役中的496号高地受了致命伤，随后不治身亡。“是伤亡名册搞错了，”加布雷拉难掩失望地承认，“他们把你小外公的名字误列入了死亡栏而不是伤员栏里。总之，就像‘神探加杰特’[①]里说的，案子结了。”

① 神探加杰特，美国同名动漫的主人公。

看到加布雷拉把动画片里的人物都搬出来了，我觉得特别有趣，眼前不由浮现出这样一幅情景：这位老宪警一边陪着闹哄哄的孙子孙女们看电视，一边琢磨着埃布罗河战役中蒙塞拉圣母志愿团[①]如何对彭塔塔戈，也就是481号高地发起进攻——那里的守军是共和国军第六十师，还有第三师的一个营。然而至少对于我来说，这桩案子非但远未结束，实则才刚刚开始。而动手伊始就碰到了如此明显的错误，我深深体会到了文献有多么不可靠，准确无误地再现往事又是多么艰难。我对一切资料都丧失了信任，我有充分的理由不去信任：在调查中我屡屡发现，不仅历史学家们的研究充满不实和谬误，就连历史文献本身也是漏洞百出。

再举一个例子。有位专门研究拿破仑战争的历史学家说过，事无巨细地探访古战场的历史研究者，跟事无巨细地探访犯罪现场的侦探是一回事；在调查马努埃尔·梅纳的历程中，我对这个比喻感同身受。伊夫尼射手团第一塔博尔营的战斗日记并非孤证，另一份由名叫胡安·莫雷的医生在特鲁希约城写下的病历也记录了马努埃尔·梅纳在特鲁埃尔战役中受伤的情况。这份病历是我在与加布雷拉那番疯狂的通信后，在阿维拉军事档案馆里查到的。病历中还提到，马努埃尔·梅纳是1938年1月8日在特鲁埃尔前线1027号高地受伤的。我在查到这份病历后，特意去了趟特鲁埃尔城，真的像个调查犯罪现场的侦探一样，花了整个周末，把当年的战场来来回回走了个遍。结果发现，受伤的日期是准确

---

① 蒙塞拉圣母志愿团，西班牙内战时加泰罗尼亚省支持佛朗哥的志愿部队。

Hospital Militar de TRUJILLO

Diagrama hoja clínica de heridos de guerra y lesionados a los que se les considera como tales.

ARMA O DEPENDENCIA	Número del nomenclátor patológico	MOTIVO DEL ALTA
Infanteria.		Curado.

Hospital Militar *de* Trujillo *Clínica* Oficiales *Número* 1

REGIMIENTO	Batallón	Compañía	CLASE
Tiradores de Ifni.	1º Tº	Amet.	Alférez.

Estuvo sucesivamente en Zaragoza y Logroño.

SALA	HERIDAS QUE PADECE	ENTRADO Día	ENTRADO Mes	SALIDO Día	SALIDO Mes	Nomenclátor
Ofic.	H.s.f.	18	1	10	II	

Diagrama hoja clínica del herido de guerra DON MANUEL MENA MARTINEZ.

Hijo de Alejandro y de Carolina natural de Ibahernando, provincia de Cáceres, profesión ______, edad 18 años. Empezó a servir el ___ de ______ de ______ del reemplazo de ______

Entrado el 18 de Enero de 1938
Salido el 10 de Febrero de 1938
Estancias causadas ______

Diagnóstico Herido por arma de fuego en brazo derecho.

(1) Pronóstico Leve, incluído en el artículo ___ de la ___ categoría

Lugar del hecho de armas Cota 1.0.. (Frente de Teruel)

Fecha del hecho de armas 8 de Enero 1.938

Terminación o concepto de la salida Alta por curación.

(1). Nota de puño y letra del Jefe de la Clínica.

Día	Mes	Año	Curso de curación	Pronósticos sucesivos (1)
			Con[illegible]	
			EL JEFE DE LA CLINICA	
			Juan [illegible]	
			Rubricado	[illegible]
			ES COPIA	
			EL COMANDANTE MEDICO DIRECTOR,	
				[illegible]

(1) Cuando se agrave un herido, el Jefe de la clínica modificará el pronóstico, señalando el artículo y la categoría en que se halla comprendido por su agravación.

的，受伤的地点却搞错了。与我同去的是一位名叫阿方索·卡萨斯·奥罗伽雷的律师。他是特鲁埃尔人，对特鲁埃尔战役的每一处阵地都了如指掌。他就站在那片土地上对我说，1938 年 1 月 8 日，马努埃尔·梅纳绝不可能像病历中记录的那样，在 1027 号高地负伤。原因很简单，当时 1027 号高地已经被佛朗哥的军队占领好几天了。此事发生在 1937 年 12 月 30 日夜间到 31 日凌晨，共和国军用第六十八师和第三十九师换下了利斯特的第十一师，这次换防行动进行得笨拙又匆忙，给了萨戈迪亚的国民军第六十二师可乘之机，他们不费吹灰之力就占领了这座高地。于是我恍然大悟，马努埃尔·梅纳并不是在 1027 号高地中弹的，真正的地点是 1207 号高地，也就是拉罗西亚村。1938 年 1 月 8 日，那里的战斗异常激烈。病历的撰写者无意中记错了地点代码，把 1207 误写成了 1027：这是一个最微不足道的错误，看上去没有任何重要性，却把马努埃尔·梅纳负伤的那场战斗挪到了距离实际战场几公里外的一个荒唐的地方。他生命中至关重要的一处节点，就这样被搞错了。

从上文讲述的故事中，可以想见我在这些年的调查中经历过多少怀疑与困惑。当一本一本读书的时候，或者在创作别的作品的时候，我始终在沿着内战已经消失的地理线索，追寻着马努埃尔·梅纳已经消失的痕迹。我尝试着去走他走过的路，去看他看到过的东西，去闻他闻过的气味，去感受他感受过的心情。我就像得了细节强迫症一样，从书籍、文件以及跟他本人和他所在部队相关的回忆录中挖掘着蛛丝马迹，就好像除了亲自动手，我对任何关于他生平的记载都无法相信一样。也许正是这种对真相过分的痴迷，当那位制片人女士向我提出录制节目的想法时，我一听可以在伊巴埃尔南多拍摄，便立刻答应了。一来，我已经一年多没回老家了；二来，我正打算回村采访三名了解马努埃尔·梅纳的居民，同时还打算找另外两位老太太说说话，她们都认识马努埃尔·梅纳，也对伊巴埃尔南多村在共和国和内战时期的情况了解颇深。现在回想起来，促使我当初答应拍摄的还有另一个原因：三年前，当大卫·特鲁埃瓦陪我回伊巴埃尔南多为“剃刀”录像的时候，他并不知道自己冲破了我从未向任何人开放过的禁区。那是我内心中最隐秘、最晦暗、最羞耻的角落。但那一次的闯入是私人性质的，几乎无人知晓，也没有造成什么影响。三年过后，也许我暗暗问过自己，这一队热热闹闹地扛着摄像机，准备把整个村子传播到四面八方的外地人，是否能够永远终结我心中的禁忌，或者将它转变成另一种东西。而时至今日，我依然在问自己，这种转变是否真的发生了。

录节目的那几天有些不太真实。制片人女士派出了一支六人摄制组，都是年轻人。主持人欧内斯特·福克担任组长，他是一位多才多艺的编导，我们多年前就认识。除他之外，其他五位分别是摄像师、摄影师、音响师、编剧和制作人员。而我则带了四位亲人，分别是我妻子、我妈、我儿子和我外甥奈斯特。我妻子无论什么时候都尽力陪着我；但节目必须有我妈出镜，却是我临时起意的念头。在摄制组动身之前，我就跟他们的负责人解释过，如果他们想通过我的经历反映从西班牙其他地方涌向加泰罗尼亚的移民潮的话，那么节目中隐秘的主人公应该是我妈才对，因为我妈才是对移民感悟最深的那个人。我对他们说，移民将我妈变成了《鞑靼人沙漠》中德罗戈中尉在现实中的翻版——永远怀着希望，期盼着不可能的回归。节目负责人们听懂了我的意思，至少从拍出的片子看，他们懂了。我儿子和我外甥奈斯特刚结束了大学里的考试。两人都是二十岁上下的年纪，平常很是要好，也都喜欢我妈：他们笑话她野蛮的战后口味和执着的宗教信仰，喜欢她讲卡斯蒂利亚语[1]的方式，喜欢她的语言表达和明显的埃斯特雷马杜拉口音。也许是因为马努埃尔·梅纳死时跟他们差不多大，我看着两兄弟的模样，越发想起他来。两个年轻人都不知道马努埃尔·梅纳是谁，却也像他一样，叫我妈“小布兰卡”；每当要跟她分别的时候，他们总是跷起食指对她说：“小布兰卡，你得好好表现！”所以那些天里，当我和妻子忙于拍摄节目和调查马努埃尔·梅纳的往事时，他们两个就成了我妈最完美的守护骑士。

我们两队人马在特鲁希约城住了下来。我不知道摄制组住在哪里，我们一家五口选择了由旧修道院改造而成的帕拉多旅店。（我们决定住旅店，是因为伊巴埃尔南多的老宅只有夏天才住人，没必要为了短短几天劳师动众。）不出所料，那六位扛着录影器材的年轻人让村子变得热闹起来，他们自己也兴高采烈，对周围的一切都感到惊奇有趣，妙不可言。至于我自己，早在动身前十天

① 即西班牙语。

就决定暂停手头正在创作的小说，一头扎进了近年来收集的关于马努埃尔·梅纳的浩如烟海的资料中去。结果就是，经过多日的耳濡目染，在整个拍摄过程中，我没有一刻不在想他，没有一刻不在代入他，甚至有时我会觉得自己就是他。（如今想来，这正是我觉得那几天不太真实的原因。）我想说的是，当摄制组在拍摄我和福克迎着左邻右舍的目光，走在村里白色的街道上的时候，我时而会想象八十多年前的马努埃尔·梅纳走在同一条街道上的情景。他那时已是外籍军团的军官，迈着军人的步伐，气质中带着点懵懂、苍白、漠然，却又是那么年轻。从表面上看，他一如既往的外向活泼，其实却暗自在暴力与死亡中沉沦。他努力表现出一位佛朗哥少尉应有的样子：战无不胜，胸怀理想而又浪漫主义，可内心却已开始动摇，并隐约感到了幻灭。那时的我想必问过自己，如果这个年轻人在参战前就明白或者意识到自己与老家的格格不入，那么每当他从前线回来的时候，是不是就不会如此强烈地体验到那种极致的陌生感，就如同回到了一个从来不属于自己，而且不可能属于自己的世界里？我还想说说摄制组在圣栎树草地，也就是我妈保存至今的一块村外自留地上录制我和欧内斯特·福克谈话的情景。那是一个闷热的下午，我们背对着残砖破瓦的畜栏，面对着摄像机和麦克风。我当时一定问过自己，马努埃尔·梅纳在回乡短暂逗留的间歇，他会觉得自己比身边的乡亲们活得更美好还是更糟糕？如果他觉得自己活得更糟糕，是不是因为曾经杀过人，曾经见识过那些残忍和邪恶的场面，而所有这些罪恶他都参与其中或者自认为参与其中，又或者说，他从没有拒绝过？如果他觉得自己活得更美好，是不是因为他自以为把最宝贵的东西献给了心目中正义的事业，献给了比自我更崇高的目标；他克服了困难，用行动证明了自己的高贵和优秀，为了理想、家人、祖国和上帝舍生忘死，未曾有过一丝怯懦？或者他兼而有之，既觉得自己比周围人活得更美好，也觉得比他们活得更糟糕？他又是不是表面上纯洁光辉，内心却肮脏阴暗呢？

这就是我当时问过自己的问题，这就是我当时思考过的事情。然而奇怪的是，现在回想起来，在欧内斯特·福克长达几个小时的采访中，我从未说起马努埃尔·梅纳，甚至当我们走过以他的名字命名的那条街的时候，我都没有提到过他。或许这件事情也没有那么奇怪，因为最重要的东西总是看不见的。它们并非被隐藏，而是一直袒露在众目睽睽下。无论如何，就在那几天的拍摄中，我觉得自己对马努埃尔·梅纳有了一些前所未有的理解。最主要的有两点。第一，就像我自己感受到的那样，在童年的末尾或者青春期的开端，这个村子愈来愈令他感到疏离和陌生起来。起初的陌生感是知识层面的，很大程度上归功于堂埃拉迪奥老师的影响，是他让这个少年意识到，自己真正感兴趣的东西与村里其他人相差甚远；之后的陌生感来自卡塞雷斯的求学时光，他在那段日子里实实在在地品尝到了背井离乡的滋味，也看到了比伊巴埃尔南多村辽阔得多的远方，这更激化了他思想上的转变；最后的陌生感是道德层面的。他在战争中发现了更多关于自己、关于世界的未知之处，从而使得之前的陌生感在刹那间达到了巅峰。

这就是我在那几天里第一件想明白的事情：马努埃尔在他生

命的尽头，已经与故乡形同陌路。我想明白的第二件事情是，人生经验是可以在战争中快速积累的，所以马努埃尔·梅纳十九岁时对生活的理解足可以与一个普通的五十岁男人相比肩。当他最后几次回村休假的时候，他看待这里的目光既苍老又年轻，既陌生又熟悉，与我现在的目光没有什么本质区别。我还要说的是，采访的那几天，当我在镜头前面对欧内斯特诸多的提问，是马努埃尔·梅纳，或者说我对马努埃尔·梅纳的痴迷，毋庸置疑且独一无二地决定了我最后的答案。比如福克曾问过，四岁随父母从埃斯特雷马杜拉移民到加泰罗尼亚，这件事对我来说意味着什么。我很确定当时自己一边想着马努埃尔·梅纳一边回答他，这件事最大的影响可能是让我从孩提时代就丧失了归属感。我感觉自己既不属于加泰罗尼亚，也不属于埃斯特雷马杜拉。不管我住在哪里，都时常有一种陌生感，觉得自己是个异乡人。每一次从此处回到彼处，或者从彼处回到此处，都好像自己来自另一个世界，同时也正在去往另一个世界，这两个世界都不属于我，也不可能属于我。福克还问我自认为是埃斯特雷马杜拉人还是加泰罗尼亚人，这个问题我从童年开始便在一遍一遍地问自己。我确信，当我听到自己说出一个前所未有的答案的时候，我还是在想着马努埃尔·梅纳；我回答他说，我这一生都以来自伊巴埃尔南多而羞愧，尽管从小就离开了这里，只是偶尔回来；尽管我回来的时候，既是外地人，又是本地人，或者说，是一个住在自己老家的外地人。尽管我在伊巴埃尔南多就像在其他地方一样难以适应，可事实是，一个人在哪个地方接了第一个吻，在哪个地方看过第一部西部片，他就属于哪里。所以我认为，我既不是加泰罗尼亚人，也不是埃斯特雷马杜拉人。我就是伊巴埃尔南多人。

这次回伊巴埃尔南多，我跟两个熟人约好，一起谈谈马努埃尔·梅纳。其中一位是我的堂兄亚历杭德罗·塞尔卡斯，另一位是他的朋友，名叫马诺洛·阿马利亚。亚历杭德罗的父母，也就是我的堂伯胡安和伯母弗朗西丝卡·阿隆索，一共养育了六名子女。弗朗西丝卡伯母当年在堂马塞利诺老师的学校里跟马努埃尔·梅纳做过同学；胡安既是我爸的堂兄，也是我妈的表兄，直到去世都与我父母的关系很好。但我跟亚历杭德罗却没能延续老一辈的亲密，一来年龄相差了十三岁；二来我们的人生太不一样了。亚历杭德罗后来也跟全家人一起搬出了村子，但并没有像我一样搬到加泰罗尼亚，而是搬到了马德里。等到佛朗哥统治的末期和民主时代的初期，他年纪轻轻就在社会党中脱颖而出并担任了重要职务，后来还担任了国会议员。1999 年，他当选为西班牙驻欧洲议会代表，并在之后连任好几届。他在布鲁塞尔工作了十几年，终于退休回了老家，如今住在伊巴埃尔南多和卡塞雷斯，并在卡塞雷斯的大学里教授欧洲一体化课程。最近几年我们在布鲁塞尔和伊巴埃尔南多见过不少次面。我一点也不惊讶地发现，尽管他从少年时代就搬到了马德里，却依然与这个村子保持着亲密而又热烈的联系，并对其丰富的历史了如指掌。

我还记得第一次向亚历杭德罗问起马努埃尔·梅纳的情景，那应该是我刚开始收集他资料的时候，不过我已经记不得是在哪里问的，也记不得是当面问的还是打的电话。“哟呵！”他大叫起来，“你确定要写这个？”“谁告诉你我要写马努埃尔·梅纳的？”我赶紧反驳。“没人告诉我，”他回应的语气里带着一丝我未能察觉的讥讽，“我原以为你们作家打算写什么，才会问什么。”于是我澄清了误会，又问他为什么会觉得我写马努埃尔·梅纳是个糟糕的主意。“我倒不是觉得糟糕，”他回答道，“也许是个好主意，我也不知道。不过我觉得写他一定很糟心。”“这又是为什么？”我继续问。“什么为什么！”他的态度立刻从嘲讽转为了激动，“战争很可怕，哈维，很可怕。在农村更可怕。你是个左翼，我也是，但咱们家却是右翼。如果你去翻弄马努埃尔·梅纳的历史，也许能发现一些你不喜欢的东西。”“关于他的东西？”我继续问。“关于他本人，或者关于家里其他人。”他回答，“那你该怎么办？把它说出来？”“当然了！”我回答，“如果需要说出来，那我就说出来。”“可你妈妈怎么办？”他问道，我不说话了。亚历杭德罗趁着我沉默，继续解释道，“你看啊，哈维。我从来不想知道任何家里的事，特别是我爸家的事，也就是你们家的事。你知道他们是这个村子里的大家长。我觉得很可怕。现在上了年纪，我有点懂他们了，但是……”“如果我要写马努埃尔·梅纳的话，也需要做到这件事。”我打岔道。“什么事？”亚历杭德罗问。“了解。”我说道，“而不是审判。”我又加了一句，“还有懂得。”最后我说道，“这就是我们作家要做的。”

那一天亚历杭德罗告诉我，他童年最糟糕的记忆就是战争留下的那种无声的憎恨、怨怒和暴力。他还对我说，自己之所以投身政治，就是为了终结这一切，为了让历史永远不再重演。他还向我转述了一些关于马努埃尔·梅纳的传闻（大部分事情是听他父母说的）。那天以后我们再没见过面，也没说过话，更没有讨论过战争和马努埃尔·梅纳。马诺洛·阿马利亚的名字很早就出现在我们那场谈话里。亚历杭德罗总把他这位朋友和马努埃尔·梅纳相提并论，几乎每次说起他来都要提一句马诺洛·阿马利亚，并鼓励我去认识他，所以这个人的名字我早有耳闻。亚历杭德罗说，马诺洛是土生土长的伊巴埃尔南多人，和他一样也是个老资格的社会党党员，在拉斯乌尔德斯和卡塞雷斯都教过书。至于他妻子，虽然我既不认识也从未听说过，却是马努埃尔·梅纳的哥哥安德烈斯·梅纳的女儿，也就是我的远房婶婶。所以当我接受了摄制组去伊巴埃尔南多拍摄的邀请，便自然而然地给亚历杭德罗打了电话，问他马诺洛·阿马利亚在不在村子里，能否借拍摄之际见上一面。“马诺洛最近可不怎么好。”亚历杭德罗提醒我，“他太太刚去世。但他肯定想见你，咱们一起谈谈，也好让他开心点儿。”也就是那个时候他才告诉我，马诺洛的家里保存了一些马努埃尔·梅纳的遗物，是他岳父留下来的。“其中还包括他亲笔写下的一份手稿。”他说得很肯定。我一听此言当场石化。“你怎么不早说？”我问他。“我也不知道啊！”他回答道，“我没觉得这有什么重要的，你不是说你不打算写马努埃尔·梅纳的吗？”我没搭理他，继续问道：“你确定那是他亲笔写的？”“百分之百。”他回答，“是他为伊巴埃尔南多长枪党演讲时留下的笔记，或者诸如此类的东西。”亚历杭德罗这样描述着那份手稿，或者说他记忆中的手稿。“你知不知道，马努埃尔·梅纳连一张纸片都没有留下？”我听他说完继续问，“就连一封信、一张字条都没有留下，什么都没有。他死后，家里人就把所有东西都销毁了，只剩下一张照片。”“我刚才不是跟你说了嘛！”亚历杭德罗还是坚持己见，“你的确需要跟马诺洛·阿马利亚谈谈。”说罢他就给了我那个人的电话。我打了电话，跟他谈了好几次。在跟摄制组约好了拍摄日期后，我便跟亚历杭德罗和马诺洛约定，大家伊巴埃尔南多见。

10

在第一次受伤后，马努埃尔·梅纳过了一个多月才彻底痊愈。根据特鲁希约战地医院胡安·莫雷医生出具的报告，1938 年 1 月 8 日，他在距离特鲁埃尔城几公里的地方被共和国军的子弹打中了胳膊，先转入萨拉戈萨和洛格罗尼奥的医院治疗，最后在 1 月 18 日住进了特鲁希约医院，2 月 10 日出院。我不知道他在这段战争的间歇生活得怎样，也不知道他的精神状况。不过我可以肯定，在他住院期间，伊巴埃尔南多的许多亲朋好友都来探望过，他们陪着他，对他的健康嘘寒问暖。我还确信他在康复后回村休了几天假，并在某个时刻得知，就在他加入伊夫尼射手团后的第一次战斗结束一个半月后，2 月 22 日，佛朗哥国民军终于夺回了特鲁埃尔城。也许他听到这个消息时，心中的忧伤大于喜悦。根据很多可靠的回忆（其中包括哈维尔·塞尔卡斯的母亲），马努埃尔·梅纳最初几次回来休假时，还带了个摩尔人勤务兵。无论他走到哪里，他的勤务兵都要跟在他后面，或者企图跟在后面，就连他下午陪着女孩儿们在通往特鲁希约的公路上散散步，勤务兵也要一步不离地跟着去。伊巴埃尔南多村的乡亲们已经整整七百年没见过摩尔人了，这位勤务兵简直就像外星人一样，把他们吓坏了。从他来到伊巴埃尔南多的第一个晚上发生的一件逸事中，可以看出来大家当时有多么害怕。马努埃尔·梅纳的家人不知该如何安置这位不速之客，在就寝之前，母亲把儿子拉到一边，小心翼翼地问，需不需要在草垛或者马棚里给他准备一张床，让他跟牲畜睡在一起。

"妈妈，你怎么能这么想！"布兰卡·梅纳还记得，马努埃尔·梅纳很恼火地正告母亲，"他是跟我一样的人，我睡哪里，他就睡哪里；我在哪里吃饭，他就在哪里吃饭。"

哈维尔·塞尔卡斯的父亲何塞·塞尔卡斯也清楚地记得马努埃尔·梅纳回乡休假时的情景。那时候他还是个小孩子。据他回忆，马努埃尔·梅纳每次回伊巴埃尔南多歇几天，都必定要到他们家，跟父母和他们三个兄弟姐妹吃顿饭。他父亲帕科·塞尔卡斯当时是村里的长枪党领导人。何塞·塞尔卡斯不记得他们在家宴中有没有谈起过战争，但他确实记得，马努埃尔·梅纳和父亲饭后经常单独留在后者的书房里，一边抽烟一边说上一下午。每到这个时候，他和妹妹贡恰就会躲在门后面，企图偷听个只言片语。然而没有人记得马努埃尔·梅纳在这几次短暂的休假期间跟堂埃拉迪奥老师有什么联系。也许这样的记忆只是想象，因为那个时候埃拉迪奥老师已被征入了佛朗哥的国民军，当时正在萨拉曼卡省的维迪古蒂诺村担任军医。我也不知道马努埃尔·梅纳在右臂痊愈后的那个冬天总共在伊巴埃尔南多待了多久。然而不管他待了多久，他一定在3月初就回到了伊夫尼射手团第一塔博尔营。这支部队当时正在特鲁埃尔省一个叫阿塞拉的村子附近休整备战，他们所在的第十三师已经并入了亚圭领导的摩洛哥军，正准备参加佛朗哥和他的将军们谋划的对阿拉贡和加泰罗尼亚的春季大进攻。

在马努埃尔·梅纳归队几星期后，由巴隆将军领导的第十三师于3月22日开拔。他们在埃布罗河右岸的基多村驻扎了几天，之后接到命令，要在河对面修一座桥头堡，以方便全军尽数过河。这是一个艰巨危险的任务，特别在开始阶段，因为共和国军第二十六师正在埃布罗河左岸严阵以待，这支部队的前身就是杜鲁蒂纵队。第十三师的指挥部设在伊涅斯塔·卡诺麾下的第四旗，伊夫尼射手团第一塔博尔营则由维亚洛亚少校指挥。

夜里九点，行动开始。如果不是过于漆黑的夜色，马努埃尔·梅纳此时应该能从埃布罗河的右岸看到工程兵如何架桥，战友们如何静悄悄地过桥。天上细雨绵绵，打湿了他们的武器和衣服。一小时又一刻钟后，第四旗顺利过了河；接下来的几分钟是等待时间，万籁俱寂中只能隐约听见淅淅沥沥的雨声和黑色的埃布罗河水湍急的奔流声。随后伊夫尼射手团第一塔博尔营开始过河，十一点多全队悉数通过。马努埃尔·梅纳和他的战友们在埃布罗河左岸的一片潮湿的甘蔗地里无声地集结整队，之后便开始了一段艰苦的行军。他们摸着黑，哗啦啦地蹚过一片被挖来做水渠的泥潭，向一处名叫“阿斯纳尔之家”的地方前进，此地在某些地图上也被标作“加泰罗尼亚之家”。刚行进了没多久，附近突然传来了一声枪响。紧接着又传来了第二声，第三声。随后便是一阵枪声大作，其间还夹杂着叫喊声、咒骂声和诅咒声。直到这时候他们才反应过来，前方的国民军第四旗与利斯特率领的共和国军撞了个满怀。上峰命令第一塔博尔营停止前进原地待命。与此同时，在暗沉的夜色中，步枪、迫击炮和机枪已经齐齐开火。眼看着这场小规模的冲突有逐渐扩大之势，可他们还是在原地按兵不动。过了一会儿，四周渐渐恢复了平静，士兵们接到了睡觉的命令，可他们只能睡两个多小时。维亚洛亚少校天还没亮便召集军官开会。他在会上通报了眼下形势，并指出，鉴于走在前面的第四旗被共和国军拦住了路，眼下必须从右翼包抄，占领敌方的阵地。战斗在第一缕晨曦中打响了，伊夫尼射手团第一塔博尔营起初几次进攻都被打了回来。过了不久，几架佛朗哥国民军的飞机出现在天空，却把炸弹扔到了自己人的阵地上。在校对了方向后，对共和国军的轰炸终于开始了。轰炸刚结束，对岸的炮兵紧接着开火。另两支佛朗哥的军队突然从南面冲上来，抄了共和国军的后路。后者在被切断退路之前就退出了与第四旗的战斗。

修在埃布罗河左岸的那座桥头堡总共夺去了二百六十五名国民军和二百一十八名共和国军的生命。但从此以后，直至逼近加泰罗尼亚省的莱里达城，第十三师的行进都像拉练一样顺利。战斗第一天结束后，摩洛哥军已经深入共和国军阵地十公里，一步步蚕食着对方的防线。之后的几天，他们继续突飞猛进，一举穿越了莫奈格罗沙漠。伊夫尼射手团第一塔博尔营还是一如既往地冲在最前面，他们的左翼是第一五〇师，右翼是纳瓦拉的第五师。

第十三师于25日占领布哈拉罗兹，26日占领坎达斯诺斯，27日占领弗拉格和辛加河两岸；纳瓦拉第五师于28日占领麦基奈萨，29日占领塞洛斯、阿伊托纳和索赛斯，并在那里与30日占领阿卡拉斯的第十三师会合。然而战况从那时起便复杂起来。佛朗哥国民军的先遣部队遭遇了共和国军炮兵的猛攻，放慢了行军速度。傍晚时分，当他们抵达距离莱里达城只有四公里的一处名叫布瑟尼特的城郊地带时，在血色的余晖中已经可以望见那座城市和城中的卡德尼堡。就在此时，共和国军的步兵和坦克发动了袭击，国民军士兵被迫跳下卡车分散作战，双方阵地从科亚斯特雷路一直延伸到蒙太古城堡和格罗萨山。

次日，莱里达战役打响。此前三天，四支德国亨克尔-51战斗机编队从萨利涅纳机场起飞，对莱里达城狂轰滥炸，大批老百姓逃离，整个城市化作一片废墟，只剩少许垂头丧气的共和国军残部。几个月来，他们被打得溃不成军，节节败退，最后匆匆忙忙地加入了共和国军名将、绰号“农民”的瓦伦丁·冈萨雷斯指挥的第四十六师。冈萨雷斯很清楚，莱里达城中总共有三处要害，最重要的是卡德尼堡，另外两处分别是勒克亚德堡和格罗萨山。卡德尼堡是一座圣殿骑士城堡，修建在卡德尼山顶的平地上，俯瞰整个莱里达城。因为这里绝佳的战略地形，共和国军从内战刚开始就在山坡、山顶和山顶平地上修建了一系列阶梯状的隐蔽点、防御工事、机枪坑道和疏散通道。眼下“农民”正抓紧加固工程，补充机枪、迫击炮、坦克和人员，希望能在这里挡住佛朗哥的国民军。

他的希望落空了。30日到31日凌晨，伊夫尼射手团第一塔博尔营在布瑟尼特城郊地带安营扎寨，第二天清早就奉命向莱里达城前进。公路左侧干涸的山间蜿蜒着一条小路，队伍就沿着这条小路行军，身后跟着国民军第二纵队第二团。在公路与塞格勒河岸之间，第二纵队第一团和纳瓦拉第五团分别行进在他们的左翼和右翼。河对岸，共和国军第四十六师的炮兵部队正拼死抵抗。在一刻不停的炮火下，国民军一天之内仅仅前进了一公里或者一公里半的路程。当晚部队露宿在荒郊野外，离共和国军近在咫尺。4 月 1 日，他们占领了距卡德尼堡只有几百米的一处名叫巴特勒十字的农庄。这里几个小时之前还是“农民”的大本营。当日夜里，马努埃尔・梅纳参加了在农庄里举行的军官会议，第十三师指挥部决定天亮后这般行动：第一纵队两个团进攻勒克亚德堡，第二纵队进攻卡德尼堡，其中第二团向前冲锋，占领最险要和防卫最多的地方，第一团沿古堡北面卡德尼之路，也就是防守最薄弱的地方迂回上山。会上同时决定，伊夫尼射手团第一塔博尔营担任第二团先锋队，冲在该团另外两支部队——胜利营和第二六二营前面。

这又是一次愚蠢的进攻。第十三师一大早就开始无情炮轰共和国军阵地，后者的炮兵也在狠狠还击。可伊夫尼射手团却一直龟缩在巴特勒十字农庄附近的隐蔽点里，直到中午才向卡德尼堡发起冲锋。接下来的六个小时完全就是一场噩梦。马努埃尔・梅纳在山脚下架起机枪，掩护着正在沿着山坡向上冲的战友们。他们正试图趁着共和国军的炮兵部队、迫击炮、机枪和步枪停止开火的间歇，在烧焦的杂草中匍匐着寻找沟渠和地洞，好躲避炸响在血红土地上的炮弹。他们沿着沾满黏土的山岩一寸寸攀爬，轰立在那里的铁丝网和机枪碉堡是敌军抵抗最顽强的地方。终于在下午三点左右，第一团从卡德尼之路攻上山来，占领了共和国军的侧翼，后者害怕被合围，撤出了山顶的战壕，分散到山顶平地和古堡，在一道道障碍工事的掩护下，依靠三辆苏联坦克不死不休地抵抗。与此同时，佛朗哥国民军的两个团同时爬上了山顶并攻入了山顶平地。第十三师的大炮将那里的守军彻底击溃，一支亨克尔 -51 战斗机编队低空掠过共和国军的阵地，用机枪把那里扫射得千疮百孔。

等到下午，卡德尼堡也陷落了。还在巨响、鲜血和灰烬中晕头转向的马努埃尔·梅纳透过被炸成断壁残垣的城墙，眺望着脚下的莱里达城。他的左边是古老的教堂塔楼，右边是塞格勒河。然而国民军并未取得完胜，战后平静只持续了很短时间：当晚九点，从马德里前来增援的两个营的共和国军发起了反攻。战士们怀着满腔怒火，用信号弹点燃了沉沉暗夜。他们声嘶力竭地高唱着第四十六师的战歌，用手雷和自动枪械做武器，试图爬上山坡。他们的反攻只持续了半小时就失败了，天亮前，只能听到从城堡和城中街巷里传来的零星枪声。

4 月 3 日，莱里达城攻坚战结束。当天中午十二点，在几个小时猛烈的炮轰后，第十三师发起了凌厉的进攻。第一纵队的两个团包抄两翼，第二纵队的两个团正面冲锋。马努埃尔·梅纳的机枪连从卡德尼山开火，掩护伊夫尼射手团冲向山下的莱里达城。冲在最前面的第一塔博尔营直奔城门口的学院街和科斯塔市长街，全歼了隐蔽在附近一所加油站里的守军。啃下这块最硬的骨头，其他地方就容易多了。马努埃尔·梅纳的机枪连一直承担着掩护大部队的任务，为他们开路，协助他们拔除零星的抵抗据点。伊夫尼射手团第一塔博尔营的士兵们沿着科斯塔市长街开进了满目疮痍的城市，一路警惕着狙击手绝望的冷枪，还有那些惊慌失措地从老教堂跑出来的共和国军战士——他们打算在公路桥被炸毁之前逃到塞格勒河对岸去。就这样，马努埃尔·梅纳小心翼翼地穿过加泰罗尼亚大街和圣约翰广场，穿过市政厅、军事医院和在战争前几天就被烧毁的四座教堂，穿过了整个城区。最后，他和伊夫尼射手团第一塔博尔营的战友们一弹未发地占领了最后一个目标：莱里达火车站。这座新古典主义建筑完好无损，正门上的大钟正好指在下午三点整。

莱里达城已经稳稳落入了佛朗哥国民军之手。几小时后，第四旗和伊夫尼－撒哈拉塔博尔营占领了老教堂并俘虏了那里的守军。又过了不久，两声几乎同时响起的巨响把整个城市震得如同末日：为了阻止国民军穿过塞格勒河继续向巴塞罗那进军，共和国军炸毁了公路桥和铁路。一切都结束了。佛朗哥终于拿下了加泰罗尼亚大区的第一座省会，从此之后，莱里达城和塞格勒河就成了对阵双方的分界线。经过四天的浴血奋战，第十三师已经伤亡千余人，急需休养生息。在之后的三个半月，直到这场血腥战争中最血腥的那一场战役打响前，该师麾下几乎所有部队都撤回到后方待命。

只有少数几支队伍例外，伊夫尼射手团第一塔博尔营就是其中之一。

11

回村中拍摄纪录片的某日下午，欧内斯特·福克和摄制组的其他人正忙着拍摄伊巴埃尔南多及其周边的素材，我和马诺洛·阿马利亚便约好在他家中见面，我堂哥亚历杭德罗和我妻子也一起去了。我和马诺洛约在五点，七点半还约了另一场会面，也是在伊巴埃尔南多村，离马诺洛家很近。这次要见的是马努埃尔·梅纳尚在人世的两位小学同学：一位是我的伯母弗朗西丝卡·阿隆索，也就是亚历杭德罗的母亲；另一位是村里的小学教师堂娜玛丽亚·阿里亚斯。

我原先觉得，只要一见马诺洛·阿马利亚的面，我就能马上认出他来，但我错了。这个亲自把我们夫妇迎进门的男人，看上去七十多岁年纪，身材瘦削，戴着眼镜，留着一头光泽的灰色短发，皮肤有点泛红，穿着旧牛仔裤和格子上衣。他面无笑容地跟我们打了招呼（或者说他笑得很勉强，在我看来根本不算笑），把我们领进了一座考究的庭院，紧接着又领进了屋里的客厅。客厅的墙上按照村中传统的方式挂着瓷盘、旧青铜墙饰、油画和金属板。他领我们经过时说，其中一些装饰是他自己做的。亚历杭德罗已经到了，正坐在餐厅的桌子旁边喝咖啡。我们也坐下来说了一会儿闲话。我妻子准备拍摄，马诺洛的女儿埃娃为我们端上了咖啡。她三十多岁年纪，在马德里工作，是名经济学家，性格安安静静的，脸上总是挂着笑容，时不时跟亚历杭德罗和她父亲交谈着。直到这时候我才认出马诺洛·阿马利亚，我是说，直到这时候我才记起来我以前见过他，尽管记不清是在什么时候、什么地方见过他的。我意识到自己之所以进门时没能认出他来，是因为他脸上好像戴着一副面具；我突然想起亚历杭德罗说过他太太刚刚去世，这才明白过来，原来他脸上的面具并不是衰老，而是丧偶后的孤独。

接下来，我试着把话题转到马努埃尔·梅纳身上。我还没提他的名字，马诺洛就抢先说，他太太是马努埃尔·梅纳的侄女。后者阵亡后，他经常同她（也许那时候还是未婚妻）去叔叔家里探望。有一件事情他一直觉得很奇怪，就是他的家人们好像从来都不曾提起过那个死去的年轻人。

“我不觉得奇怪，”我妻子突然打断了他，她还没开始录像，但已经把摄像机准备好了，“要是我儿子十九岁就死在了战场上，我也一个字都不说。”

这一番话敞开了大家的话匣子。我们刚刚开始进入正题，我就隐隐感觉到，亚历杭德罗和马诺洛·阿马利亚整个一生都在谈论共和国那几年和村里的战争。我不由自问，除了同为社会党党员，是不是这点共同的兴趣才令两个人的友谊如此坚固。我们谈起了伊巴埃尔南多村在共和国成立前后的情况，谈起了那个年代蓬勃发展的文明与文化生活以及各种热火朝天的集体活动，谈起了我的外曾祖父胡安·何塞·马丁内兹和村医堂胡安·贝尔纳多的恩怨情仇，谈起了堂埃拉迪奥·比涅拉和村里的新教徒们，谈起了人民之家的成立和我爷爷帕科。当谈到内战前几个月，全村在政治和社会层面上那种不共戴天的极端状态的时候，亚历杭德罗这样说道：

“我还记得头几次以社会党党员的身份回到村子里的情形。那是七十年代中期，我们社会党刚刚从地下组织转为合法政党。”他每次谈到这种话题时，语气里总是带着克制的激动，“当时我还是个小年轻，对内战特别痴迷，每次我在村里碰到共和国时代的老社会党人，总会问他们同一个问题：‘我想不明白，你们是怎么把客观上根本就不是敌人的人给变成敌人的。换言之，’我当时就是这么对他们说的，‘共和国支持你们跟那些当权者，也就是大资本家和寡头政治做斗争，但共和国并不支持你们跟小产业者和佃农为敌；正相反，这些人同样也是共和国保护的对象。’我还问他们：‘你们怎么就不明白，真正的敌人是那些住在马德里的什么巴伦西亚公爵夫人，什么阿列翁公爵，还有什么圣马尔塔侯爵，而不是伊巴埃尔南多的小产业者和佃农们？你们怎么就不明白，真正的阶级敌人并不在咱们村，而在马德里。你们要做的不是去和村里人窝里斗，而是要把大家团结起来，一起跟马德里那些人斗啊？’”说完这句反问，亚历杭德罗停了一秒钟，悲哀地笑了，就好像在默默地笑他自己，“多蠢啊，是不是？可那个时候的伊巴埃尔南多人怎么会明白这个道理呢？当时村里一半人都是坐井观天的睁眼瞎，大多数人一辈子都没离开过脚下这片土地，他们的眼界里就只有村里这些人，他们从来都看不到马德里的那些人。也许村里的小产业者和佃农们本可以想明白这个道理的，至少对他们而言，明白起来更加容易。要是他们能够认真想想，要是他们没那么多高人一等、独断专横的大老爷思想，也许是能够明白过来的。尽管我现在也不敢说，如果当年他们真如我想象的这样，就一定能明白……总之事实就是，小产业者和租地种的佃农们同样没能明白这个道理。他们非但没有团结村里跟自己差不多的穷人去反抗富人，反倒去跟富人联手压迫比他们更穷的穷人，最后输了个底朝天。”

“这跟马德里和巴塞罗那没关系。”马诺洛接着说下去，语气中带着学院派的冷酷，跟亚历杭德罗的激情形成了鲜明的对比，“村里对立的两派并不是富人和穷人，而是吃得饱饭的人和吃不饱饭的人。”

“对，这是最本质的区别。”亚历杭德罗附和道，“但后来还产生了其他区别。那些遵纪守法的人，那些想不通为什么好好的大树要被砍倒，好好的橄榄林要被烧掉，好好的左邻右舍要互相恐吓的人。”

“一点儿不错。”马诺洛先前那种冷峻的态度暂停了一秒钟，“但你别忘了，正是那些遵纪守法的人拿起了武器。”

“我没忘。”亚历杭德罗转身对着他，让他冷静了下来，“我跟你讲过很多次我大舅马努埃尔的故事。”——现在他又掉头转向了我："是他把我妈带大的，我妈一直把他当作第二个父亲。"他这样解释着，"内战前的一天晚上，马努埃尔大舅回家时被几个人袭击了。他什么都没干，就被那几个人捅了一刀，吓得魂飞魄散。第二天他去宪警队报案，警长说：'很抱歉，我没法保护你。你搞点儿武器自卫吧。'于是他就这么做了：有人给了他一张许可证，他买了一把手枪。"

"村子里确实有一群地痞无赖。"马诺洛点头承认。那副面具依然挂在他的脸上，可当他说话的时候，有那么一瞬间，眼睛里熄灭的火苗好像重新被点燃了，死气沉沉的五官也跟着鲜活起来，"识字的年轻人在人民之家读了书，他们不愿向大户们低头，选择了正面对抗。当然后来大户们也拒绝雇他们做工，理由是他们支持共和国，他们是左派，他们去人民之家读书，总之任何理由都可以。于是年轻人越发愤怒，行事也越发极端，村里的情形也越发不可收拾。"

"问题就在这里：全村人被撕裂成两派，剑拔弩张，水火不容。"亚历杭德罗说，"你看，哈维，我最讨厌那些对内战所谓中立的解读，还有关于那百分之五十的人的解读，还有那些宣称内战是一场悲剧、两派都有理由的解读。这是谎言：这里发生的是一场由寡头政治和教会支持、推翻民主政府的军事政变，当然那个民主政府一点儿也不完美，最后只剩下少数人还对其抱有信心，还在遵守它的规则。但它依然是个民主政府，这就足矣。但我一样很讨厌那些对于内战或片面或虔诚或幼稚的解读。这些人把共和国说成人间天堂，把所有共和派说成一条人命都不欠的天使，把所有佛朗哥分子说成杀人不停手的恶魔；这是另一种谎言。你看，我一直很清楚我爷爷家——也就是你家——是佛朗哥分子。他们始终都是村子里说一不二的人。但很久以来我一直在问自己，为什么我的外公亚历杭德罗只是个生活在最底层的放羊短工，却也自愿加入了支持佛朗哥的队伍，跟你爷爷帕科和村里其他人一起，在战争刚刚爆发的时候就去了马德里。过了这么多年，如今我终于明白了。答案很简单：他讲规矩，守秩序。他不能接受也不能理解，为什么要荒了或者烧了庄稼，为什么要烧掉橄榄树林，为什么要袭击庄园，为什么要抢劫牲畜，为什么要恐吓别人。他无法忍受这么糟糕的事情。我外公亚历杭德罗和你爷爷帕科一样，最害怕的就是动荡无序和天无宁日的生活。他们两个上战场，根本不是出于政治热情，也不是为了改变世界或者投身国家工团主义革命；这一点你必须明白，哈维。他们上战场是因为他们不得不上，除此之外别无他路。你知道他们在战争中捞到什么好处了吗？完全没有。有人在战争中飞黄腾达，把什么都拿走了，但他们不是。他们什么都没得到，一点儿都没有。你爷爷甚至不得不为了养活全家背井离乡，面朝黄土背朝天地到处干农活。至于我外公，你也看到了，他一辈子都是个普通农民。事情就是这样，你在这个村子里不会听到与我相反的观点，因为那是谎言。不过马诺洛说得特别对：伊巴埃尔南多既不是巴塞罗那也不是马德里。这里的矛盾完全不像那里一样，是由共和国为国家现代化做出的努力，以及历史书上记载的类似事情而导致的——当然这些都是真的。内战前发生在这里的事情要简单得多，同样的事情也发生在埃斯特雷马杜拉、安达卢西亚和其他地区的乡村里：就像马诺洛说的那样，在极度赤贫的情况下，吃不上饭的穷人和吃得上饭的穷人（虽然他们只有一点儿吃的，但至少吃得上）之间上演了一场悲剧。饿肚子的人有理由憎恨有饭吃的人，有饭吃的人也有理由害怕饿肚子的人。最后这两派人都认定了一条可怕的死理：有他没我，有我没他。不是鱼死就是网破，不是你死就是我活。国家的当权者就这样把它可怜的人民推到了走投无路的绝境。”

马诺洛的女儿埃娃打断了我们的谈话，她想为大家再续一杯咖啡，但我们都拒绝了，只要了白水。水还没端上来，我便迫不及待地把话题引到了内战刚爆发时发生在村里的一系列谋杀上。我提起了“剃刀”的父亲，他们两个也提到了萨拉·加西亚。那时候我已经读过和听说过很多次“剃刀”父亲的事情了，便向他们问起了萨拉·加西亚被杀的缘由来。

“她的未婚夫是社会党青年团的领袖，佛朗哥起兵后就跑到巴达霍斯投奔了那里的共和国军。”亚历杭德罗说道。他咽了口唾沫，不过从脸上的表情看，就像咽了口醋一样，“听说杀她是为了报复她的未婚夫，也有说法说，有个混蛋对她追求未遂就动了杀机……我也不知道。”

“她很漂亮。”马诺洛说道，“你见过她的照片吗？”

还不等我回答，他就起身找东西去了，几分钟后捧回了一堆书籍和文件，正赶上亚历杭德罗和我在讨论村里长枪党的情况。

“内战前这里一个长枪党都没有。”马诺洛一边重新落座，一边插了一嘴，“我听我爸说的。”

“他爸是长枪党党员。”亚历杭德罗对我说。

“而且是老资格的‘旧衬衫’[①]，党证上的编号是卡塞雷斯省第17号。”马诺洛强调道，“我爸说他战前为了发展新党员，曾经多次来过伊巴埃尔南多，可从来没人理。当时这里的右翼要么支持吉尔·罗贝里[②]，要么支持莱罗克斯[③]。至于长枪党，跟全国一样，都是在内战爆发后才兴盛起来的。你看这个。”

他递给我一本战地日记，是他岳父，也就是马努埃尔·梅纳的哥哥在前线时写下的。那是一本不怎么厚的笔记本，字迹工整。他谈起了两兄弟的关系，又谈起了他知道的有关马努埃尔·梅纳的陈年旧事。最后他把两本书交到了我的手里，那是马努埃尔·梅纳在埃布罗前线阵亡时随身带着的书：一本是多人合著的《步兵机枪指南与战术实例》，另一本是《1936年国民政府立法》，作者名叫何塞·圣隆曼·克利诺。我翻着第二本书，突然发现书页中夹着一朵干花，便把它递到了摄像头前。

“是朵雏菊。”我妻子一边拍摄一边说，“大概有八十年了，对吧？”马诺洛没有作声，我们四人一起看着这朵马努埃尔·梅纳留下来的雏菊，客厅里笼罩着一片惊愕的寂静。还是我妻子首先打破了沉默。“哎，哈维，”她用加泰罗尼亚语叫我，“咱们得走了。已经快七点半了，你的弗朗西丝卡伯母和堂娜玛丽亚肯定在家等

---

① 特指在西班牙内战之前就入党的长枪党党员。

② 吉尔·罗贝里（1898—1980），西班牙政治家，自治权力联盟（CEDA）领导人。

③ 莱罗克斯的简介参见第四章。他领导的激进共和党属于共和派里的中间派，所以在内战爆发前获得了村中不少右翼的支持。

着我们呢。”

我向马诺洛问起亚历杭德罗曾经提到的关于马努埃尔·梅纳的那份手稿。他从刚才拿过来的文件里翻出四页四开纸大小的稿纸，开头用略显幼稚的笔迹写着“伊巴埃尔南多的蓝衬衫[①]们”。在继续往下读之前，我问他能否复印一份，他却递过来一个印着第二共和国国旗颜色的卡纸文件夹。

“复印件在这里面。”他对我说，“我还放了一张萨拉的照片。照片上有三个女人，她是最右边的那一个。另外还有其他一些材料，你都看看吧。看过就知道，一切都比你预料中的复杂得多。”

在告别之前，马诺洛把我们领到了阁楼上的书房。房顶开着一扇大窗，俯瞰着村中一小片破败的屋顶。阳光透过窗户，照亮了凌乱一地的书籍和文件。马诺洛不知从什么地方翻出了一副绑腿和一副凸纹皮革束带。

“这是送给马努埃尔·梅纳的礼物。”我一边端详着这些东西，一边听他说道，“是家里人请特鲁希约的皮匠定做的，本打算在他从前线回来时送给他。可是他没能回来。”

“我说得没错吧，哈维？”从好友家出来的时候，亚历杭德罗这样对我说，“马诺洛很高兴我们能来。我好久都没见他这么精神了。”

我还没来得及问马诺洛不精神的时候是个什么样儿，亚历杭德罗的妈妈家就已经到了。两位老太太正在那里等我们，她们是

---

① 蓝衬衫是长枪党的标志性服装，当时的人们经常用“蓝衬衫”来称呼长枪党党员。

马努埃尔·梅纳的小学同学。亚历杭德罗先行离开，不过答应两小时后回来和我们告别。等他回来的时候，我们已经快谈完了。他一直把我们夫妻送到车子跟前，顺道把他妈妈和堂娜玛丽亚·阿里亚斯刚才怎么跟我们说的马努埃尔·梅纳，怎么说的共和国和内战，都打听了个遍。等我们三个走到车门边，亚历杭德罗吻了吻我妻子的双颊作为道别。

“他妈的！”他仿佛长舒了一口气，“一说起战争，我还是一肚子不舒服。”他沉思了一秒钟，我们夫妻一起看着他，等着他继续说下去。现在已经是夜里九点半多了，但天边还残留着白日最后的余晖①；燕子的啼声就像剃须刀片一样划破街道上的寂静。亚历杭德罗看着我妻子继续说下去：“梅茜，你知道我为什么投身政治吗？因为羞耻。我为家族当年没能阻止在这个村子里发生的事情而羞耻。”

“这是他们能够阻止的吗？”我妻子问。

“不知道，但他们有义务去阻止。”亚历杭德罗回答她，“或者至少努力阻止。他们是掌权的人，掌权的人总是要承担责任的。”

“所以这也并不是什么悲剧。”我妻子反驳着他先前的论调。

“不是。”亚历杭德罗承认道，“你是对的。无论如何，我之所以从政，就是为了当年的一切不再重演。”

这句话说得掷地有声，我却有些厌烦，因为我知道他肯定总这么说，说过成百上千遍。我曾认为这种政治家或者政客的言论，

---

① 西班牙的计时与太阳时有一到两个小时的差异，所以夏季八九点钟依然可以看到夕阳。

空泛得就像画廊一样。此时我突然注意起亚历杭德罗的外表来：他穿着牛仔裤，裤腿一直挽到膝盖。脏兮兮的凉鞋上沾满了泥。暗红色的汗衫也有点儿脏。灰白的络腮胡子仿佛就要淹没那张写满了不高兴的脸。他站在古铜色的暮色里，活像个打短工的小老头儿。我看着他的模样，禁不住暗暗问自己，他到底是从什么时候下定决心，要与穷人和战争的失败者站在一起的；同时我也禁不住暗暗问自己，如果马努埃尔·梅纳活到他这个岁数，又会是什么模样？

“我不知道是不是完全同意你在马诺洛家说的话。”我向他坦白，“我还得再想想。但有一点我很确定。”

“哪一点？”他问我。

“我们家在内战中站错了队。”我回答，“不仅因为共和国是对的，还因为只有共和国才能捍卫他们的利益。我并不是说，当年我们的家人处于那样的环境下，轻易就能做出正确的选择；我如今也不想轻浮无耻地审判他们。毕竟八十多年过去了，现在的我们无论是思想还是生活舒适度都远非他们可比，更何况我们早就知晓了随后发生的灾难。”我又想起大卫·特鲁埃瓦，接着说道，“他们不是全知全能的，也不可能是。但他们确实做错了，这一点毫无疑问。他们自己骗了自己，或者被人骗了：其实共和国才是他们真正的同盟。”

“一点儿不错！”亚历杭德罗睁大了眼睛叫起来。不过他立刻收了声，在静到无声的街巷里，他的喊声大得简直不像喊声，“证据就是战后我们家的日子不但没比战前过得好，反倒过得更差，而且越来越差，伊巴埃尔南多村也是一样。你看！”他用手指着眼前的一片死寂：空无一人的街道，空无一人的房屋。整个村子如同鬼地，唯一的活物就是在夕阳中辗转飞舞的燕子，它们的鸣叫声就像吓坏了或者生病了的小孩。“战前这些地方满满都是人，有人就有未来，或者说可以有未来。但是现在这里什么都没有了。佛朗哥主义把伊巴埃尔南多变成了一片荒漠。无论穷人还是富人，无论吃得上饭的人还是吃不上饭的人，全都被它带走了。”

亚历杭德罗的这番话让我想起了我妈，她就像个流亡贵族一样远离了这里；我还想起了老宅的管家埃拉迪奥·加布雷拉，他住在伊巴埃尔南多，却觉得等自己和妻子一死，这个村子也就不在了；我又想起了亚历杭德罗，他之所以在退休后回村定居，也是为了让这里不至于消亡；我还想起了我儿子和我外甥奈斯特，他们正值马努埃尔·梅纳永远定格的年纪。想到兄弟俩陪着我妈在特鲁希约等我们，我感到很开心。于是我想道：“这就是马努埃尔·梅纳一生最悲惨的地方，他不但为了一个非正义的目标送了命，就连他用生命去捍卫的利益，都不是自己人的利益。既不是他本人的利益，也不是亲人们的利益。”于是我想，“他死得毫无价值。”

亚历杭德罗和我一抱而别，他的拥抱比以往长了一秒，或者说我感觉是这样的。我们松开了彼此，他在转身之前突然对我说：

“写本好书，我的堂弟。”

我儿子和我外甥奈斯特正在帕拉多旅店的泳池里洗澡晒太阳。

他们在吃完饭的时候去我姨妈萨克利家接我妈回来。萨克利姨妈就住在特鲁希约，我妈去她家说了一下午的话。我们晚上回来，全家人一起吃了顿便饭。我妈点了一整套埃斯特雷马杜拉的招牌菜，外加一盘作为甜点的烤面包。两兄弟在餐桌上报告了我妈的活动，“小布兰卡今天表现得非常好。”他们这样夸她。我们一边吃晚饭一边重新说起了伊巴埃尔南多的老宅子。从巴塞罗那过来的路上我们就说过这事儿，现在我妈又提出，她回巴塞罗那之前想过去看一眼，我说摄制组计划明天早晨过去拍摄，咱们明早就过去。紧接着我妈又说，记不得是我的哪位姐姐又提出要把房子卖掉；她总是一遍遍跟我说卖房子的事儿，我也总是一遍遍地回答，至少在她去世之前，房子绝不会卖。这次我又重复了一遍。

“要是我死了呢？”她又问。

“那我们就卖。”我心里想。可脑海中又浮现出亚历杭德罗和埃拉迪奥夫妇。于是我对她说：“等到那个时候，整个村子就没了。”我外甥奈斯特也过来帮腔，他说他不懂，一座几乎没法住人的旧房子，为什么非得留着；我儿子也替我说起话来。

“奶奶，”他叫道，“就算比尔·盖茨也不会留着一年只住半个月的房子。”

我妈奇怪地看了他一眼。

“比尔·盖茨是谁？”她反唇相讥。

回到房间，我的手机响了，是欧内斯特·福克打来的。他向我解释，因为一系列原因，摄制组希望能把明天上午的拍摄改到下午，他问我是否有什么不方便。虽然我下午有个约会，但还是跟他说，我没什么不方便的，明天下午大家伊巴埃尔南多见。此时已经夜里十一点多了，我还是匆匆忙忙地给亚历杭德罗舅舅打了电话。他是我这次回来第五个想跟他谈谈马努埃尔·梅纳的人，也许也是最重要的一个。因为他小时候跟我妈一起住在我的外曾祖母卡罗琳娜家，跟马努埃尔·梅纳住在一间屋子里，在他身边度过了童年。我之前已经跟他通过好几回长长的电话；这次接我电话的是他妻子，也就是我的舅妈普丽。她说把原定下午的见面提前到中午十二点没有任何问题，地点还是他们在卡塞雷斯的家里。

那天晚上我几乎没有合眼。在调查马努埃尔·梅纳的过程中，我总是随身带着《伊利亚特》和《奥德赛》的译本，就是当年和大卫·特鲁埃瓦去老宅时发现的那两本。我已经读完了《伊利亚特》，眼下正在读《奥德赛》。倘若没有下午从马诺洛·阿马利亚那儿拿到的文稿，我本该继续读的。虽然妻子就睡在身边，我还是通宵研读了那几份文稿。首先读的是马努埃尔·梅纳的手稿，开头第一句是“伊巴埃尔南多的蓝衬衫们”，我顺着这句话继续读下去——

如果可以，我想要跟大家说几句简单贴心的话，也好让大家再次认识到这场运动和这个党的意义。1932年10月29日，鲁伊兹·德·阿达、桑切斯·马萨斯、何塞·安东尼奥·普利莫·德·里维拉创立了长枪党，他们是烈士和解放者。他们担得起这样的称号。

年年月月，我们的祖国西班牙一直在衰落。我们的领袖不会忘记：

不畏死的民族，

绝不会成为奴隶。

他们走上街头，想要打碎我们脖子上的枷锁，将我们拯救出来。

他们良好的愿望只能通过革命来实现。正如我们的何塞·安东尼奥同志所说：“有战争才有和平，但战争的发起者必须是善良的西班牙人民。”

我们都在期盼西班牙的崛起和伟大，并希望做出自己的贡献。1936 年 7 月 18 日，这个时刻终于到来了。

这是蓝衬衫闪耀的时刻，这是卸下伪装直面强敌的时刻。长枪党不喜欢打埋伏，长枪党不喜欢寄生虫；西班牙长枪党和国家工团主义进攻委员会喜欢“纯洁的灵魂和悔过的心”。

我们不能忘记那句话：“西班牙人，祖国正在经历危难，快站出来保卫她！”尽管一年前我们失去了独一无二、不可替代的先知，失去了用心脏喷涌出的鲜血去书写我们党章的领路人。虽然上百名脏衬衫和旧衬衫已经踏上归程，却有上千名新的蓝衬衫正准备奔赴战场。他们一直在高唱着：“如果人们告诉你我牺牲了，我已死得其所。”

经历过这一切，我们不应同意，不能同意，也不会同意长枪党被毁掉，因为这是一个健康的党，一个纯洁的党，因为当祖国需要的时候，只有这个党义不容辞地站了出来。

但是大家要注意，为了长枪党的壮大，我们需要团结。因为长枪党的纲领就是呼吁社会各阶层和谐相处。何塞·安东尼奥说过："工作和资本本身都没有价值，只有在实现目标的时候才能彰显出它们的价值。"他还入情入理地说过："祭司要用双手托起圣灵；我们要用双手托起社会。"

现在我们唯一希望的就是，"我们的同志在各个前线洒下的鲜血将化为沃土，滋养新思想的种子"，而"敌人的血将化为腐蚀剂，腐化他们本就烂到根的心灵"。

我们将以这样的方式，一劳永逸地缔造人类，缔造历史，缔造一个统一、伟大和自由的西班牙。

起来，西班牙！

在手稿的结尾处还有一系列笔记，或者说是笔记的片段；其中最长的一段，也最有意思的一段，是这样写的：

工人阶级和资本家联手的时刻到了。因为同志们，"工人、企业家、技术员、组织者构成了生产的全套要素。资本主义制度通过高息贷款以及股东和债权人的滥用权力，不用付出劳动就攫取了大部分生产利润，却把工厂主、企业家和工人一齐推进了穷困的深渊。"——何塞·安东尼奥（1935 年 5 月 19 日）

这里还有另一段笔记片段："……我们应该选择'有可能实现的最佳方案'。"另一条是："要努力将西班牙送上星空，在那里，曾经教导我们'为祖国、面包和正义牺牲生命'的灵魂在看着我们，为了统一、伟大和自由的西班牙。"还有最后一段，"我们与

Camisas azules de Ibahernando:

Voy a dirigiros la palabra con frases sencillas y conmovedoras, si alcanzarlo pudiera, para que os deis cuenta una vez más de lo que significa este movimiento y esta organización que se fundó el 29 de Octubre de 1932 por los mártires y libertadores (que así se les debe llamar) Ruiz de Alda, Sánchez Mazas y José Antonio Primo de Rivera.

Habiendo pasado días, años y viendo nuestra ~~Patria~~ España, nuestra Patria de mal en peor, no olvidando nuestro Jefe que:

Esclavo no puede ser,
Pueblo que sabe morir,

se lanzó a la calle para salvarnos a todos del yugo que nos oprimía.

Como sus buenas intenciones no podían alcanzarse de otra manera que con la revolución, ésta fué la causa de pronunciar nuestro camarada José Antonio la siguiente frase:

"La paz, ha de venir con la guerra,
Pero la guerra ha de ir,
Por las veredas que la lleven los buenos españoles"

Deseosos como estábamos todos de elevar a España, de engrandecerla llegó un momento oportuno para lograrlo y éste fué el 18 de Julio de 1936.

Es la hora de ostentar la camisa azul, es la hora de dar la cara y dar el pecho al enemigo, porque la Falange no quiere emboscados, porque la Falange no quiere traidores; F.E. de las J.O.N.S. quiere "almas limpias y corazones apasionados!"

No olvidando las palabras de "Españoles, la Patria está en peligro, Acudid a defenderla." y a pesar de faltarnos El Único, El Insustituible, El profeta de hace un año, El Caudillo que escribió con sangre de su propio corazón nuestra doctrina, no faltaron"

Miles y miles de camisas nuevas,
para ir al frente de batalla, aunque
cientos y cientos de camisas sucias y rotas,
tornaban a sus casas,

Pero siempre cantando "si
te dicen que caí, me fui al puesto que tengo allí."

Después de todo ésto, no debemos consentir, no podemos consentir, ni consentiremos que la Falange se amigüente, porque es una organización sana, porque es una organización pura y porque ha sabido, como ninguna otra, ayudar a la patria cuando ésta lo ha necesitado.

Pero tened presente que para que la Falange progrese es necesario que vosotros os unáis porque su programa aconseja la armonía entre las clases sociales. Para José Hostenio "El trabajo en sí, como el capital en sí, no tiene valor; solo vale el trabajo y el capital en función al fin que se quiere conseguir. porque con razón decía" Como dos manos necesita el sacerdote para alzar la forma divina, dos manos necesitan para elevar la sociedad"

Y ahora lo único que debemos pedir todos es "Que la sangre derramada por nuestros camaradas en los distintos frentes, sirva de substancia fértil para el semillero de los nuevos ideales" y "la vertida por los enemigos de substancia incomuniren para las podridas raíces que en ésas corazones habían infundido"

De ésta manera y de una vez para siempre haremos Hombres, haremos Historia y Haremos a España;
Una
Grande y
Libre

¡Arriba España!!

no deben, ni saben, ni pueden darles, debemos elegir
«lo mejor entre lo posible»».

Es hora ya que sepa la clase obrera y patronal
porque camaradas:

«Los obreros, los empresarios, los técnicos, los organizadores, forman la trama total de la producción, y hay un sistema capitalista que con el crédito caro, que con los privilegios abusivos de accionistas y obligacionistas se lleva, sin trabajar, la mayor parte de la producción y hunde y empobrece por igual a los patronos, a los empresarios, a los organizadores y a los obreros»».

José Antonio (17 mayo 1935)

Hay que trabajar
«¡¡Hasta levantar España a las estrellas, donde vigilan los que nos enseñaron a morir por la Patria, el Pan y la Justicia

Por

España Una, Grande y Libre.

[signature]

Luchamos al lado de héroes como son:

"Mn Aranda en Oviedo y
Mn Moscardó en el Alcázar de Toledo."

[signature]

英雄一起战斗：有奥维耶多的阿兰塔[①]，有托雷多城堡的莫斯卡多[②]。”最后是马努埃尔·梅纳的签名。

我把手稿反复通读了好几遍，得出的第一个结论是，我堂兄亚历杭德罗是对的，这份文稿不是从前线写来的家信。它要么是一份写给伊巴埃尔南多长枪党的演讲词，要么是为了演讲或者在集会上发言而提前打的草稿。第二个结论是，从何塞·安东尼奥·普利莫·德·里维拉死于1936年11月20日，而从马努埃尔·梅纳在手稿中提到他死于一年前可以推断出，这份手稿写于1937年秋冬时节（如果他果真发表过演讲，也应该在这个时候）。当时佛朗哥国民军占领区已经得到了何塞·安东尼奥在阿利坎特被处决的确切消息，马努埃尔·梅纳也在村子里积累了一定的声望：他参军已满一年，刚刚晋升临时少尉，甚至可能已经加入了伊夫尼射手团。但他还没有随这支部队打过仗，也没有深刻体验过战争，所以依然单纯地保持着对政治的热情和对战争的理想主义。第三个结论是，此文的目的在于提振全村长枪党党员的士气，吸收新党员和前线志愿兵，激励从前的共和派和左派支持长枪党，并维护党的纯洁性和独立性——1937年4月，也就是几个月前，佛朗哥将长枪党与卡洛斯传统主义党派合并为“传统西班牙长枪党和国家工团主义进攻委员会”，此举为长枪党掺进了民族天主教

---

① 指在奥维耶多响应佛朗哥叛军的安东尼奥·阿兰塔·玛塔（1888—1979）。

② 指在托雷多响应叛军并粉碎了共和国军对托雷多要塞长期围困的何塞·莫斯卡多·伊图亚特（1878—1956）。

色彩，也意味着对党的分化（或者企图分化）。从这部手稿可以看出，马努埃尔·梅纳强调了何塞·安东尼奥创建该党的基本原则，意在避免与卡洛斯派的融合削弱了长枪党的革命性质。第四个结论是第三个结论的延伸，也是最重要的一个结论：从行文上看，马努埃尔·梅纳一方面表现得像个夸夸其谈的毛头小子，在文章中引用了大量当时必读的历史和文学作品：包括贝尔纳多·洛佩兹·加西亚脍炙人口的《五月二日颂》中的两句诗（引得很生硬），以及西班牙独立战争爆发后，莫斯托雷市长号召民众揭竿而起、反抗拿破仑侵略的演讲片段（也许他真的演讲过）。也许他还引用过一段《圣经·诗篇》（第二十四篇第四节），当然也引用了长枪党党歌《面向太阳》的两句歌词，以及何塞·安东尼奥的几句讲话原文。另一方面，尽管马努埃尔·梅纳出于笔误，把长枪党成立的时间整整提早了一年，但这篇文字表明，他是何塞·安东尼奥·普利莫·德·里维拉的崇拜者，是纯粹的长枪党，却不是佛朗哥主义者（文中一个字都没提佛朗哥）。作为一名深受里维拉邪恶理想主义荼毒的年轻人，他热忱地相信极左和极右革命者鼓吹的阶级团结，也成了里维拉为了阻碍带有社会主义和民主特色的平等主义，强行把爱国主义、社会革命和寡头政治捆绑在一起，从而形成的那种毫无用处却又不伦不类的思想怪胎。这就是我从马努埃尔·梅纳的文字中得出的第四个也是最后一个结论。多亏马诺洛·阿马利亚对历史的热情，这寥寥几行文字才得以保存至今，被我细细研读。它们为马努埃尔·梅纳勾勒出了一幅道德、政治和思想的画像，从而使他的一部分生命，出人意料地复活了。

那天晚上我阅读的第二份文件比马努埃尔·梅纳的手稿长得多。那是一份长达五十七页的军事法庭紧急审判书，编号 2430，发布于 1940 年年初的卡塞雷斯。被审判者是一位名叫伊希尼奥·A.V. 的伊巴埃尔南多村民。我刚看了开头就哆嗦起来。根据审判书中的描述，事情的大致经过是这样的：

1939 年 4 月 29 日，战争刚结束不久，我爷爷帕科，也就是当时伊巴埃尔南多村的长枪党领袖，向卡塞雷斯军政府发出了一份亲笔手写并签名的公函，他在其中简要报告，伊巴埃尔南多村一位名叫奥古斯丁·R.G. 的村民作为共和国军战俘被关在特鲁希约集中营，此人向他告发，伊希尼奥·A.V. 曾在科尔多瓦某村杀过人。但我爷爷在文中没有明说，伊希尼奥·A.V. 也是伊巴埃尔南多的村民，并跟奥古斯丁·R.G. 一起作为共和国军战俘被关进了特鲁希约集中营。他只是在公文的末尾写了一句："这是我能有幸提供给您的全部事实。"审判书的下一页是奥古斯丁·R.G. 一个月后在特鲁希约的证词。他在证词中确认了自己揭发的事实，并提供了详细信息：杀人的事情（当时俗称"散步①"）是伊希尼奥·A.V. 亲口告诉他的，时间是 1936 年，地点在巴达霍斯省的维亚努埃瓦德拉塞莱纳。当时还有其他四个人在场，其中两人也被关在特鲁希约的集中营里。接下来就是这两位证人的陈述，他们

① 在西班牙内战初期，对阵双方都犯下过滥杀无辜的罪行。杀人者通常会以"散步"为名将受害者叫出去秘密处决，故"散步"成了"枪决"的隐晦说法。

都表示奥古斯丁·R.G. 所言属实，但只有一人提供了新的细节：此事是伊希尼奥·A.V. 在 1936 年冬天休假时对他们说的。再接下来是伊巴埃尔南多村委会的证词，证人包括法官、警察、宪警队和一些村民；他们证明伊希尼奥·A.V. 参加过共产主义青年团，内战爆发前曾“多次攻击保守派和有产业者”（宪警队做证），内战刚爆发就逃出村子参加了共和国军。还有人听到传言说他杀过好几个人，奥古斯丁·R.G. 告发的就是其中之一。所有证词的时间落款都是 1939 年 10 月。接下来的是被告于 11 月——具体说是 11 月 11 日所做的证词，他否认了所有指控，只承认加入过社会党领导的工会——劳动者总联盟（UGT），内战爆发后因为“害怕”而投奔了共和国军。初审到这里就结束了。12 月 4 日，该案第一次提交卡塞雷斯军事法庭审理。法官首先决定将奥古斯丁·R.G. 以及特鲁希约那两位证人中的一位传唤至卡塞雷斯重新做证。八天后他们应召而来，再次指控伊希尼奥·A.V. 杀了人，或者更确切地说，是向别人宣称他杀了人。1940 年 1 月 27 日，军事法庭第二次也是最后一次开庭，在检察官和辩护律师分别发言后，法庭当堂判处犯人死刑。同年 6 月 8 日凌晨，伊希尼奥·A.V. 在卡塞雷斯郊外的刑场被执行枪决。

这就是审判书记录的全部事实。我说过我起初是在帕拉多旅店的卧室里，在我妻子身边躺着看的，结果刚看到开头就哆嗦起来；于是我又从床上爬起来站着看，感觉一颗心还是提在嗓子眼；最后我又坐下来，终于在桌子边上看完了，心中泛起了一股又恐怖又如释重负的异样滋味。马诺洛·阿马利亚把这份审判书的复

[illegible]

F.E.T. y de las J.O.N.S. de [illegible]

Tengo el honor de Informar á V. que el vecino de esta Higinio A. V. perteneció en este pueblo á las Juventudes Comunistas siendo elemento muy [illegible] y pendenciero y siempre insultando á las personas de orden y por referencias de Agustín R. G. actualmente en el Campo de Concentración de Trujillo sé que Higinio A. V. fué el autor de la muerte del padre político de Salazar Alonso pára el pueblo de los Blazquez.

Es cuanto puedo Informar á V. en honor á la verdad.

[illegible] á 29-4-1939. Año de la Victoria

El Jefe Local

Francisco [illegible]

[illegible] de Investigación de Prisioneros

Gobierno Militar de

Cáceres

印件交给我时说："一切都比你预料中的复杂得多。"所以我一在开头那份公函里看到爷爷帕科的名字，便想当然地觉得马诺洛指的是他。想到几年前我还写过文章，讲述爷爷如何拯救了那位社会党老村长的性命，我不禁痛苦地对自己说，看来我马上就要发现，同一个人在战争中可以一边做最好的事，一边做最坏的事了。可当读完审判书的全部内容后我才明白，原来是我搞错了，幸好搞错了。我爷爷报告的不是政治案，而是一桩民事杀人案，或者说是嫌疑杀人案。其实报案者都不是他本人，而是奥古斯丁·R.G.，他只是向上级法院写了一份请求调查的公函而已。无论从道德还是从刑法的角度上看，这都是他的分内之事：他只是履行了必要的刑法程序，无论是战胜者的刑法还是战败者的刑法，无论是佛朗哥主义的刑法还是共和派的刑法，对此都有同样的要求。或者换句话说，就算我爷爷果真因为担心他的告发会对伊希尼奥·A.V.产生什么不好的影响而犹豫过的话，他也必须去写这份公函，因为如果不这么做，他自己也会犯下对一桩杀人案的包庇罪。（可他还是在公文中表达了对伊希尼奥·A.V.的个人看法，哪怕是公正的或者他自以为公正的看法。他把伊希尼奥·A.V.描述成一个"极端好战，经常辱骂遵纪守法好村民们的革命党"。他并不是非这么做不可的。）

那么，现在就该轮到下一个问题了：奥古斯丁·R.G.是怎么回事？他为什么要告发伊希尼奥·A.V.？我从没听说过伊希尼奥·A.V.这个人，也没听任何人说起过他，但我确实在村档案馆保存的许多文件中看到过奥古斯丁·R.G.的名字，也听很多人说起过他。根据审判书上的信息，他当时三十六岁（伊希尼奥·A.V.二十七岁），是共和国时期村里的社会党领袖，曾经身任要职，并以公正诚实、勇敢能干、理性包容赢得了全村的一致赞誉。他肯定认识我爷爷帕科，在向他告发伊希尼奥·A.V.的时候，也早知道他是村里的长枪党领袖。他很可能通过家人将我爷爷约到了特鲁希约，向他揭露了伊希尼奥·A.V.的罪行，并请他以公文形式通知法庭。可他为什么要这么做？当然他和我爷爷一样，既然知道有人杀过人或者有杀人嫌疑，就必须报告，可当两年前伊希尼奥·A.V.亲口告诉他的时候，他为什么不马上向共和国政府报告，而偏偏要等到两年多后才说出来呢？难道在战争初期的共和国大后方，告发一桩时有发生的滥杀事件——虽然佛朗哥国民军杀得更多——是件令人害怕的事吗？或者他是为了不伤害战友才守口如瓶的？可如果这样，为什么他又会在两年后说出来，并且明知道此时说出来对伊希尼奥的伤害会更大，还是说了呢？是因为受不了良心的谴责，觉得自己必须开口？还是因为想要讨好长枪党当局才告了密？据我所知，奥古斯丁·R.G.在特鲁希约集中营强制劳动了多年后，在1946年前后毫发无损地回了村，并在这里终老一生。难道他是因为这次告发才保全了性命？当时他与其他被俘的共和国军战士一样，生杀予夺任凭专制残忍的胜利方处置。在这种情况下，他是否至少通过揭发别人为自己争取到了减罚和减刑的好处？他又会不会因为个人恩怨或者政见不同而想报复伊希尼奥·A.V.？（根据审判书所示，两人起初都是社会党领导下的工会会员，在政治上没有分歧。但比他年轻九岁的伊希尼奥·A.V. 很可能属于党内激进的青年一派，这些年轻人在内战前就与共产党打成一片：这也可以解释，为什么审判书中有多名证人宣称他是共产主义青年团成员。）或者以上全部或者部分理由同时存在？我认为对伊希尼奥·A.V. 的指控不可能是奥古斯丁·R.G. 编造出来的，他曾经两度确认此事，还有另两位共和国军战俘做证。所以我认为伊希尼奥·A.V. 的确向他们说过自己杀了人。然而他究竟是真的干了，还是只想跟战友们吹个牛皮？他就像当时的共和派一样，被不承认共和国法律的佛朗哥国民军军事法庭以“参加叛乱”罪判处死刑，虽然法庭强调他们是依据“造成的社会危害和罪行的严重程度”有理有据量的刑，但事实却是，没人尽职尽责地调查过伊希尼奥·A.V. 究竟有没有犯下被指控的罪名。他是真的杀过人吗？

我在帕拉多旅店的房间里翻来覆去地思索着这些问题，一会儿去阳台呼吸特鲁希约夜晚的空气，一会儿透过窗户眺望万家灯火，一会儿盯着床上熟睡的妻子发呆。我的脑海中时不时地回闪着马诺洛·阿马利亚说过的事情很复杂，还有亚历杭德罗提到的——在八十年前，这个国家的领袖将人民推到了你死我活的绝境。甚至在某一刻我突然意识到，我永远都不会找到这些问题的答案，因为它们原本就不可能有答案。至少站在历史的高度，在事情发生八十年后，我的问题本身要比答案更加振聋发聩。就在这时我突然想起了萨拉的照片。我把它从马诺洛交给我的那个共和国国旗颜色的卡纸文件夹里掏了出来。正如马诺洛所说，这张照相馆里拍摄的照片上共有三位女性，两位站着，一位坐着。我端详着站在最右边的那个姑娘，近乎残忍地将她上上下下打量了个遍：我看着她小女孩一样的发型，小女孩一样的鹅蛋脸，小女孩一样的耳环和项链，还有完全是小女孩式样的打褶长裙，上面装饰着为小女孩设计的纽扣和腰带。她的左手握着小女孩才用的折扇，脚下穿着小女孩才穿的白色长袜和小鞋子。我想象着她被子弹打穿、倒毙在路基上的尸体，真想痛哭一场。可一想到连哭都哭不出来的我妈和“剃刀”，我又觉得自己没有哭泣的权力，于是我忍住了眼泪，或者努力去忍了。我望向窗外，天快要亮了。

12

莱里达战役结束后，马努埃尔·梅纳很可能返回伊巴埃尔南多休了几天或者几周假。可以确定的是，在 1938 年 6 月初，他再一次跟随伊夫尼第一塔博尔营冲上了新的战场。这一次他们的对手是几千名绝望的共和国军士兵，他们已经在比利牛斯山最高处的堡垒中与佛朗哥的国民军艰苦周旋了三个月。这里位于阿拉贡，与法国边境近在咫尺。

这就是内战史上的比耶萨口袋之战。1938 年 3 月，佛朗哥国民军大举进攻阿拉贡和加泰罗尼亚，4 月初莱里达战役的胜利标志着这次作战的尾声。此役后，共和国军第四十三师在韦斯卡省北部陷入了孤军作战的境地。这支部队作风顽强，大部分士兵都是共产党员，绰号“残废”① 的指挥官安东尼奥·贝尔特兰是阿拉贡本地人，对这里每一寸地形都了如指掌。他狂热地坚信部队可以在比耶萨地区人迹罕至的深谷和高山上发展壮大，等法国的援

① “残废”是安东尼奥·贝尔特兰（1897—1960）在战时给自己起的绰号，为了纪念家中一位因为繁重的劳役而残疾离世的亲人。

军到来后便可大举反攻。但是法国的援军始终没有来。整个3月，在佛朗哥国民军纳瓦拉第三师的围追堵截下，第四十三师渐渐撤退至韦斯卡省东部，并于4月12日完全陷入了国民军的重围中。共和国政府已经开始预感到败局已定，所以越发急切地想要宣传英雄典型，于是“残废”和他的战士们便成了英勇无畏的榜样和宁死不屈抵抗法西斯的象征。正因如此，共和国总理胡安·内格林和共和国军总参谋长罗霍将军在六日之内先后奔赴前线为勇士们打气、训话，并拍摄用于报纸宣传的合影。同样因为这个原因，在一个月后——此时共和国军战士们已在国民军不间断的炮轰和步兵偶尔的攻击下坚守了两个月，佛朗哥决定全歼第四十三师，然而此战所需的精锐部队足足拖了三个星期才完成集结。

马努埃尔·梅纳所在的伊夫尼射手团第一塔博尔营也是参战部队中的一员。他们自4月起一直驻扎在莱里达城及其周边。6月初的一天早晨，大家突然接到命令，要他们马上离开这道暂时平静的第二防线，向比利牛斯山脚下的特伦普镇进发。就这样，在接下来的几天内，摩洛哥军的多支精锐部队组成了一支联军，由隆巴纳中校担任指挥官，准备与纳瓦拉第三师合兵一处，将共和国军一网打尽。第三师已经将他们包围在了比耶萨，但没有能力独立将其全歼或驱赶到法国。

6月6日中午，队伍开始向比耶萨进发。这是一次艰苦的行军。短短两天半的时间，几千名士兵在群山中徒步跋涉了将近一百公里。他们冒着比利牛斯山的料峭春寒，背着重达二十五公斤的辎重，在狭窄的运输车道和寸步难行的山路上前进。与他们同行的还有一支上百人的骑兵队，驮着机枪、弹药、卫生用品和补给，拖着九支不同口径的新式火炮，包括两支65毫米口径、三支105毫米口径、两支155毫米口径的火炮，以及两支105毫米口径的山炮。就这样，他们一路穿过菲戈德特伦普、蓬特德蒙塔尼亚纳、贝纳瓦雷、格劳斯和卡斯特洪德索斯[①],8日下午抵达贝纳斯克镇的萨温村。村子坐落在与比耶萨毗邻的峡谷中，四周环绕着两三千米高山的雪峰。当天夜里，在士兵们吃过晚饭，准备好作战装备，就寝几个小时之后，隆巴纳中校把全体军官召集到一间小屋里开会，马努埃尔·梅纳也在其中。从会议内容可以推断出，第二天的战斗虽不是势均力敌，也绝非一帆风顺：佛朗哥国民军集结了一万四千名士兵，对阵七千共和国军。对方装备简陋，又没有空军增援，简直就是炮兵完美的攻击对象，唯一可以仰仗的就是高昂的士气、钢铁的纪律、对地形的熟悉和灵活运用，以及在数月的围困中修建起来的防御工事。毫无疑问，马努埃尔·梅纳也亲耳听到了隆巴纳中校次日的作战计划。计划很简单：此战的主要目标是拿下萨温村所在山谷的隘口，突破共和国军第一〇二混合旅在那里布下的坚固防线。与此同时，隶属于纳瓦拉第三师的莫里奥内兹联军从左翼向科迪耶亚山脉的巴巴鲁埃山谷隘口发起进攻。

拂晓时分，战斗打响了。隆巴纳联军的大炮在西班牙旅多架容克-52、亨克尔-45和亨克尔-51战机的掩护下，向敌方阵地发

① 以上地名均为沿途村镇。

起了猛烈的炮击。士兵们开始向萨温山谷的隘口处攀爬，伊夫尼射手团第一塔博尔营行进在最前面。此时天刚蒙蒙亮，他们沿着栎树山坡上的小道往上爬，起初的地势还比较平缓。等到过了两个小时或者两个半小时，太阳已经高高升起的时候，起初的小道已经变成了陡峭的山路，地表的植被已经从栎树变成了松树，平缓的地势也变成了几乎垂直的峭壁，再往上爬一会儿，又变成了一片岩石遍布、白雪皑皑的荒草地。眼看着就要到达目的地了，敌军阵地上的机枪响了，双方开始交火，对峙不间断地持续了几个小时，这期间国民军数次向共和国军阵地发起远程进攻，但都被打回了原地，不得不请求炮兵和空军支援，轰炸对方的防御工事。终于在中午刚过的时候，寡不敌众的共和国军开始撤退。佛朗哥国民军占领了他们刚刚放弃的阵地，只俘虏了几名士兵。有几位幸存者为那场惨烈的战斗留下了口头或者书面的记录，所以我们不需要借助文人墨客的想象就可以得知，战争结束后呈现在马努埃尔·梅纳眼前的是怎样一幅景象。有一份记录中写道，最后一缕硝烟消失在萨温雪峰晶莹的空气里，仓皇而逃的战士将武器和装备丢在了破裂的铁丝网上；另一份记录中提到，肮脏凌乱的雪地上躺着一具具尸体，看上去都那么年轻；还有一份记录说道，6 月的太阳远远地挂在万里无云的天空上，冷得像冰。而所有证词都肯定了一件事情——无论对进攻方还是防守方而言，共和国军在对垒伊始的这场失败已经预言了比耶萨口袋之战即将到来的结局。

预言果然成了真。第二天清晨，伊夫尼射手团第一塔博尔营与全体隆巴纳联军一起，沿着积雪的悬崖下到萨温山谷的隘口，再行进至流经希斯泰恩山谷的辛卡塔河流域，在那里与拿下了巴巴鲁埃山谷隘口的莫里奥内兹联军会师。随后的两天里，这两支部队扫清了山谷地带的共和国军，并在多轮苦战、付出近百伤亡的代价后，占领了普兰、圣胡安德普兰和希斯泰恩三个村镇。13日，两军再次分头行动：莫里奥内兹联军穿过古尔弗雷达山区，挺进俯瞰比耶萨村南部的山脉，准备从侧翼突击防守的共和国军。隆巴纳联军沿辛卡塔河向山谷左侧前进。他们忍受着撤退中的共和国军没完没了的骚扰，在大块裸露的巉岩间走了几个小时，终于抵达了萨利纳斯公路的岔道口，这里也是辛卡塔河与辛加河的交汇处。当晚，他们在比耶萨山谷的入口过夜，此处离比耶萨村只有十公里之遥。次日早晨和下午，队伍继续沿着辛加河流域前进。伊夫尼射手团第一塔博尔营始终高度警觉地走在最前面，提防着留下来掩护战友撤退的第四十三师战士们的突袭。黄昏时分，队首的士兵隐约望见了比耶萨村的屋舍，指挥官命令队伍停止前进，在辛加河畔距离比耶萨村只有几公里的地方安营扎寨。

当天晚上，大家厉兵秣马，准备第二天好好打场大仗。然而战斗并没有到来，或者严格来说，第二天发生的事情并不能称之为战斗。虽然国民军为了争夺比耶萨村入口的桥梁，确实在黎明时分与驻守在那里的第一三〇混合旅和第一〇二旅的两个连展开了激烈对决，可真正的战斗仅此一例。中午十二点，亨克尔-45和亨克尔-51战斗机出现在比耶萨村上空，投下了暴雨一样的炸弹，熊熊大火燃烧了整个晚上，照亮了比耶萨山谷和周围的群山。“残废”下令全体撤退，共和国军从帕桑村逃往法国，冲天的火光照亮了他们的身影。我可以确定最后一名共和国军士兵跨过法国国境的时间是16日凌晨四点，但我无法确定比耶萨村的大火烧到了几点。我可以确定马努埃尔·梅纳在那几天的战斗中失去了两名同为临时少尉的战友：一位绰号“百夫长”，另一位名叫加西亚·德·维托利亚，也许两位死者都是他很好的朋友，但我无法确定他们是死于萨温村口的夺桥战，还是希斯泰恩山谷或者比耶萨山谷的争夺战，还是伊夫尼射手团第一塔博尔营参加的其他战斗。我也无法确定马努埃尔·梅纳究竟是为同伴的死亡落了泪，还是因为看惯了生死而没落泪。我可以确定他跟随伊夫尼射手团第一塔博尔营开进了比耶萨村，但我无法确定他们具体是在什么时刻进的村。我还可以确定，见惯了杀伐毁灭和九死一生，马努埃尔·梅纳年轻而又苍老的眼睛所看到的其实并不是比耶萨村，而是一片焦黑残破、不见一个活人的坟冢。当地一直盛传着一个说法：自打比耶萨村沦陷后，山谷中透明的空气里就长年累月飘浮着一股焦煳的味道，就连内战后肆虐的暴雪也遮盖不住。然而我可以确信，那并不是什么焦煳的味道，那就是胜利的味道。

13

第二天早晨，我十点半才起床。昨夜通宵读完了马诺洛·阿马利亚的文稿，我感觉浑身都散了架，脑子也晕乎乎的。可因为十二点钟还要去见普丽舅妈和亚历杭德罗舅舅，我在一小时后就拉着我妻子、我妈、我儿子和我外甥奈斯特直奔卡塞雷斯。自从得知亚历杭德罗舅舅小时候跟马努埃尔·梅纳的亲密关系后，我已经跟他通过好几次电话了，可他总是翻来覆去地说些相同的事，就好像他对马努埃尔·梅纳的回忆变成了化石，又好像他不是在说自己记得的事，而是在重复上次已经说过的事似的。尽管如此，我还是非常想见见他，说不定能够通过跟他面对面交谈，以及比对他和我妈两人不同的回忆，找到一点儿意料之外的惊喜呢。

“惊喜”果然来了。普丽舅妈和亚历杭德罗舅舅住在卡塞雷斯郊区，街道是新修的，新得连导航仪都找不到位置，我们费了好大功夫才把车子开到他的家门口。我儿子和我外甥奈斯特扶我妈下了车，说他们想开车去城里转转，等到两点钟就过来接我们回特鲁希约。两人给了我妈一个大大的告别吻。我儿子帮她理了理因为旅行而有些散乱的头发和衣服，我外甥奈斯特叮嘱她说：

“好好表现，小布兰卡！”

普丽舅妈为我们开了门。她是个身材娇小的老太太，穿着家居裙，戴着一对招摇的银耳坠，满脸都是笑意。亚历杭德罗舅舅站在她身后，庄重地迎接贵客临门。大家欢呼、问候、亲吻和拥抱，随后他俩就把我们迎进了屋。餐厅的陈设一看就是伊巴埃尔南多最常见的巴洛克风格。中午灼人的阳光满满地从窗子里照进来，窗外开阔的黄草地上，几个孩子正在踢足球。我们在沙发上和三把蒙着盖布的扶手椅上落座，普丽舅妈端来了咖啡和水。他们夫妻跟我妈一样，都是八十多岁的人了，皮肤上布满皲裂，我舅舅的情况特别严重。他看上去又瘦又小，身体也不好。话虽然不多，但一双嵌在浓重的黑眼圈里的眸子却总在热烈地看着别人。他们三人堪称村里体面人家亲上加亲的典型：舅舅和舅妈是远房表兄妹，我妈又是他们两人的表姐妹。大家有好几年没见面了，我听着他们聊了一会儿各自的家常，突然感到了一种羞愧，羞愧于我又重新感到了少年回乡时在全家面前经常感到的那种羞愧。这种羞愧来源于，他们这些人在村子里高人一等，或者自以为高人一等，但在遥远的外乡却活得什么都不是。他们只不过是一群受过教育的穷人和最底层的贵族，连头衔都没有，背井离乡讨生活，仅能勉勉强强地维持住最基本的尊严。后来我又觉得，其实我并不是在为他们羞愧，而是在为我自己羞愧，在为我曾经为他们羞愧过而羞愧。

最后，我用咖啡勺碰了碰杯子，大家一阵沉默，这才想起来今天聚会的目的是谈论马努埃尔·梅纳。我请他们允许我妻子将谈话拍摄下来，从那时起我就一直试着把话题引到马努埃尔·梅纳本人，还有大家对他的回忆上。这没有什么难的。整整两个多小时，他们一直都在打断、丰富和更正自己的意见。我所做的就是在他们想不起来的时候加油鼓劲，在他们记错了的时候及时纠正，在他们绕到别的地方去的时候重新把话题绕回来。因为马努埃尔·梅纳才是这次聚会的主角，亚历杭德罗舅舅自然说得最多。他也确实很想满足我的好奇心，所以一直都在翻来覆去地念叨那些已经在电话里说过的事，或者我早就听他跟我妈说过的事。他说马努埃尔·梅纳是个安静、谨慎、不卑不亢的小伙子。村里没人跟他关系不好，但他也没什么朋友。“不过堂埃拉迪奥·比涅拉除外。”他补充了一句，紧接着就开始夸奖起这位当过老师的医生来。我妈和我舅妈也随声附和，三人你一言我一语地回忆着堂埃拉迪奥和堂娜玛丽娜学校里的趣闻逸事。眼看着他们越扯越远，我赶紧把话题拉了回来，于是我舅妈怯生生地开口了。她是三人中唯一跟马努埃尔·梅纳没有交集的人，从来都不认识他。在我们的谈话开始前，她还特意跟我强调过这一点。

“我以前听人说过，他跟村里牧师的弟弟很要好。”

“是的。”我舅舅赶紧回答，“非常要好。”

“我也这么觉得。”我妈插话了。只要跟表兄妹们在一块儿，她日益严重的耳聋就霍然而愈，人也突然焕发了青春。她起先已经拿着黑蕾丝边扇子扇了好一阵风了，此时突然把扇子折起来，用它指着我道：“我跟你说过好多遍牧师弟弟的事儿了！”我也立刻记起了这桩往事或者传说。“托马斯，他叫托马斯。托马斯·阿瓦雷斯。马诺洛叔叔跟他一样大，可他不是咱们村的人。”

“确实不是。”我舅舅附和着，“他是从巴达霍斯来的。”

于是两人拼命回忆他到底是巴达霍斯哪个村的人，但还是没能想起来。我妈继续说下去：

“托马斯跟他哥哥在伊巴埃尔南多待了很长时间，马诺洛叔叔就是在那时候认识他的。内战刚爆发，他就搬来村里住了，马诺洛叔叔劝他一起去参军，但这可怜的孩子不知是因为胆子小还是其他缘故，没有跟他走。可是在马诺洛叔叔死后，托马斯却上了战场，说是要替他的好朋友去打仗。”她转头看了看我舅舅和舅妈，声音中带着嘲讽也带着悲伤，“你看，男孩子们就是这样的……”然后她又看了看我，说出了最后一句话，“结果两个月后，他也死在了战场上。”

我突然想起了另一个人，便问他们知不知道玛丽亚·鲁伊兹。

“你说谁？”亚历杭德罗舅舅问。

“玛丽亚·鲁伊兹。”我妈半睁着眼睛念叨着这个名字，重新打开折扇扇起风来，“有人说，她是马诺洛叔叔的女朋友。”

“昨天弗朗西丝卡·阿隆索伯母和堂娜玛丽亚·阿里亚斯也是这么跟我说的。”我附和道。

普丽舅妈耸了耸肩膀。

“确实有人这么说。”她也点头称是。

“我从来都不知道这事。”亚历杭德罗舅舅怀疑地说，“这是我第一次听到。”

接下来，他把每次在电话里说的话又说了一遍。他记忆中的舅舅总是在读书和学习。可他话还没说完就猛烈地咳嗽起来。普丽舅妈赶紧递上一杯水。我舅舅缓了缓气，一连喝了三口水。我盯着他长满老年斑、微微颤抖的手，突然想起来他年轻时就有肺结核，多年前又患上了心脏病。他把空杯子放在桌子上，问我刚才说到哪里了。普丽舅妈提醒了他，我继续问，他还记不记得当年马努埃尔·梅纳都读过些什么书。

“不记得了。”我舅舅回答，“我唯一有印象的是，房间里放着九卷《埃斯帕萨百科全书》，他总喜欢翻那些书。”

差不多就在这个时候，我开始问他们共和国时代和内战期间的事情，他们的回答跟我从我妈那里听到的大同小异。我问亚历杭德罗舅舅，马努埃尔·梅纳回伊巴埃尔南多休假时有没有说起过战争，他说没有。“从来没有。”他又补充了一句。我又问他们马努埃尔·梅纳总共从前线回来过几次，他们都说记不得了。然而好像为了补偿我似的，我舅舅提到了两件我从没听过的事：其一，因为作战英勇，马努埃尔·梅纳阵亡时，马上就要晋升中尉了；其二，他在战场上负过五次伤。

“可我只查到了三次。”我说道，“一次在特鲁埃尔战役，两次在埃布罗河战役。”

“但他真的负过五次伤。”我舅舅坚持己见，“也许有几次是轻伤不下火线。但确实是五次。”

“你肯定吗？”

“千真万确。这是那个在他死后来过村里的勤务兵说的。”

“晋升的事也是他说的？”

“我想是的。”

我妈趁此机会回忆起了那位勤务兵。很多记忆都是来自她的奶奶和姑妈，几乎所有事情我都早听她讲过。然而直到那天我才发现，不光我妈觉得马努埃尔·梅纳的勤务兵是个传奇，我舅舅和舅妈也一样。他们都清楚地记得那人来村里的情景：比如我舅妈说，所有能吃的动物他都亲手杀了吃。我舅舅则记得，他拒绝把寄给马努埃尔·梅纳的信交给他母亲，每次都必须要交到长官本人手上才放心。

“可那位是他的第一个勤务兵。”我舅舅紧接着说道，“后来又来了一位。这第二个勤务兵可不是摩尔人。他家在塞戈维亚，是在马诺洛舅舅死后才过来的。”

亚历杭德罗舅舅说，第二个勤务兵陪着马努埃尔·梅纳度过了他生命的最后时刻，后来又把他的遗体送回了伊巴埃尔南多，还参加了他的葬礼。于是我们又说起了葬礼如何举行，灵柩如何运回村，母亲面对儿子的尸体都说了些什么话，在他上战场之前又曾说了些什么话。之后我又向三人询问他们是如何得知马努埃尔·梅纳的死讯的。令我惊讶的是，我妈和我舅妈已经完全记不得了，可亚历杭德罗舅舅却把一切都记得明明白白。

“那天大家都聚在我们在广场附近的家里吃饭，”他把手放在沙发毯上，头靠在沙发背上，一边看着我一边从头说起来，“在场的有我妈、我爸、菲丽莎姨妈，还有刚从战场上回来的安德烈斯舅舅。我想再没有别人了……对，没有别人了，就我们几个。吃完饭，我和菲丽莎姨妈一起去了卡罗琳娜外婆家，进门才发现，屋子里一个人都没有，这可太奇怪了。正在这个时候，有人跟我们说——我记不得是谁了——大家都在胡安舅舅家。”他把靠在沙发背上的脑袋转到了我妈那一边，解释道，“也就是你爸爸家。那人说：‘咱们一起去。’于是我们就一起过去了。”

胡安舅舅家挤满了人——我舅舅继续他的故事：他们刚进门就知道出大事了。家中笼罩着悲痛的气氛，卡罗琳娜外婆面无人色，所有人都在安慰她。他不记得是谁报的丧，但肯定有人通报了消息，也不记得是谁跟大家说，来了一封电报。但他确实记得，自己紧张地问菲丽莎姨妈，要不要告诉爸爸妈妈和安德烈斯舅舅。菲丽莎姨妈说要的。他记得自己撒腿就跑，一路狂奔回家，就像推窗一样地推开了自家大门，爸爸妈妈和安德烈斯舅舅还在围着桌子聊天，他上气不接下气地大叫起来，把所有人都吓了一大跳：

“他们杀了马诺洛舅舅！”

我舅舅不但叙述了当年的场景，还亲自表演了一番。只见他猛地从沙发上站起来，就像八十年前那个孩子一样尖叫着。他张大嘴巴，挥着几秒钟内突然变灵活的双手，重现了当年震撼人心的一幕。随后他又突然跌坐回原来的位置继续说下去。他记得接到噩耗后不久，为了寻找马努埃尔·梅纳的遗体，几个家人一起去了萨拉戈萨。他还记得另一件事情：就在他们动身前不久，又来了一封电报，说马努埃尔·梅纳只是受伤了。我努力克制着不可思议的表情，听他澄清这个误会。

“他们搞错了。”其实第二封电报是在第一封之前发出的，但来迟了。

亚历杭德罗舅舅还说，去萨拉戈萨寻找遗体的亲人们把马努埃尔·梅纳的第二个勤务兵也带了回来。他在村里待了几天，就住在卡罗琳娜外婆的家里。就是他向大家描述了马努埃尔·梅纳阵亡时的情况。我舅舅详细地转述着他当年的说法，我一听他说，那颗致命的子弹打在臀部，便赶紧纠正道，那颗子弹打在肚子上。

“他的勤务兵的确是这么说的，”我舅舅承认，“但他说错了。”

“可他的死亡病历上也是这么写的。”

“我知道。”我舅舅回答，“但你得相信我，那颗子弹确实打在臀部。”

于是我问他为什么这么肯定，他讲述了下面的故事：马努埃尔·梅纳起初被埋葬在村口的旧公墓里。多年后，村里又在湖边修了座新公墓，需要把旧公墓里的遗骨迁过去。迁葬工作不费事，但是很费力——需要打开棺木，把遗骸装进袋子，运到新地方重新下葬。当轮到我们家的时候，我舅舅亲临现场。他看到先辈的骸骨都安放在铸铁和水泥做成的棺椁里，绝大部分已经化成了粉末，但马努埃尔·梅纳的几根骨头倒是状态良好，其中就有臀部的骨骼。于是他把那几块骨头带回了家，想研究一下，或者说，想请自家女婿帮他研究一下。这位女婿是位创伤科医生，娶了他的女儿卡门。他清洗和检查了遗骸，最后宣布了研究结果——那颗终结了马努埃尔·梅纳性命的子弹从侧面打穿了他的臀部，最后停在了肚子里。

“这才是事实，”我舅舅下了结论，“不管文件上是怎么写的。”

NOMBRES	EMPLEO	UNIDAD	NATURA
Martín Herrera Enrique	soldado	Ingenieros 13 D	
Mollerach Salanguestoni [illegible]	prisionero		Olot [illegible]
Morán del Valle José	soldado	9 Quintín	Valladolid
Mateo Marcelino	" 2ª Cía	8º Lacar	
Martínez Martín	"	B. F. Gral. Mola	
Montero Ruiz Francisco	"	5ª Bra FE Navarra	
Murre Pérez Juan	"	2ª " " Castilla	[illegible]
Murillo García D. Eduardo	Sargento	Mérida 5º Bn. 320	
Muriel Pedraza Agapito			
Muñoz Alberto	soldado	5ª Bra. FE	
Muñoz Balma Miguel	"	5º Argel 17 R D [illegible]	
Muriel Fernández Agapito	"	Bailén 2ª Cía	Castrojeriz
Macedo Rodríguez Luis	"	2ª Bra. Castilla	
Merino José	"	5º Alhucemas	
Muelas Emiliano	" P. M.	3º Agrupación	
Martínez Cubas Tomás	"	5º [illegible]	
Mosquera Otero Ernesto	"	8º Lacar	
Medina Delgado Antonio	" [illegible]	1ª Bra. FE Soria	
Moreno Llano Antonio	"	6ª " F. Castilla	
Moreno Bernardez Juan Luis	Alférez	Ifni - Sahara	
Morente Rodríguez [illegible]	soldado	Tenerife 3º Bn. [illegible]	[illegible]
Moreno Sancho Pedro	"	4º Pilar C. 2.	
Morales [illegible] Antonio	"	S. Quintín	
Mulet Tarau? Miguel	"	[illegible]	
Marante Cruz José	"	2ª Bra S. Marcial	
Moreno Marías Eusebio	"		Aguarón [illegible]
Miguelez Morán [illegible]	" 3 D	Mérida [illegible]	S. Félix de [illegible]
Millán Pérez Agustín	prisionero		[illegible]
Merino Rodríguez Sabino	soldado	1ª Bra. Flandes	
Mesoña [illegible] Félix	cabo	Ingenieros 1 D	Álvaro [illegible]
Mondisel Berdi? Germán	soldado	8º Lacar Cía [illegible]	Navalemes?
Muñoz Díez Germán		5ª Bra F. Castilla	
Montero Feliciano	"	2ª " "	
Metres Ferrer? Miguel	"	2º Bn. S. Fernando	
Mondero Lloral Fernando	" 1ª Cía	Castilla 2 D	
Mendel [illegible]	"	2ª Bra. [illegible]	[illegible]
Muñoz Gaidú Antonio		Argel 27	[illegible]
Mejía Cena Antonio	ALFÉREZ	Art. 100/17	
Mendoza Zamora Julián	"	5 Bn. 1ª Cía 550	Albero [illegible]
Lena Martínez D. Manuel	Alférez	Tiradores Ifni	
Montano González Matías	soldado		
Marcelino Villaverde [illegible]	"	Aragón 17 Bn 1º	
Méndez Rivero [illegible]	" [illegible]	" " " 17	
Molinos Gambao Luis	"	3º Montejurra	
Montalvo Julio	"	" "	
Marcelino Martín Félix	"	" "	
Moreno Pedro	nº 329361	" "	
Moscardó Bernardo	soldado	2ª Bra FE Navarra	
Martín Barbero José	"	1º Montejurra	Villa [illegible]
Muñoz Bernardo	" 2ª Cía	" "	
Mariscal Moraleda José	"	" "	
Macías Amador	"	8º Lacar	
Muñoz Hermenegildo	" 1 Cía	Transmisiones [illegible]	
Mur Mur José		2ª Castilla	
Martínez D. Miguel	Sargento	" "	
Mal Baltasar Benito	soldado	5ª Bra. Legión	
Moreno Germán	" [illegible]	3º Lacar	
Melchor José	" 2ª Cía	1ª Bra. Cataluña	
Morcos? Mariano		2ª Cía "	
Millán D. José	Alférez	5ª Bra Navarra	

Nº

NOMBRES	EMPLEO	UNIDAD	NATURA
Navajas Lucas	soldado	4ª Bra. Castilla	
Navas Vila Enrique	"	5º Eº Alhucemas	
Naranjo Santiago	" 3 D	7º Bn S. Quintín	
Núñez Lacorna [illegible]		5ª Bra. Legión	Salamanca? [illegible]
Navarro Díaz [illegible]	cabo	3º Montejurra	
Núñez Fernández Fermín	soldado	17 Bra. Legión	
[illegible]	[illegible]	Tiradores [illegible]	[illegible]

FAMILIARES	HERIDO	DIAGNOSTICO	INGRESO	FALLECIDO	INHUMADO EN	BOT	O
	19-9-38	h. m. múltiples	C. Corrada	20-9-38	Zanja 31, sepultura	13	
	5-11-38	h. m. [illegible]	C. Roldán	7-11-38	" 52, "	2	
p/ Anselmo Ballestero	4-9-38		Puesto Socorro	4-9-38	" 3, "	32	
				2-11-38	" 37, "	21	
	3-11-38	h. a. f. cráneo gr.	C. Rey	7-11-38	" 52 "	16	
	4-9-38		Puesto Socorro	4-9-38	" 3 "	18	
				3-10-38	" 24, "	5	
	23-10-38		Puesto Socorro	23-10-38	" 31, "	33	
	9-9-38			9-9-38	" XIV, "	5	
	9-9-38		" "	9-9-38	" 25, "	15	
	17-10-38	p. ametrallado	C. Rey	17-10-38	" 45, "	15	
p/ Remedios	3-10-38	h. m. tórax gr.		6-10-38	" 37, "	29	
	28-9-38			28-9-38	" 36, "	26	
				26-9-38	" 0, "	2	
				25-9-38	" 35, "	13	
			Equipo	23-9-38	" 31, "	19	
				13-9-38	" K, "	4	
			Equipo	13-9-38	" 32, "	12	
	6-11-38	h. a. f. vientre	C. Corrada	7-11-38	" 55, "	[illegible]	
	21-9-38	h. a. f. vientre	" "	24-9-38			
p/ Manuel Lozano	1-11-38	h. a. f. [illegible]	" Roldán	2-11-38	Zanja 41, "	15	
	13-11-38	h. a. f. vientre	C. Rey	14-10-38	" 41, "	13	
			Puesto Socorro	4-9-38	" C, "	9	
			" "	12-9-38	" [illegible], "	12	
				8-9-38	" 3, "	7	
				25-10-38			
p/ [illegible] Antonia	31-10-38	h. m. [illegible]	C. Roldán	31-10-38	Zanja 36, sepultura	9	
	2-11-38	h. a. f. reg. glútea	" "	3-11-38	" 47, "	5	
	11-10-38	cráneo grave	" Rey	12-11-38	" 37, "	24	
p/ [illegible] Leoncia	1-10-38	h. a. f. [illegible]	" Roldán	2-10-38	" 29, "	34	
p/ [illegible] Angela	8-11-38	h. a. f. cara	" "	10-11-38			
	10-9-38	h. a. f. vientre	" Corrada	11-9-38	Zanja 23, sepultura	2	
	11-9-38		Puesto Socorro	11-9-38	" 13, "	3	
	6-9-38		" "	6-9-38	" 6 bis, "	1	
			C. Rey	2-10-38			
p/ Manuel	3-11-38	h. a. f. tórax gr.	" Corrada	15-11-38	Zanja 22, sepultura	14	
	22-9-38	h. m. cráneo	" "	22-9-38	" 3, "	4	
	23-9-38	h. a. f. vientre	" "	24-9-38	" 33, "	35	
p/ Julián Francisca	9-10-38	h. a. f. cuello	" Rey	11-10-38	" 35, "	25	
	20-9-38	h. a. f. vientre	" Corrada	21-9-38			
	21-9-38	h. m. tórax	" "	21-9-38	Zanja 33, sepultura	15	
	4-11-38	h. m. [illegible]	" "	5-11-38	" 52, "	55	
	8-11-38	h. m. c. brazo y vientre	" Rey	9-11-38	" 52, "	25	
				26-9-38	" 41, "	4	
				29-9-38	" 38, "	13	
				23-9-38	" 29, "	24	
				21-9-38	" 5, "	7	
			Puesto Socorro	5-9-38	" 6, "	4	
	23-10-38	h. a. f. cabeza	C. Rey	11-10-38	" 29, "	36	
				16-9-38	" 29, "	1	
				20-9-38	" 16, "	19	
			Puesto Socorro	1-10-38	" 37, "	10	
			" "	1-10-38	" 37, "	20	
			" "	1-10-38	" 39, "	3	
			" "	1-10-38	" 42, "	7	
			" "	3-10-38	" 34, "	29	
			" "	2-10-38	" 26, "	33	
			" "	1-10-38	" [illegible], "	6	
			" "	1-10-38	" 46, "	1	
			" "	4-10-38	" 39, "	33	
			Equipo	10-9-38	Zanja 11, sepultura	2	
			Puesto Socorro	7-9-38	" 9, "	4	
				4-9-38	" 3, "	21	
p/ [illegible]	2-11-38	h. a. f. vientre	Sp. Roldán	3-10-38	" 41, "	13	
				24-9-38	" 36, "	7	
	20-9-38	h. a. f. [illegible]	Equi. Corrada	24-9-38			
	[illegible]-9-38	h. a. f. vientre	" "	21-9-38			

我舅舅还没讲完，我妻子的电话就响了。趁着她接电话的工夫，我舅妈离开了餐厅，我舅舅和我妈又开始自顾自地闲聊起来。马努埃尔·梅纳的死因让我有些困惑。我想不管自己调查得多么详细，被忽略的事永远都要比知道的多。而未来的调查也将一直如此。抓住历史是那么艰难，就像用手掌抓住水流。我问自己，这样的谬误是否一直或者几乎一直都在发生，而过去终归只是一片既不可捉摸也不可抵达的幻境。于是我又对自己说，这就是我不去书写马努埃尔·梅纳真实历史的另一个理由。

普丽舅妈端着一盘炸土豆、一盘油橄榄和一盘火腿片回来了，还问我们要喝点儿什么。我看了看表，已经快两点了。我妻子挂了电话，说我儿子和我外甥奈斯特已经等在街上了。我知道今天的谈话只能到此为止，就对舅舅和舅妈说，我们得回去了。他们当然不答应我们走，要说服他们放我们离开，一点都不比说服我儿子和我外甥上来吃点零食，和我们一同享受他们的殷勤招待来得容易。我舅妈又给大家斟满了一杯啤酒，我妻子的电话又响了——还是我儿子和我外甥打来的。

我说："这次我们真得走了。"

我站了起来，我妈和我妻子也站了起来。我还在跟舅妈告别，我舅舅却再次从沙发上直起身子，用力拽住了我的胳膊。

"等一下，哈维。"他恳求我，"我还得告诉你一件关于马诺洛舅舅的事。"他这一番话，或者说开口时那种演戏一样的态度，生生打断了我们的告别。"是关于战争的。"他解释道，"我刚想起来，那些话是他亲口说的。我肯定以前没人跟你讲过。"

餐厅里异常安静。亚历杭德罗舅舅满眼热切地看着我，就好像纠缠在自己的回忆里。此时此刻，两种自相矛盾的直觉同时在我的脑海中闪过。一来我觉得他在贿赂我。他打算用一些微不足道的琐事，或者编造出来的故事来引诱我们留下，好让这场愉快的谈话和陪伴能延长几分钟，从而减轻他的孤独。二来我舅舅非常希望我能把马努埃尔·梅纳的故事写下来，也许因为马诺洛舅舅也是他心目中的阿喀琉斯，同时也因为，在他们这样的小人物看来，历史只有被人写下来，才能永垂不朽。我不知道后一个直觉准还是不准，但毫无疑问的是，我的前一个直觉完全错了。

“可你说过，从来没听他谈论过战争。”我提醒他。

“我是说过。”我舅舅点头承认。我舅妈刚刚扶他站起身，他就站在我面前几厘米的地方看着我。突然间，我觉得他不再那么衰老、憔悴、矮小。他眼中的热切变成了激动，甚至连声音都越发坚定起来：“可是我要告诉你的话，并不是亲耳听他说的，但的确是他本人的原话，只不过是别人告诉我的，但我相信它一定是真的。”

马努埃尔·梅纳说那番话的时候，我舅舅并不在场。既不知道他是什么时候说的，也记不起来是从谁那里听到的。但从内容上看，应该是马努埃尔·梅纳最后几次回村休假时的事情。但我舅舅确实可以肯定，此事发生在卡罗琳娜外婆家的饭桌上，或者说是家庭宴会上。那场家宴要么是一场庆典，要么就是庆典的一部分。至于进一步的细节，他也不知道了。根据他听到的说法，马努埃尔·梅纳和哥哥安东尼奥因为一件小事，在餐桌上吵了起来，越吵越厉害。虽然从表面上看，他们争吵的还是那件小事，可话题已经暗暗地变了。就像家人之间经常发生的争吵一样，明面上说的是一件事，实际上却在说另一件事；正当兄弟俩吵得不可开交之际，马努埃尔突然用这番话平息了争论。此时此刻，他当年说过的话突然从我舅舅的脑海里冒了出来。“看吧，安东尼奥，”马努埃尔·梅纳这样说（或者说，亚历杭德罗舅舅说他这样说），“这场战争不像我们开始想的那样。”他说战争不会容易，也不会（根据亚历杭德罗舅舅确切的描述）只付出微小的代价就能大获全胜。他说这一战很艰难也很漫长。他说很多人会死在战场上，他说已经死了很多人，但还会死更多的人。他说他觉得自己已经可以退伍了，他确信自己已经可以退伍了。不管对自己，对家庭，对所有人，“我都尽到了责任。”他重复着，“就这样吧，”他念叨着，“我受够了。”他坚持着，“只为我自己的话，我不会再回去了。”这是他最后的话。可是他又说，无论如何，他还是要回去。“你知道为什么吗？”亚历杭德罗舅舅这样问我，马努埃尔·梅纳也曾这样面对面地问过他的亲哥哥安东尼奥。也许当时他的问题同样引来了一片寂静，就与八十年后在我舅舅家里，笼罩在我本人、我妈、我舅妈和我妻子身上的寂静没有什么区别。亚历杭德罗舅舅说，最后还是马努埃尔·梅纳自己给出了这个问题的答案，他说的是：“因为如果我不回去，那么去的就是你。”

“他是对的，哈维。”亚历杭德罗舅舅说道，“从年纪上看，该上战场的不是马诺洛舅舅，而是他的哥哥安东尼奥。他之所以没去，是因为卡罗琳娜外婆已经把马诺洛舅舅和安德烈斯舅舅两个儿子送上了前线。按照法律规定，她的其他儿子可以免于从军。但如果马诺洛舅舅退伍回家，那安东尼奥舅舅就算有了老婆孩子，也必须上战场。这就是问题所在。你明白吗？”

亚历杭德罗舅舅眼中的激动突然化为了焦灼，或者类似焦灼的某种感情。我的大脑一片空白，就如同从海底挖出了一只深埋了将近一个世纪的宝箱。我移开视线向窗外望了一秒钟：6月的骄阳下，踢球的孩子已经消失了，只剩下一片空旷的黄草地。当我再次转头看向亚历杭德罗舅舅时，却发现他眼底的焦灼变成了欢乐。

“你是说，马努埃尔·梅纳对战争厌倦了？”

“一点儿也不错。”我舅舅回答，“厌倦透顶。”他又补充了一句，“他本可以退伍回家，但却被困住了，结果还是没有回来。”

我恍然大悟。我终于明白了，马努埃尔·梅纳并非一直都是那个充满理想主义的年轻人，也并非那个虽然读了书，却被长枪党浪漫和集权的思想洗了脑的乡下少年。在战争中的某一刻，他摒弃了志存高远的青年们经常对战争抱有的认识，也不再觉得战场是人类发现自我、丈量自我的舞台。于是我对自己说，马努埃尔·梅纳不仅见识过委拉斯开兹笔下高贵壮美如古典小说般的战争，也见识过戈雅笔下现代而又毛骨悚然的现实。我对自己说，这段短暂、滚烫、厚重的从军经历，在短短几个月将一个少年的热情、空想和致命冲动，化为了老成持重，心灰意冷。我还明白过来，从亚历杭德罗舅舅残破的记忆里偶尔浮现的这几句话，并没有改变这么多年来我或想象或重构或创造的那个马努埃尔·梅纳，反倒使他的形象更加完整和丰盈。我又想起大卫·特鲁埃瓦，觉得自己好像刚刚见证了一桩小小的奇迹。亚历杭德罗舅舅被唤醒的回忆，还有马诺洛·阿马利亚昨天那份令我读到天亮的笔记，远比马努埃尔·梅纳任何可能留下的录音都更加珍贵，远比他任何可能留下的动着、说着、笑着的家庭录像都更有价值。我也想通了，短短几行由马努埃尔·梅纳书写，被马诺洛·阿马利亚保存的文字，还有亚历杭德罗记忆中的只言片语，之所以远胜上千幅活动的画面，是因为它们拥有比后者强烈千倍的打动人心的力量。直至此刻，我心中的马努埃尔·梅纳才不再是那个模糊遥远的影子，不再是那尊僵硬、冰冷、抽象的雕像，不再是荒凉祖宅蒙尘的阁楼上那张凝聚着凄惨家族传说的照片——它高悬在寂静的尘埃里，象征着先辈们一切的错误、责任、罪孽、羞惭、悲哀、死亡、失败、恐惧、肮脏、眼泪、牺牲、热情还有耻辱。如今的马努埃尔·梅纳终于成了一个有血有肉的人，一个从虚妄中觉醒的有尊严的普通男孩子，一个在别人的战争里因为不知为何而战而迷了途的士兵。所以，我看到了他。

我儿子和我外甥奈斯特在街上等着我们。

“你表现得好吗？小布兰卡？”他们问我妈。

在回特鲁希约的路上，我把马努埃尔·梅纳的故事告诉了兄弟俩。

14

这是西班牙历史上最惨烈的战役。1938年夏秋之交，整整一百一十五个日日夜夜，二十五万人在加泰罗尼亚南部埃布罗河右岸的特拉阿尔塔地区展开了殊死对决。这是一片荒芜贫瘠的不毛之地，遍布着嶙峋的山丘、幽深的峡谷和光秃秃的悬崖。山村里的老百姓大多是农民，以种植谷物、葡萄、杏子、橄榄、松树和果树为生。那年夏天，太阳下的最高气温接近六十摄氏度，将近八十年过去了，当地依然没从摧枯拉朽的热浪里恢复过来。一场鏖战就在这里打响，重返前线的马努埃尔·梅纳也在这里亲历了许多决定内战命运的关键时刻。

这是一场既荒唐又完全不必要的战役。可起初看来却并不是这样的，或者说一点儿都不，特别是共和国军方面。就像特鲁埃尔战役和其他诸如此类的战役一样，埃布罗河战役也同时具备军事和宣传的双重目标。从理论上说，军事目标最重要，但从实际结果上看，宣传目标往往成了最重要的。根据共和国军方面的预估，此战最乐观的结果是渡过埃布罗河，突破国民军的前沿阵地，尽可能向佛朗哥占领区的南部挺进，恢复加泰罗尼亚和西班牙其他地区的联系。哪怕是最糟糕的结果，也可以减轻佛朗哥国民军对巴伦西亚与日俱增的军事重压。鉴于巴伦西亚是马德里最重要的补给源头，解救巴伦西亚就是解救马德里。至于宣传方面，这场战役可以迅速把西班牙推向世界的焦点，并使所有人都不切实际地相信，虽然佛朗哥有希特勒和墨索里尼的支持，虽然西方民主国家对法西斯的暴行袖手旁观，虽然共和国两年来犯了无数错误，屡战屡败，但它依然可以赢得战争，至少可以继续抵抗。这就是西班牙总理胡安·内格林发动埃布罗河战役的最后意图：引发外国干预，逼迫佛朗哥签署和平协议；就算不干预，也要争取时间坚持到欧洲烽烟四起，把西班牙的民主斗争融入整个西方的民主斗争中去。他的第一个想法无异于痴人说梦，佛朗哥根本不会接受有条件的胜利；至于第二个想法，从那年夏天的形势看，也非常难以实现——当时的纳粹德国正磨刀霍霍，不但威胁要占领捷克斯洛伐克，还在觊觎那些鼠目寸光实行绥靖政策的欧洲大国。

7 月 25 日，共和国军六个师在莫德斯托中校的指挥下，从十二个不同的地点渡过了埃布罗河。为了这一天，他们已经精细地准备了几个星期，集结了最后的十万精锐，以及战力尚存的炮兵、大部分空军和大量坦克。当时伊夫尼射手团第一塔博尔营驻扎在蒙西亚山脚下的一片橄榄林中，距埃布罗河不远。国民军方面早在两星期前就得知埃布罗河对岸可能有军事行动，所以把国民军第十三师的全部人马从莱里达城调来，为驻守在安博斯塔附近的第一〇五师充当后备军。十九岁的马努埃尔·梅纳已经是久经沙场的老兵了，还换了个勤务兵。我们只知道这个新勤务兵来自塞戈维亚，而他眼中的长官跟伊巴埃尔南多村民眼中的马努埃尔·梅纳完全判若两人。根据几星期后他来村里时的说法，马努埃尔·梅纳（或者在他看来）是个谦卑、忧郁、孤独的年轻人，总喜欢蜷缩在自己的世界里，与战争刚爆发时那个意气风发的少年没有一点相似之处。尽管如此，他还是坚称长官是个有担当的男子汉，是一名无论上级还是下级都深可信赖的军官，战斗时永远无所畏惧地冲在最前面，并多次在火线上负伤。埃布罗河战役爆发时，他虽未晋升中尉，却已是第一塔博尔营的机枪连长，掌管着六挺重机枪、十二挺轻机枪和六门迫击炮，还领导着连部里多名勤务和工作人员。虽然共和国军的进攻从后半夜就打响了，但第一塔博尔营天亮才得到消息。直到上午十一点，指挥官胡斯托·纳赫拉上尉才率领包括马努埃尔·梅纳的机枪连在内的两个连，乘卡车直奔米亚内斯山附近的安博斯塔。马塞尔·撒尼埃尔指挥的共和国军第十四国际旅的四千人刚刚过河，就被第一〇五师挡住了前路，同时挡住他们的还有埃布罗河沿岸一条二百米的灌溉渠，他们起先并不知道这条水渠的存在。伊夫尼射手团第一塔博尔营的两个连在巴伦西亚公路 112 公里处下车后，便向米亚内斯山全速行军，终于在下午一点左右抵达战场。他们在路上经过了一片开阔地带，在那里与困在埃布罗河与水渠之间的共和国军，还有他们埋伏在对岸、准备从树林和甘蔗地过河的战友们狭路相逢，并遭到了两拨人马的双面夹击。

伊夫尼射手团第一塔博尔营守住了敌军北面水渠的一处斜坡，真正进入了战斗状态。马努埃尔·梅纳命令全连士兵分散在斜坡后面，整整一个下午，他们的机枪和迫击炮不间断地开火，掩护着国民军的冲锋，抵抗着共和国军在炮兵和空军支援下的反击。当时在河对面与他遥遥相望的一位巴黎公社连的法国志愿军，后来这样回忆起那天的战斗："血红的沙地上，滚烫的机枪时时卡壳，但我们的机枪手创造了真正的奇迹。他们将敌人抵挡在十米之外，逼退了他们。我们埋伏在小小的工事里浴血奋战，战斗激烈异常，伤亡惨重。大家都明白，天黑前不会有任何援军，一定要坚持到晚上。前方是敌人，身后是大河，我们悲剧的结局就这么再清楚不过地注定了。"这段描述精确无比：桥头已经变成了捕鼠器，双方展开了激烈的肉搏，许多士兵和军官绝望自尽。共和国军没能坚持到晚上，也没有等来援军。巴黎公社连经此一战，实质已全军覆没。下午六点，太阳依然灼热，佛朗哥国民军用手雷发动了最后一击，终结了共和国军的抵抗。上百名第十四国际旅的战士惊恐万状地落水，很多人溺死在河水里。短短几个小时内，小小的河滩上留下了一千多具渡河失败的共和国军战士的遗体。至于国民军方面，参战的六个连队共有三百一十一人阵亡，二百八十九人负伤。伤者中包括第一塔博尔营的指挥官纳赫拉上尉，当天的战斗简报将他评为"优秀军官"，马努埃尔·梅纳也因"作战英勇"而同获此殊荣。

国际旅在埃布罗河的这场进攻是共和国军在战争首日遭遇的

唯一惨败，就像疯狂的绞肉机一样造成了大量伤亡。然而这只是一场佯攻，从某种角度上来说，是一场次要战斗，主要目的是分散佛朗哥国民军在上游主战场的注意力。那场关键的战斗在同一时刻打响，旨在攻占特拉阿尔塔的首府冈德萨。无论如何，在最初的几天里，共和国军都势如破竹。他们一改往日的颓势，甚至连共和国总统马努埃尔·阿萨尼亚都被胜利冲昏了头脑，坚信战争中的霉运马上就要逆转了。事实上，在埃布罗河战役开始二十四个小时后，莫德斯托指挥的共和国军已经从佛朗哥国民军手里夺回了将近八百平方公里的土地。在拿下科尔韦拉德夫雷之后，大队人马已经逼近了冈德萨的城门。然而就在此时，他们在科尔德尼诺山脉的死神角遭遇了伊夫尼射手团、伊夫尼-撒哈拉塔博尔营和该团第六旗的联合阻击。这场阻击战打得艰苦卓绝，堪称奇迹。迫于紧急的形势，7 月 26 日，第十三师命令刚在安博斯塔附近大胜共和国军的伊夫尼射手团第一塔博尔营派出两个连的兵力火速开往死神角，增援正在那儿拼死抵抗的精锐部队。马努埃尔·梅纳的机枪连并不在增援部队里，而是奉命坚守原地。然而国民军的阵地已经全线告急，必须把最优秀的部队派到战斗最激烈的地方，不惜一切代价阻挡住共和国军的前进。于是第二天一早，在安博斯塔的形势完全稳定之后，伊夫尼射手团留守的两个连（马努埃尔·梅纳的机枪连也在其中）也向冈德萨进发了。

部队一路都在急行军。为了避开战况不明的前线，他们绕道奥尔塔，占领了普拉特德科姆特的公路，打算从那里南下到博特，再从后方进攻冈德萨。刚到博特村附近，远处就传来了机枪声，于是大家决定前去村里探个究竟。他们沿着卡纳莱塔河谷向前走，还没进村便从一个农民（也许是宪警）口中得知了村里的现状：一支从潘多斯山脉下来共和国军先遣小分队从布兰卡堡的悬崖上下来，穿过卡纳莱塔河，占领了博特村的圣约瑟夫教堂。几个佛朗哥国民军战士和村里的宪警在几百米外开了枪，想把他们赶跑。那个慌里慌张的村民还说，教堂里的共和国军只有大概十二人，武器装备也很差劲。伊夫尼射手团这两个连的临时指挥官是一位中尉，他和马努埃尔·梅纳远远地望见，那座白墙褐瓦、四周环绕着柏树的小教堂就坐落在葱郁的群山前的一座小山包上。两位军官当即决定，暂停向冈德萨行军，立刻将其拿下。

这是一个正确的决定。伊夫尼射手团沿着山谷逼近教堂，渡过了河，依令分头行动：马努埃尔·梅纳所在连的机枪手和迫击炮手火力齐发，支援村子那位孤独奋战多时的机枪手，另一个连的射手们就像大片奇怪的斑点一样从山脚下漫上来。根据流传已久的说法，他们打了一场史诗般的遭遇战，战斗持续了几个小时，多人伤亡。但事实却是，根本没有什么遭遇战。国民军的射手团无论在人员还是武器上都比那十几个共和国军士兵强大太多。所以后者一看他们准备包围教堂，立刻就逃走了，最后只有三名共和国军士兵阵亡。所以这场小冲突对马努埃尔·梅纳而言既不是什么冒险，也没什么重要性，但它的确具有象征意义：虽然当时谁都不知道，但那个小教堂的确是共和国军在埃布罗河战役中所到达的最远的地方。

中午时分，伊夫尼射手团第一塔博尔营的两个连结束了圣约瑟夫教堂的战斗，离开博特村继续前进，并在天黑前赶到了冈德萨，与第十三师的其他部队会合。随后又与巴隆将军单独指挥的第七十四师合兵一处，奔赴位于冈德萨到皮内尔德布赖公路以北的前线，投身到特拉阿尔塔首府的保卫战中。在接下来的几天里，第一塔博尔营夜以继日，无休无止地作战。8 月 1 日，在埃布罗河战役打响后一周，前线的战事终于呈现出缓和的迹象，所有人都知道共和国军不会攻进来了。共和国方面也对这场失败心知肚明，再加上队伍已经丧失了战斗伊始的高昂士气，所谓的“突袭效果”也不再占优势，8 月 2 日，共和国军指挥官们下令停止进攻，采取守势，将战争的主动权让给了敌人。从此之后，风向就变了。前线巩固下来，田野间躺满了来不及掩埋的尸体，空气中弥漫着腐肉的味道，双方军队每个白天都在令人癫狂的高温下丧心病狂地进攻，每个夜晚都在盲人瞎马的状态下丧心病狂地反击。开战初期那种谨小慎微的状态消失殆尽，佛朗哥国民军方面尤其如此。马努埃尔·塔圭尼亚对这个问题有过精辟的论述。他是共产党员，也是物理学家，年仅二十五岁就不可思议地担任了共和国第十五集团军的中校指挥官。他在回忆录中分析，共和国军在过河并控制了对岸沿线一系列重要地区后，便在占领区困住了手脚。对于佛朗哥国民军来说，最明智也最简单的办法，就是把对手死死困在埃布罗河沿岸，持续阻断他们的调动和增援，同时大举进攻巴塞罗那。“拿下加泰罗尼亚易如反掌，”塔圭尼亚最后总结道，“埃布罗河沿岸的军队如果不能迅速疏散，早早就被国民军合围全歼了。”但事情的发展并非如此。因为佛朗哥深陷在那种陈旧、邪恶、无能、昏庸又病态的军事理念中不能自拔，很多时候就连他自己的将军和同盟都无法理解：就像同一年在特鲁埃尔城一样，因为执念太深，他从不知道什么叫以退为进，非要把每一寸土地都紧紧攥在手中。结果就是对手想让他往哪里打，他就会往哪里打。然而他更深的执念是：战胜敌人还远远不够，不把他们斩草除根决不罢休。这也是为什么从8月2日后，他会把埃布罗河战役打成一场穷尽一切的消耗战（根据多年后一位国民军将军的说法，这是一场“公羊的对决”）。在一个毫无战略价值的地方付出了难以想象的代价：在接下来几个星期里，国民军总共发动了六次荒唐的反攻，白白牺牲了好几个整建制师的兵力。共和国军虽然人数和装备都处于劣势，但将士们都抱定了血战到底、让敌人付出最大代价的决心。比起进攻，他们本就更擅长防守。这次更是占据了当地最佳地形，牢牢地坚守在战壕里。

最后的战果只能用“惨不忍睹的屠场”来形容。也许我们永远都不知道，在那末日一般的几个星期里，到底有多少人失去了生命。很多人（首先是参战的士兵）都夸大了死亡人数。然而我们并不需要夸张：事实本身就足够夸张。整场战役的伤亡不少于十一万人：共和国军六万人，佛朗哥国民军五万人；其中死亡人数不少于两万五千人：共和国军一万五千人，佛朗哥国民军一万人。在这两万五千名死者中，有很多人连名字都没有留下。而马努埃尔·梅纳也如浩瀚大海中的一滴水一样，成了这些亡魂中的一员。

8月1日，伊夫尼射手团第一塔博尔营在夜以继日地战斗了整整一个星期后，终于从冈德萨的火线上被撤换下来。然而他们只作为后备军警惕地休息了几天，便再次冲上了战场。当月中旬，他们随整个第十三师参加了佛朗哥国民军的第三次反攻，打了一场声势浩大的漂亮仗，穿过了科尔韦拉德夫雷。与此同时，第七十四师突破了比拉尔瓦德尔萨尔克斯以北的防线。9月初的第四次反攻依然如火如荼。3日，第一塔博尔营突袭了乌萨托雷率领的共和国军第二十七师的阵地，占领了349和355号高地，其中355号高地是经过四小时的炮击才攻下来的。4日，全营继续向北和向东边的多萨德拉彭萨[①]挺进。5日，他们打退了共和国军从科尔韦拉附近的357号高地发起的多次反攻。6日，全营在362号高地同纳瓦拉第四师会合。7日，国民军遇到了对手的顽强抵抗。8日，共和国军终于遏制住了对方的进攻。同日（或者前一日），马努埃尔·梅纳在战斗中负伤，虽然这是他第二次有记载的负伤，但实际上很可能是第四次。关于他这次的伤情我们几乎一无所知，无论负伤的地点、情形和伤到的部位都是一片空白。我们只知道他在第二天就被送到了位于萨拉戈萨的科斯塔战地医院，但伤势并不严重。因为他只在医院里住了九天，就重新被部队召回了最前线。

此时已是9月18日，距离马努埃尔·梅纳最后一次负伤只剩下四十八个小时。当天早晨，已经在国民军第五次反攻中鏖战了

① 多萨德拉彭萨，也是埃布罗河战役中的343号高地。

一个星期的第十三师接到命令：突破共和国军的阵地，拿下484号、426号和496号高地，并在那里建立防线。巴隆将军指挥全师开始进军，但顽强的共和国军一次次把他们的进攻打了回来，指挥部不得不命令射手团第一塔博尔营和第四旗另寻一条抵抗不那么激烈、更适合前进的路径。经过几个小时的侦察，他们终于在韦麦诺瑟斯峡谷（或者布莱蒙诺萨峡谷）找到了一条山路。从那里开始，他们硬是靠着投掷手雷和贴身肉搏，把敌人从一个个战壕里赶了出去，把阵地一寸寸地夺了回来。19日，第十三师拿下了426和460号高地。当天下午，大军开到了代号496号高地的库科特山脚下。

死神就在这里等待着马努埃尔·梅纳。维拉维蒂和艾尔玛索两道河谷分开了延绵的山脉，形成了这处兵家必争的战略要塞。正因如此，国民军的炮兵和步兵前一天对库科特山进行了轮番轰炸。共和国方面，由卡里巴蒂率领的共和国第四十五师第十二旅（也许还包括第十四马赛曲国际旅的部分战士）几个星期内一直特别用心地加固着此地的工事。他们以漫山的天然岩石为基础，在陡峭山坡上的松林间构筑了四道战壕线，当敌军突破一道防线时，守军可以退到下一道防线继续抵抗，如果防线再被突破，还可以继续后退，一直退到山顶。此外，为了抵御佛朗哥国民军的炮火和空袭，他们还在背面的山坡上挖掘了一系列防空洞，士兵可以在那里躲避空袭，待到轰炸停歇，再重新回到战壕里战斗。第十三师伊夫尼射手团第一塔博尔营的两个连与第四旗麾下的两个连共同承担了拿下496号高地的任务，第四旗两个连的指挥官伊涅斯塔·卡诺兼任本次行动的总指挥，伊夫尼射手团的两个连由胡斯托·纳赫拉上尉指挥，其中的机枪连由马努埃尔·梅纳指挥。他们三人同其他军官特别研究了496号高地的地形，都承认共和国军的防守固若金汤。在探讨了好几套战斗方案后，大家达成了共识：想要拿下496号高地，唯一的办法是从右翼发起进攻。

这是整个埃布罗河战役中最惨烈的战斗，一切从黎明就开始了。清晨六点或六点半，佛朗哥国民军向共和国阵地发起了炮击。马努埃尔·塔圭尼亚多年后的回忆录中写道，这是西班牙内战中历时最长、最惨烈的炮击。第十三师第四旗和伊夫尼射手团不但擅长打最危险的硬仗，还擅长协同作战，所以经常联合行动，这也是上级把这项重任交给他们的原因。国民军的炮兵和空军在花了两个小时校准火力后，在九点半左右对共和国军的阵地掀起了新一轮的狂轰滥炸，射手团和第四旗的步兵们也在炮火中发起了冲锋。射手团的两个连打头阵，沿着陡峭的山坡向上攀爬；他们小心翼翼地匍匐在山坡上，在浓重的硝烟和隆隆的炮声里，在被炸成齑粉的岩石和烧成焦炭的树干、树枝和灌木间，一寸一寸地开辟着道路。山顶上的共和国军不顾一切地向他们射击，第四旗的战友们匍匐着跟在他们后面。炮兵和空军的轰炸并没有因为步兵的冲锋而停下来，射手团和第四旗的士兵们多次遭到了友军的误伤，不得不通过无线电请求第十三师的炮兵延迟发射或者修正射程。我们不知道对共和国军第一道防线的袭击具体发生在什么时候，但攻下第一道防线的肯定是第四旗的士兵，或者至少是他们发起了攻击。因为这支部队的专长就是在二十到三十米的距离内向敌军阵地发起正面冲锋，迅速粉碎对方的一切抵抗。十一点半左右，四个连队报告说，他们已经拿下了 496 号高地，但胜利宣布得太早了。在之后的两个半小时里，库科特山整个山脚下，还有山顶各层防线上的战斗依然在继续，激烈得宛如世界末日。直到下午两点，国民军才完全拿下了整个高地，此时山上甚至连一棵挺立的树都找不到了，只剩下硝烟、灰烬和残砖碎瓦。

然而战斗依然没有结束，事实上最坏的事情还在后面。射手团和第四旗的士兵们很清楚，共和国军在最近几个星期中严格贯彻了一条口号："失去的高地还要夺回来。"这次也绝不会例外：毕竟放弃 496 号高地就意味着放弃整个埃布罗河战役中最重要的工事之一。所以他们刚刚占领山顶，就迅速启用了对方留下的残破战壕，准备迎接意料之中的反攻，同时还在另一面的山坡上用石头、树枝和所有找得到的东西修筑起新的掩体。事实充分证明了他们的担心是多么准确。共和国军从 496 号高地暂时撤退至 450 号高地，当天下午便从那里发起了反攻。他们在机枪和迫击炮的掩护下向库科特山攀登，一边声嘶力竭地呐喊，一边端着自动步枪射击，一边扔手榴弹。共和国军杀红了眼，不要命地进攻，国民军也一样杀红了眼，不要命地还击。双方都伤亡惨重，伊夫尼射手团两个连（或者说是两个连的残部）的很多官兵倒下了。指挥纳赫拉上尉被手雷炸开了肚子，马努埃尔·梅纳的战友、临时少尉卡洛斯·阿伊马特也负了重伤。最后，终于轮到了马努埃尔·梅纳本人——一颗子弹打进了他的臀部，贯穿腿骨，最后嵌在了肚子里。

接下来发生的事情含混模糊，我们只是一知半解，因为人的记忆比文字记载还靠不住。关于马努埃尔·梅纳生命中的最后几个小时，比起寥寥无几的史料来，我们更多的是从他那位勤务兵的回忆中得知的（或者更确切地说，是那位勤务兵先告诉了马努埃尔·梅纳的母亲和哥哥，他们后来又告诉了自己的儿女，他们的儿女又在几十年后告诉了我们）。所以我不会问自己，马努埃尔·梅纳中弹后是什么反应；我也不会问自己，他是凭借多次负伤的经验，马上意识到这是一次致命伤，还是过了一段时间才意识到，还是根本就没意识到，至少当他倒在库科特山上时根本没有意识到？当然我也不会问自己，他当时是否恐惧，是否叫骂，是否挣扎，是否沉默地忍受着难忍的剧痛，而当他意识到自己伤得多严重时，又是否崩溃，是否呻吟，是否痛苦地流泪呼唤过母亲。我也不会问自己，他究竟在硝烟弥漫的库科特山顶上，在震耳欲聋的枪炮声中躺了多久——流着血，蜷缩着，忍着剧痛躺在那里，对于发生了什么心如明镜。我不想问自己，是因为我无法回答，因为我既不是文人，也没有想象的权力。关于那一刻的历史含混而零落，但我只想抓住真实的部分。这就是全部事实，这就是我能确定的全部真相。无论如何我都将止步于此，除了斗胆做几回大胆却合理的推测和假设外，再也不会多说一个字。因为余下的都只是传说。

马努埃尔·梅纳在库科特山中弹时，他的勤务兵并不在身边。但他坚称长官在山顶上被子弹打穿了肠子。等到国民军的部队打退了共和国军的反攻，手下的士兵才把他抬到了营里的急救站，两人是在那里会合的。急救站的医护人员认为马努埃尔·梅纳伤势严重，立刻把他和勤务兵送到了战地医院。当时离库科特山最近的医院在巴特阿，但马努埃尔·梅纳并没被送到那里，而是送到了位于博特的第十三师专属医院。这一路总共二十一公里，他们先用骡子驮，再用救护车拉，花了整整三个小时才赶到。倘若当时直接把人送往巴特阿，不知道会不会保住他一条命。抵达博特的时候，天已经黑了。马努埃尔·梅纳虽然大量失血，但意识依然清醒。入院时还有力气睁眼看到街上停满了救护车，大量伤员和尸体不是躺在担架上，就是被扔到了地上。这是黑暗的一天：博特的所有医院都挤满了人，根本没有足够的医生去救护那么多病号。马努埃尔·梅纳虽然被送进了医院，但谁都没空管他。陪在他身边的只有那个勤务兵。也许他们两个独处一室，也许和其他伤员待在同一间病房。我们不知道他就这样熬了多久。有那么一刻，勤务兵看到他过于虚弱，不耐烦地冲出病房询问护工，医生什么时候才能过来看一眼长官。护工说，得等到他们给另一位军衔更高的长官做完手术才行。也许那位护工提到过，正在手术的长官就是同在共和国军对库科特山的反攻战中身负重伤的纳赫拉上尉。于是他们只好继续等。马努埃尔·梅纳气喘吁吁地躺在一张简陋的小床上，制服上浸满了鲜血。细软的乱发粘在脑袋上，汗水打湿了沾满了硝烟的脸庞。那双也许是绿色的眼睛越来越僵直。勤务兵坐在他身边，马努埃尔·梅纳向他要水喝，他的脸色就像大理石那样苍白；勤务兵喂他喝了水。他又要了一回水，勤务兵又喂他喝了。然后他说：

“我要死了。”

接下来，马努埃尔·梅纳对勤务兵交代了两件后事：第一，他把身上的现金都送给了勤务兵；第二，他请勤务兵将自己的个人物品转交给母亲。话音刚落他就咽了气。那是1938年9月21日黎明。

当天上午，马努埃尔·梅纳的遗体被火车运到了萨拉戈萨；那位勤务兵陪伴着长官走完了人生的最后一程。此时他应该已经得知，纳赫拉上尉和第十三师另外三名临时少尉，包括卡洛斯·阿伊马特在内，也于昨晚不治身亡。第二天，马努埃尔·梅纳在托雷罗公墓下葬，木板做的棺材上覆盖着佛朗哥的军旗。不久之后，家里的四位亲人就赶到了萨拉戈萨，领头的是他的哥哥安东尼奥和安德烈斯。为了绕过战场，他们不得不在国民军占领区内长途辗转，从特鲁希约到萨拉曼卡，再到布尔戈斯，再到萨拉戈萨，历尽艰难曲折，终于将马努埃尔·梅纳的遗体带回了故乡。当局给予了力所能及的协助，四位亲人将已经下葬的棺木挖出来，开棺验明正身后，将棺材外面套上一层锌椁，然后带上那位勤务兵，开着两辆车踏上了归途。

马努埃尔·梅纳的遗体运回伊巴埃尔南多的盛大场面，几十年后依然令很多村民记忆犹新。当时全村人都沉浸在噩耗带来的震惊和哀痛中：村里支持佛朗哥的家族把马努埃尔·梅纳视作民族英雄的典范——年轻英俊，理想主义，勤奋英勇，为国捐躯；而无论对于左派还是右派的家庭来说，他都只是个还没成长到遭人厌恶年纪的男孩子而已。很多人还记得，护送灵柩的两辆车子从特鲁希约的公路上远远地开过来，庄严地驶过村口那条短短的蓝桉树小路。道路左边是碧波荡漾的湖水，车子绕过湖边的旧公墓驶向上井街，再驶过老宪警营和前进街，一直开到了马努埃尔・梅纳家门口。村民早就熙熙攘攘地聚在那里，等着迎接他的英灵。布兰卡・梅纳并不在人群中：那年她刚满七岁，大人害怕叔叔的遗骸吓坏了她，就把她关在外婆格莱高丽娅家里。虽然她不在现场，却非常清楚地记得那一天的事情，或者说是那一天中的某些画面。她记得自己一个人被关在格莱高丽娅外婆家，为马诺洛叔叔的死悲痛大哭，也为无法亲自迎接他的亡灵而愤怒地大哭。她还记得外婆家的女佣们耐心地忍受着她无休无止的哀号，可最终还是忍无可忍。于是一个女佣带她去了卡罗琳娜奶奶家。她记得自己一刻都没有停止哭泣，也没有放开那个女佣的手。她沿着空无一人的街道向前走，一直走到前进街口。她看到长枪党少年团的小团员们穿着蓝衬衫和黑短裤[①]，在街道两旁列队站好，等待着护灵的车辆。她还记得自己跟着女佣从两队孩子中急匆匆地穿过时，突然发现那个名叫何塞・塞尔卡斯的男孩儿也站在队伍里，他就是哈维尔・塞尔卡斯的父亲。男孩和女孩对望了一眼——据哈维尔・塞尔卡斯回忆，他父亲也记得与母亲的那次童年的对视。布兰卡・梅纳还清楚地记得，她刚赶到卡罗琳娜奶奶

① 蓝衬衫和黑短裤是长枪党少年团的制服。

位于十字街路的家门口，便目睹了一幅令她自己，也令当年所有在场的人都永生难忘的画面。

事情是这样的：布兰卡·梅纳刚到不久，护送灵柩的车队就分开了穿着丧服挤在十字街上的人群。马努埃尔·梅纳的勤务兵和他的四位亲人从其中一辆车上下来，五人一起从另一辆车上抬下他的棺材，安放在家中的后院里。直到这个时候，马努埃尔·梅纳的母亲才在女儿们的搀扶下从屋里走出来。也可以说，她是被双脚腾空地架出来的。她裹着一身黑色的丧服，脸庞和双手分外苍白，被哀痛折磨得一点力气都没有，虚弱到几乎无法站立。人们在她身边恸哭。也许是记起了儿子生前每次返回前线时都叮嘱她的话，也许哭泣远远不能抚平她心底的哀伤，她一滴眼泪也没有流。在满街鸦雀无声的寂静中，她唯一做的就是挣扎着抬起手来，颤颤巍巍地向棺木行了一个法西斯的敬礼，用发自肺腑而又气若游丝的声音说了一句：

“起来，西班牙！我的儿子。”

布兰卡·梅纳既没有参加马努埃尔·梅纳棺椁的下葬仪式，也没有参加他的葬礼。因为当年只有成年人才能参加村里的丧葬典礼。不过在葬礼后那几天，她倒是跟叔叔的勤务兵打过不少交道，至少经常看见他。那个勤务兵就住在卡罗琳娜奶奶家里，与她形影不离，或者说是卡罗琳娜奶奶一刻也不想跟他分离。布兰卡·梅纳经常看到奶奶在做饭、做家务或者在畜栏边干活的时候，与这个勤务兵窃窃私语。但两人一见她走过来，就立刻沉默下来或者换了话题。所以她虽然确信，奶奶一定在跟那个勤务兵说马诺洛叔叔的事，但从来都不知道他们究竟说了些什么。终于有一天，勤务兵离开了村子，从此他们再没听说过他的消息。也就是差不多在那个时候，卡罗琳娜奶奶吩咐家人，等她死了，一定要把马努埃尔·梅纳的军刀放进她的棺材里陪葬。

全家人都在努力遗忘。尽管马努埃尔·梅纳堪称佛朗哥英雄的典范，他为国捐躯的事迹在村外却反响平平。10 月 20 日，卡塞雷斯省最有影响力的日报《埃斯特雷马杜拉》为他刊登了一则讣告。两个半星期后，长枪党在当地的周报也发表了一篇悼文。文章虽然署了当地长枪党领袖的大名，却是由别人代笔的。那个代笔的家伙虽然装出一副跟马努埃尔·梅纳是老相识的样子，但既不是他生前认识的人，在他死后也没什么去了解他的兴趣。（在那篇敷衍了事的文章中，他甚至把马努埃尔·梅纳参军第一年所在的那支长枪党部队都搞错了。）他只知道千篇一律地赞扬他是"勇敢的长枪党""无畏的士兵""光荣的英雄"，在写了一大堆诸如此类的空话和套话之后，还不忘再加一句十足的蠢话来侮辱死者："人只有一次生命可以奉献给祖国！"至于那篇发表在日报上的讣告，还是马努埃尔·梅纳的家里人自己掏腰包请人写的。文章中照例提及他"把生命献给了上帝和祖国"。然而在伊巴埃尔南多村，关于马努埃尔·梅纳的记忆依然鲜活。在葬礼后不久，确切地说是 10 月 2 日，村务厅举行了庄严的命名仪式，将村里一条街道用他的名字命名。几个月后的一天，布兰卡·梅纳正和奶奶坐在院子里干活，有个男人从祖孙俩跟前经过。布兰卡·梅纳没认出他来，但卡罗琳娜奶奶见状，立刻丢下了手上的活计，一动不动地盯着他的背影。布兰卡·梅纳正要小声问奶奶那个陌生人是谁，却听到奶奶大声地质问起他来：

“你要去哪儿？”她的态度还是很和气，甚至让孙女一度觉得那并不是她强装出来的。她问得很大声，整条街道都听得见。那人停住脚步转过身，带着苦涩的微笑看着她。“你要回家？”卡罗琳娜奶奶又问，这下连布兰卡·梅纳都听得出来，奶奶的质问中饱含着痛苦，先前的和气突然变成了尖厉的讽刺，“你要回家见你妈妈？太好了，是不是？这下你可称心如意了，是不是？”那个男人脸上的微笑消失了，一脸迷茫和惊愕地愣在那里。卡罗琳娜奶奶朝他啐了一口唾沫：“可我再也见不到我儿子了，他已经躺在坟墓里了！”

听到她的最后一句话，那个男人才猛然回过神来。他低下头，一句话也没说，就步履匆匆地消失在雷霍亚达街或者前进街的深处。布兰卡·梅纳问奶奶此人是谁，卡罗琳娜奶奶告诉她，他是个共和派，在内战中加入了共和国军。布兰卡·梅纳依然被方才那一幕震撼着，她不满地反驳奶奶：

“你为什么要这么说人家？”

卡罗琳娜奶奶看了孙女一眼，就好像她刚刚说了一句自己完全听不懂的外国话。

“难道你也觉得马诺洛叔叔死得好？”她问道。

在奶奶问她这句话的时候，布兰卡·梅纳还不满十岁。将近八十年后，她已经记不得自己具体是怎么回答的了，但她依然还能记得她回答的大意。她对奶奶说，马诺洛叔叔死在战场上，这事儿一点都不好，她觉得特别糟糕，特别恐怖，奶奶是知道的。但她又对奶奶说，马诺洛叔叔是心甘情愿上战场的，没人逼他去。刚才的过路人与他的死没有任何关系。

这就是所有的一切：所有布兰卡·梅纳回答她奶奶的话，所有在那天发生的事情，或者说，所有布兰卡·梅纳还能记起来的发生在那天的事情。从此以后，那个老共和派再也没有从卡罗琳娜奶奶的家门口经过；至少布兰卡·梅纳再也没在那里见过他。但是她这一辈子，每次在村里碰到那个人的时候，都会想到卡罗琳娜奶奶曾经无端地责骂过他，仿佛他是杀害马努埃尔·梅纳的罪人。每到这时，她都为奶奶当年的言辞感到羞愧和痛心。

布兰卡·梅纳还记得另一件往事。当时内战结束已经有七八年了，她也长成了十五六岁的少女，正和何塞·塞尔卡斯谈着恋爱。一个秋天的下午，她刚放学便去探望卡罗琳娜奶奶。奶奶家的大门没有关，屋里空荡荡的。她开始觉得很平常，因为村里没人在白天锁门，但立刻就察觉到了异样。她在厨房、餐厅、卧室都没找到一个人影，直到最后才发现，奶奶和菲丽莎和奥杜莉娅两位姑妈都在牲畜栏那边，围着一堆刚点起来的篝火发呆。她走上前去问候了奶奶和姑妈，也盯着火焰看了一会儿，最后问她们在烧什么。奶奶没说话，菲丽莎姑妈告诉她：

“烧马诺洛叔叔的东西。”

布兰卡·梅纳难以置信地朝火堆望去，眼睁睁地看着熊熊火苗吞噬了衣服、书籍、手册、信件、纸张、照片……一切。她惊恐地朝卡罗琳娜奶奶望去，感觉奶奶就像被火苗夺走了灵魂。

“可是，你们都干了些什么呀？”她质问着。

不知是奥杜莉娅姑妈还是菲丽莎姑妈拍了拍她的肩膀。

“别这么说，孩子。”她（不知是哪位姑妈）叹了口气，指着火堆说，“还留着这些东西干什么呢？继续伤心受折磨吗？一把火烧干净了，也就放下了。”

在马努埃尔·梅纳阵亡十五年后，1953年8月29日，他的母亲死于心脏病。在这十五年中，位于西迪伊夫尼的西班牙海外银行每月以伊夫尼射手团的名义向她发放一笔三百一十五比塞塔又九角六分的抚恤金，约合现在的三百五十欧元。这笔钱经常拖欠，逼得她不得不多次写信催款。我不知道当她收到这笔打发乞丐一样的抚恤金时，会不会想起马努埃尔·梅纳上战场前向她保证的，如果他死了，她就不必为钱发愁了。不过这笔微薄的款项，的确是佛朗哥政府给予那些送儿子上屠场的法西斯军官家庭的特别照顾。马努埃尔·梅纳的母亲去世的那一天，家里有人想起来，她多年前曾经吩咐过，自己死后要和儿子的军刀合葬。可大家把整个屋子翻了个遍，也没看到那把军刀的影子。

15

我也不记得我是通过什么方式，又是在什么地方开始怀疑，博特就是家族传说中马努埃尔·梅纳离世的地方。只记得自己在得到确定答案很久之前，就开始怀疑这个地方了；而当我开始怀疑这个地方的时候，距离我在我妈车祸养伤期间想明白马努埃尔·梅纳是她心目中的阿喀琉斯（也许现在还是）的那段日子，也已经过去很长时间了。我还记得当我问她马努埃尔·梅纳死去的那个村子是不是叫博特时，我妈八十多岁写满沧桑的脸庞一瞬间就亮了起来。

“没错！”她精神焕发地叫道，“就是博特。”

我没说实话。其实我妈说的是“博斯”或者“博哈”或者“博”。当初她在加泰罗尼亚住了二十五年，依然连一句加泰罗尼亚语的“进来”都理解无能，至少她会把这话错听成西班牙语中的“你们去哪儿”或者“去哪儿”；如今她已经在这儿住了五十年了，还是没法念对“博特”在加泰罗尼亚语中的发音，至少没法不把这个地名念成“博斯”“博哈”或者“博”。

事实是，从那时起又过了好几年，我才着手去了解博特这个地方。那时候我已经像个调查凶杀现场的侦探一样，随着马努埃尔·梅纳的足迹，亲自探访了特鲁埃尔、莱里达和比耶萨山谷，当然也去了特拉阿尔塔，并多次参观过那里的埃布罗河战役纪念馆。特拉阿尔塔与特鲁埃尔、莱里达甚至比耶萨山谷都大不一样，在这片土地上，战争留下的痕迹怎么抹也抹不去：内战结束后，大批当地人靠着漫山遍野捡弹片卖来养家糊口，直到现在，许多老百姓还言必称埃布罗河战役，并继续以某些方式与那场战役或者战役的结果共生共存。他们沉迷在当年的历史里，有些人甚至到了不能自拔的地步。我来博特的时候，已经对埃布罗河战役的多处战场做过深入研究，并实地考察了马努埃尔·梅纳足迹所至的很多地方，特别是他身负致命伤的库科特山，也就是战时的496号高地。那里的山坡上至今残留着大量弹片，无论是当年共和国军修建的战壕和防空洞，还是佛朗哥国民军在占领高地后，利用共和国军反攻前短暂的间隙紧急修建的那些脆弱得多的工事，都没有在岁月中湮没。另外，在我刚刚着手调查马努埃尔·梅纳在内战中跌宕起伏的经历时，心里就明白，自己其实并不是在寻找他一个人的足迹，而是在寻找整个伊夫尼射手团第一塔博尔营的足迹，而这也恰恰是我一步步找到的东西：一个群体的痕迹，模糊而又带着些许抽象，几乎烟消云散，只能靠想象还原。所以明白了这点就会理解，当我终于来到博特时，几乎是打心眼儿里觉得，在这个村子里只能探听到某些含混的信息。而事实之所以远远出乎我的意料，全是因为托了一个人的福。很多人都说，此人是对博特村的历史了解最深的专家，而我在来这里之前就跟他通了电话。

他叫安东尼·科尔特斯。我第一次跟他通话就直奔主题：我向他大致描述了马努埃尔·梅纳的经历，并对他坦白，虽然我妈说她叔叔死在博特，但我还不敢确定这是不是真的。“我觉得您母亲不太可能弄错，”科尔特斯回答我，“您刚才说，您这位小外公是第十三师的？”“他在伊夫尼射手团，”我补充道，“是第十三师下属的部队。”“第十三师的医院就设在博特。”他言之凿凿，“所以如果您小外公死前被送进了医院的话，那差不多可以肯定，他就是死在这里。”科尔特斯操着一口纯正的加泰罗尼亚方言，讲话磕磕绊绊，但是语速飞快。他说当时博特村总共有三所战地医院，还向我推荐了几本提到过这几座医院和内战时村里情况的书籍。紧接着我们又聊到了埃布罗河战役期间在博特发生的事情。我估摸着他把所有该讲的都讲完了，便在电话里道了谢。“您可别谢我，”他回答，“能跟别人说说我们村的故事，我特别高兴。您知道人这一辈子最糟糕的事情是什么吗？就是年岁渐长才发现，自己什么都不懂。我三十五岁的时候就碰上了这种事，从那以后就再没间断过学习。现在我已经退休了，可还是什么都不懂，不过我至少可以装得好一点儿了。”“您装得简直太好了！”我无限真诚地夸奖他。“别提了！”他同样真诚地反驳我，至少我觉得是这样，“只要一说起历史来，我就装得特别像。因为我真的喜欢，在这上面花的功夫也最多。关于埃布罗河战役，我们什么都知道，如果还有不知道的，那就马上去查清楚。”“我妈叔叔的事儿也能查清楚？”我问。“当然能，”他回答，“您要是不信，就抽一天时间过来看看嘛。”

我真不信。我觉得他要么只是随口说说，要么就是故弄玄虚博人眼球。所以我一挂电话就再也不打算跟他联系了。可没想到就在几个月后，我竟然真的在阿维拉军事档案馆找到了马努埃尔·梅纳死于博特的文字档案。于是我再次给科尔特斯打了电话，打算借去巴伦西亚旅行的机会，顺路到博特见他一面。我们约好中午十二点在村广场见，我九点半从巴塞罗那开车出发，两小时后到达冈德萨，再从那里拐上一条蜿蜒曲折的小路，十分钟就抵达了博特村。这里比伊巴埃尔南多还要小，在遍布着苍松与巉岩的山岗上，寥寥几座褐色的房舍簇拥着小教堂褐色的钟楼。教堂所在的地方就是村广场，我把车停在入口处，放眼望去，周围只有一个人。那人认出了我的车，便朝我走过来。他穿着旧牛仔裤和蓝色卫衣，一副休闲打扮。可周身的运动员气质，鼻梁上的银边眼镜，还有浓密的灰色小胡子，又让他看上去活像个脾气古怪的英国退休上校。来人正是科尔特斯。我赶紧下了车，一边跟他握手一边连连致谢。

“您不用谢我。”他像军人一样跟我握了握手，“我可不喜欢被别人感谢。再说我也担不起——很高兴为您效劳。”

我正打算再次道谢，一听这话还是作罢了。我问他是不是历史学家，他说他不是。他原本是个屠夫，后来在皮毛厂干活，再后来又去酒窖做工，最后在冈德萨一家工厂里当了工人。广场上空荡荡的，整个村子沉浸在一片死寂之中。

NOMBRES	EMPLEO	UNIDAD	NATURALEZA	FAMILIARES	HERIDO	DIAGNOSTICO	[illegible]	FALLECIDO	INHUMADO EN DOT	OBS.
[illegible]	[illegible]	[illegible]			21 - 9 - 38	[illegible]	[illegible]	21 - 7 - 38		[illegible]

“咱们不说我了行吗？”科尔特斯说道，“我这辈子过得太没意思了。您想了解我们村的哪些事儿？”

于是我又讲起了马努埃尔·梅纳的故事，并迫不及待地告诉科尔特斯，我找到了他的死亡证明。那上面清楚地记载着，他就死在博特。

“您是对的。”我对他说。

“您母亲也没错。”他回答，“您还记得签署死亡证明的医生吗？”

“塞拉达，”我说，“一个叫塞拉达的医生。”

科尔特斯的脸上掠过了一丝不悦。

“您叔叔是军官？”他问道。

“他是少尉。”我点头，“不过他不是我叔叔，是我小外公。”

“您怎么不早说？”

“早说他是我小外公？”

“早说他是个军官呀。”科尔特斯还没等我道歉就急急忙忙说道，“现在我知道他死在哪儿了。”

“他不是死在博特吗？”我有点丈二和尚摸不着头脑。

“他当然死在博特。”他回答，“我是说，我知道他死在哪幢房子里了。”

我觉得他一定在开玩笑。我看着他的眼睛；不，他没开玩笑。

“他死在帕拉德拉大宅。”他宣布，“当年那里被改建成了战地医院。”他随手往右边一指，对我说道，“就在那里，拐过去就是。”

“您怎么知道的？”我是想说，“您怎么知道他死在那里？”

“因为那是全村唯一收治军官的医院。塞拉达医生就在那里工作。我再说一点：我还知道您叔叔究竟死在哪个房间里。”

于是我又听见自己问他：

“您是怎么知道的？”

“因为那家医院只有一间军官专属病房。”他回答，“我妈当年在那里当过护士。”

“什么？”

“我说的就是您听到的。”

“令堂跟您说过，她在那里当过护士？”

“您要是愿意，可以听她亲口说。”

“您可别告诉我，她还活着。”

科尔特斯笑了。

“她活得精神着呢！”他一把抓住我的胳膊，拉着我往前走，“过来，我来告诉您，您小外公是在哪幢房子里死的。”

我们转过第一个弯，沿街走了几米下坡路，在下一个路口停下来。眼前是一座棕色的三层方石建筑。第一层开着几扇带着栅栏的窗，还有一扇半圆拱的木头大门。在半圆拱门上方的石墙上刻着一枚威严的家族徽章。第二层修了三个大阳台，第三层是顶楼，开着一排拱形窗洞，外面装饰着带线脚的房檐。整座建筑与其说是一座大宅，不如说是一座宫殿。

“您看，”科尔特斯骄傲地指着这栋建筑说，“这是我们村唯一的豪宅。”

我沉默了几秒，静静地看着他，然后开口问道：

“您肯定这就是他……”

“百分之百。”科尔特斯打断了我的话。

“这房子好像荒废了。”

“不是好像，是真的。”他解释说，“这是博特村首富的房产，已经挂牌在售好多年了。房东的后人住在塔拉戈纳，如果有感兴趣的买家，他们就会过来带人看房子。不过如果您想进里面看看，我可以跟他们说说，让他们给您开门。”

“他们会吗？”

“我看没问题。”

“要是您能问问他们的话，我会非常感激。”

科尔特斯双手叉腰，变了脸色。我过了一秒钟才反应过来：我又跟他道谢了。

“我是说，如果您能问问他们，我会非常高兴。”我赶紧纠正自己。

科尔特斯摇摇头，就好像在责备我似的，最后还是不情愿地消了气。紧接着，他被小胡子遮得严严实实的嘴唇上，突然绽放出一个坦诚的微笑。

“那好，您想跟我妈谈谈吗？想还是不想？”他问我。

“现在？”我又迷糊了。

“当然。”科尔特斯回答，“她就住村那头。”

我一边跟着科尔特斯往前走，一边暗自揣测下个惊喜是什么。我俩穿越了整个村子，都没碰到一个行人。科尔特斯告诉我，他家祖祖辈辈都是博特村本地人，他爸爸也作为佛朗哥的支持者参加过内战，去年才去世。他妈妈家却是共和派。他还告诉我，妈妈不喜欢谈论战争。

科尔特斯的妈妈亲自为我们开了门。老太太矮矮胖胖，满脸皱纹，活像颗圆乎乎的葡萄干。她穿着一身黑色丧服，奇怪地看着我们，就好像被春天的太阳晃花了眼。科尔特斯告诉我，她叫卡门，卡门·曼亚，今年刚过九十一岁生日。

“妈妈，”科尔特斯郑重其事地介绍我们认识，我握住她将信将疑伸过来的胖乎乎的手，“这位先生是个作家，想问问您内战的事。”

老太太越发眯起质询的眼睛，还是没让我们进门。我被她上上下下打量得很尴尬，也不知道该说什么好，于是便开口问她还记不记得埃布罗河战役。我心下琢磨着，这位在特拉阿尔塔土生土长的老太太，经她儿子亲自介绍，又听到我这番开门见山的问话后，想必会觉得我这个人也像刚才那句提问一样天真又无害吧。

“那还好。”她总算笑起来，皱着的眉头也瞬间舒展了，我从她的表情里看到了一丝她儿子的模样，“总比问昨天的事儿要强。”

这时她才请我们进了屋。虽然步履蹒跚，但她还是拒绝了儿子的搀扶，一个人把我们领到了客厅。陈旧粗糙的岩石墙上开着深深的窗户，阳光充足。我们三个坐下来，一边说话一边喝咖啡，整整谈了两个半小时。我对科尔特斯的妈妈讲述了自己了解的马努埃尔·梅纳死亡的情况。她告诉我，内战爆发时她十二岁，就住在帕拉德拉大宅对面。整个埃布罗河战役期间，她和几个要好的女孩子每天下午都去那间战地医院帮忙。不过病人都是由专业护士照顾，不归她管。她只负责剪绷带，把绷带放到容器里消毒，铺床，去河边洗脏衣服，再就是遵照塞拉达医生的吩咐做事。塞拉达医生当时是这所医院的院长，领导着一支人员频频变动的医疗队。我问她，当时这家医院是否只收治军官，她说不是的，普通士兵也收。但所有负伤的军官的确都要送来这里治疗。

“也就是说，我妈的叔叔板上钉钉，就是死在帕拉德拉大宅喽？”我问道。

“千真万确。”她回答。

我看了一眼科尔特斯，他正心满意足地捋着小胡子，一句话都没说。在这场谈话中，他始终都在尽心尽力地扮演着一个次要的角色——或者说在他妈妈面前，他一直都是这种角色。老太太还在继续向我解释，因为送来的伤兵远远比受伤的军官多，医院在第一层专门为军官们准备了一间病房。我问她知不知道具体是哪间房，她说虽然她那时候并不经常进去，但当然知道是哪间房。

“也就是说，我妈的叔叔板上钉钉，就是死在那间病房里喽？”

“千真万确。”她又重复了一遍。

她的回答太不可思议了。这一次我没去看科尔特斯，一直盯着她，那一刻我觉得她像极了我童年回伊巴埃尔南多过暑假时，模模糊糊记得的那些穿着丧服的老妇人。我不记得当时都跟她谈了些什么，只记得多亏有她，我才得以理清楚马努埃尔·梅纳死时的一些细枝末节。（比如我终于明白，为什么他至死都在排队等着做手术：因为帕拉德拉大宅那时只有一支外科手术队，然而在那个凶险的晚上，第十三师有多名军官负伤。）我还记得，也不知道从什么时候开始，我总在不由自主地怀疑，也许这个精神矍铄的小老太太当年不经意地在脑海中保存了马努埃尔·梅纳死前最后的形象。但我同时也确信，如果我的怀疑是真的，那么当她告别人世的时候，脑海中那个不经意的形象也将随她一起永远消失在这个世界上。

临别时，我在大门口吻了吻老太太的双颊，感谢她回答了我的提问。

“我听说您不愿意跟别人说内战的事。”

“不是不愿意说。”她边回答边摆了摆手，好像在驱赶一堆看不见的麻烦，“主要是我只记得战争里那些痛苦的事。”她云淡风轻地解释道，“这么说吧，如果让我选择，是回到那个时候重活一次，还是现在就去死，那我还是死了算了。”

科尔特斯一直把我送到了停车的地方。我请求他，一旦帕拉德拉大宅的主人答应我们参观，就立刻给我打电话。

“我会把我妈也带过来。”我向他保证，“她肯定想看看叔叔去世的地方。”

他答应一有消息就通知我。我又想跟他道谢，不过这次终于克制住了。

7月初，也就是欧内斯特·福克带着摄制组来伊巴埃尔南多录节目之后不久，我接到了科尔特斯的电话。他说已经定好了参观帕拉德拉大宅的时间。几天后，我和我妻子就动身去赫罗纳接我妈了。

“好了，妈妈，”我跟她一起坐到汽车后座上，又帮她系好安全带，“你终于可以去博特看看了。”

“可不是嘛，我的儿啊！”她还是像每一次旅行前一样在胸口画着十字，“真不敢相信，我好像一辈子都在盼着这一天。如果卡罗琳娜奶奶还活着……”

这一路，我妈头一次跟我说了两件往事。第一件是，在我六七岁的时候，她和我爸曾经带我拜访过堂埃拉迪奥·比涅拉老师，那时候他们全家已经从伊巴埃尔南多村搬到了巴达霍斯省的堂贝尼多城。那次拜访是临时起意，我们登门的时候，堂埃拉迪奥恰好外出，家里只有他的妻子堂娜玛丽娜。我们全家喝着冷饮，吃着点心，一边跟她聊天，一边等比涅拉老师回来，可是直到天黑也没等到人，只得遗憾告辞。就这样，我错过了今生唯一一次认识这位伊巴埃尔南多的启蒙人的机会。另一件往事与博特相关。我妈一直知道马努埃尔·梅纳死在加泰罗尼亚一个名叫博特的村子里，据她说，在六十年代搬到赫罗纳城定居后，她曾想过来这里看看。事实上，在刚搬过来的几年里，她真的模模糊糊地调查过这个村子究竟在哪里。可当时的她已不再是乡村高门的大小姐，而只是一名拉扯着五个孩子的家庭主妇，所以最终还是不得不放弃了这个想法。我也跟我妈和我妻子讲述了自己是怎么确定马努埃尔·梅纳就是死在博特的，还跟她们说起了科尔特斯和他的妈妈。

“他人特别好。”我给她们打起预防针来，“我们才刚认识，他就不停地帮助我，可要是你们跟他说声谢谢，他就会火冒三丈。”

我们从莫拉德埃布勒渡过了埃布罗河，天已经黑了。汽车在七十七年前战火纷飞的旷野上穿行。我正试图给她们两个讲讲那场战役的大概，我妈却只顾一个劲儿地望着车窗外面，好像对我正在说的话充耳不闻，又好像她唯一感兴趣的就是窗外延绵起伏、巉岩遍布的山岗，它们屹立在我们四周，荒芜而又凄凉。汽车已经开了两个小时，我妈看上去又疲倦又无聊。为了给她解解闷儿，当汽车驶过科尔德莫罗山的路标时，我装出一副导游的语气对她说：

“快看，妈妈：这就是佛朗哥在埃布罗河战役中的指挥部。”

“大慈大悲救苦救难的圣母马利亚呀！”我妈根本没听见我在说什么，只是自顾自地哀叹着，“这就是马诺洛叔叔前来送死的地方？”她全程一个表情地眺望着眼前的风景，“儿啊！这简直就是世界的尽头！”

那天晚上我们在冈德萨城门口的皮克旅馆过了夜。我妻子预订了一个房间。我妈必须有人陪着，所以我们三个同住在一间房里。大家稍事休息便到餐厅里吃晚饭，我和妻子点了几道小吃，我妈要了两道大菜和一道甜点。还没等她吃完第二道菜，我就又听她念叨起那件我一路都在纳闷她怎么还没跟我念叨的事来：她说我的某个姐姐向她说起或者暗示，该把伊巴埃尔南多的房子卖掉了；于是我又千篇一律地耐着性子再次重申：她大可不必担心，只要她还活着，我们坚决不卖房子。然后我就知道，那个一模一样的问题又要来了。

“要是我死了呢？”我妈问。

“你难道就那么想死吗？”我回答。

“想死？我？”我妈没好气地嘟囔着，“儿啊，我可一点儿不想死。可要是有一天，仁慈的上帝把我带走了，那么……”

“妈妈！快别说了！”我气恼地打断了她的话。我妈总喜欢把一时的心血来潮搞得像煞有介事乱七八糟，我可不能被她带偏了，“如果上帝真想带你走，你就再给自己加点儿分量。”

我妈不解地看着我；我指着她正在大快朵颐的那块羊脊，像个战后饥民那样铁面无私地对她说：

“我的意思是，只要你一直像现在这样狼吞虎咽地吃下去，就算到了世界末日，上帝也带不走你的。”

晚饭后，我们回到房间。我妈和我妻子立刻睡了，我掏出几年前在伊巴埃尔南多我妈家里找到的《奥德赛》读起来。在重读完《伊利亚特》之后，我总是带着这本《奥德赛》，一次次地踏上寻找马努埃尔·梅纳足迹的旅程。我读了很长时间，脑海里突然冒出了一个以前从来没有过的念头。我发现《奥德赛》的主人公尤利西斯恰好是《伊利亚特》的主人公阿喀琉斯的反面。后者生得短暂，死得光荣，在年华与功业的巅峰告别人世，从而永垂不朽。他以“死亡之美”打败了死神，他壮丽的死亡象征着壮美人生的最高境界；而尤利西斯的人生正与他截然相反：他最终沉沉老去，也没有来世可期，却得以回到故乡安享天年。在漫长的生命里，他一直忠于妻子佩内洛普，忠于生于斯长于斯的故乡伊萨卡，也忠于他自己。我正沉浸在这样的思绪里难以自拔，恰好翻到了《奥德赛》的第十一章，也是阿喀琉斯唯一在本书中现身的一章。他在阴曹地府里见到了前来造访的尤利西斯。后者赞美他，说他是最伟大的英雄，用绝美的死亡打败了死神。说他是全世界都仰望的完人，生前如同光芒万丈的太阳，死后亦如幽冥中的君王，不需要为失去生命而哀叹。于是阿喀琉斯回答道：

> 光辉的尤利西斯，请不要安慰我亡故。
> 我宁愿为他人耕种田地，被雇受役使，
> 纵然他无祖传地产，家财微薄度日难，
> 也不想统治即使所有故去者的亡灵。①

我把这几句诗读了一遍，紧接着又读了一遍。我从书本中抬起头来，久久思索着这位《伊利亚特》里的大英雄的悲叹。然后我熄灯躺下，闭着眼睛问自己，马努埃尔·梅纳——我指的是死后的马努埃尔·梅纳，是处在人生最后阶段的马努埃尔·梅纳，是那个少言寡语、独自出神的马努埃尔·梅纳，是那个失望的、谦卑的、清醒的、沧桑的、对战争深恶痛绝的马努埃尔·梅纳——这样的马努埃尔·梅纳是不是也会像阿喀琉斯一样，宁可做尘世间最低贱的奴隶，也不愿意做幽冥中的君王。我又问自己，

---

① 这四句诗直接引自王焕生《荷马史诗·奥德赛》中译本，只是将译本中的“奥德修斯”换成了“尤利西斯”。奥德修斯和尤利西斯实为一人，前者来自希腊神话，后者来自罗马神话。小说原文中均称尤利西斯，特此说明。

死后的马努埃尔·梅纳在暗黑的国度，是不是也终会懂得：只有真正地活着，才会有真正的生命；仅仅留存在别人记忆里的虚无缥缈的人生，并不会永垂不朽。它只不过是一个过眼云烟的传说，一个空壳般的替代品。唯有死亡实实在在。

第二天上午将近十点钟，我们把车子停在了博特村的广场上。正在此时，我看到科尔特斯和一位女士在一家咖啡馆门前说话。他跟那位女士道了别，就径直向我们走来。我向他介绍了我妻子和我妈。我妈见面的第一件事就是感谢他好心相助，科尔特斯的第一个反应就是勃然大怒。

“我说，你们一家都是些什么人哪！”他一边问，一边无可奈何地张开双臂，一边瞪着我妻子请她解释，“你们是不说谢谢就不知道做什么好了吗？”

我生怕他搞砸了整个行程，赶紧跟妻子一个劲儿地道歉，这才缓和了气氛。大家一起向帕拉德拉大宅走去。我妈一只手扶着我的胳膊，另一只手拄着手杖。科尔特斯收起了初见时的恼怒。他说他已经事先把我们的目的跟房东家说了，他们会带我们看房子。我们到了大宅门口，科尔特斯敲了敲大门，一位黑发的中年女士立刻开了门。我们还在门口寒暄，屋里又闪出一名稍微年轻些的女士，她的头发是金色的，鼻梁上架着副眼镜，脖子上戴着一串红色玻璃珠项链，身边还跟着位穿蓝色超短裙的少女。金发女士催促大家赶紧进去。

“要是村里人发现门开着的话，他们会偷偷溜进来的。”她抱歉地对我们说。

她叫弗朗西丝卡·米罗；另一位女士约瑟芭·米罗是她姐姐（那位少女是她的女儿萨拉）。我们进屋的时候，科尔特斯介绍说，姐妹俩都是大宅最后一位主人的孙女。她们家族是博特村的首富，这座宅子建于十七世纪末或者十八世纪初，内战刚爆发，全家人就搬走了，不过战后他们还经常回来住上很久。

“不过至少在四十年前，就再也没人回来住了。”科尔特斯说。

门厅空旷，四周的墙皮都脱落了。光线透过布满蜘蛛网的窗户照进来，屋里亮着一盏石蜡灯。厅里开着两扇大门，跟宅门一个模样。一扇门开向谷仓，根据科尔特斯说，那里当年曾被用作战地医院的太平间。透过另一扇门可以看到一道通往二楼的楼梯。整个房间弥漫着荒芜的气息：到处都是灰尘。报纸、纸箱、空煤气罐和旧杂物堆积了一地。正当科尔特斯和米罗姐妹向大家介绍大宅的情况时，我突然发现屋里进来了几个人，不禁自问他们是临时闯入的不速之客，还是两姐妹的亲朋好友趁机前来参观。过了一会儿，在科尔特斯和两姐妹你一言我一语的交谈声中，我妈突然开口了。

“我的马诺洛叔叔就死在这里？”

“不在这里，夫人。”科尔特斯回答，“在楼上。咱们这就上去。”

我原以为我妈会在那道满是灰尘、昏暗裂缝的楼梯前知难而退，然而她并没有被吓倒。我们把她的手杖留在大厅里，一起往上爬。约瑟芭·米罗举着石蜡灯，跟科尔特斯和我妻子一道走在前面，其他人跟在他们后面。我妈步履维艰，一只手抓着我的胳膊，另一只手扶着脏兮兮的铁栏杆，每上一级台阶都要休息一会儿。等上到二楼时，已经汗水涔涔。我问她感觉如何，她说还好；我又问她是不是真吃得消，她再次回答我她能。我们跟着科尔特斯和约瑟芭向左转，穿过一间昏暗的屋子，来到一处开着天窗的起居室，或者看上去像起居室的房间。我们一边听科尔特斯讲解一边环顾四周。在荒废了四十年后，一切都那么凌乱不堪。正在这时，弗朗西丝卡·米罗陪着科尔特斯的妈妈一起过来了。老太太身材矮小，穿着丧服。我向她问好后，便把我妈介绍给她认识。

"妈妈，"我指着科尔特斯的母亲对她说，"马努埃尔·梅纳死去的时候，这位夫人就在这里工作。"

也不知道为什么，我又补充说，也许她还记得马努埃尔·梅纳在世间最后的形象。我妈一听这话，疲倦的脸庞立刻变了神色。两位老太太相互亲吻致意，就好像老相识那样交谈起来。我妈说着马努埃尔·梅纳，科尔特斯的妈妈说着当年在帕拉德拉大宅帮护士干活的往事。虽然我妈耳聋得厉害，对方说的又是加泰罗尼亚语，但她好像一点问题都没有地全听懂了。科尔特斯打断了她们两个：他问母亲哪间屋子是军官病房。只见老太太转了半个身，就向黑暗处走去。科尔特斯生怕她摔倒，赶紧跟上去护着她。我们大家跟在她后面，来到了位于同层的一间屋子里。

"就是这里。"她说道，"这就是那间军官病房。"

米罗姐妹手中的石蜡灯勉强驱散了房间里的黑暗。这是一间餐厅，一切陈设仿佛还停留在六十年代。两扇窗板挡住了从唯一的窗户里透进来的光，满屋都是灰尘和幽闭的腐味。

“您叔叔就死在这间屋里。”科尔特斯向我妈说道，“这里好多年没人住了。当然那时候的样子跟您现在看到的也完全不同了。”

我妈一言不发，迷茫地转身看着我。为了确保她听明白了，我又对她说了一遍，这就是马努埃尔·梅纳死去的那间屋子。随后我又在科尔特斯和他妈妈的帮助下，凭着推论和想象，努力还原了他当年死在这里的种种细节。我妈一边听，一边点头，一边抬眼环顾四周：桌子上蒙着一张天鹅绒台布，上面放着一只黄铜汤煲和一只陶瓷盘。餐厅四角摆放着雕花木橱，还有蒙了盖布的普通椅子和扶手椅，以及收音机和那个年代流行的电唱机。石蜡灯照亮了我妈蜡黄、痛苦、布满汗水的脸庞，在墙上投下一个幽灵般的剪影。我觉得她快要昏过去了，赶紧问她要不要坐一会儿。她说好。于是我扶她在一把椅子上坐下，她掏出手帕擦干了脸上的汗水。我坐在她旁边。这时候，约瑟芭费了好大力气，终于拉下了窗板。微弱的光线透过破旧的百叶窗照进来，照亮了飞舞在这密闭房间里的千万粒浮尘。此刻我突然感到周围的一切都似曾相识，然而又记不得究竟是在何时何地有过相同的体验。我又看到有些陌生人进了屋子，他们一边自顾自地窃窃私语，一边怀着好奇或期待，静静地注视着我们。我再次问自己，这些人究竟是米罗姐妹的亲朋好友，还是贸然闯入的不速之客。正在这时，科尔特斯和姐妹俩提出陪我们看看大宅的其他房间。我对他们说，我妈想在这儿休息一会儿，于是他们三个就带着那些陌生人一起离开了。我妻子好奇心切，也跟着他们去了。

“好了，妈妈。”他们一边关门，我一边对我妈说，“你看，马努埃尔·梅纳就是在这里咽下了最后一口气。”

我妈点点头。屋里只剩下我们两个人。她的意识已经清醒，但体力还没有恢复过来，至少没有完全恢复过来。现在她正盯着对面阴影中的一角。一道道光束透过破碎的百叶窗和半开半闭的窗板，照亮了铺着棋盘纹地砖、蒙着污渍的一小块地面，也照亮了墙上一片潮湿的霉斑。过了几秒钟，我妈微微摇了摇头，指着前方小声说道：

“我好像看到，他就躺在那里……”

我看她望着那处空白默默出神的样子，蓦然想起在身患抑郁症的两年里，她脸上也总是这样的表情，直到某一刻，她突然醍醐灌顶地醒悟过来，自己虽然在赫罗纳住了二十五年，却一直都没能离开伊巴埃尔南多。虽然她把一生的光阴都虚掷在回家的期盼中，这徒劳的希望却终究只是误会一场，甚至差点要了她的性命。好吧，我努力打消着脑子里的回忆，又想起了《鞑靼人沙漠》中的德罗戈中尉。马努埃尔·梅纳的传说从这里开始，今天也在这里画上了句号。案子结了，加杰特探长。案子结了？可是明明有那么一刻，我分明也看到了马努埃尔·梅纳。他就奄奄一息地躺在屋子那头的行军床上，军服上浸满了鲜血，年轻的脸上浮现出濒死的苍白。我又一次转头向我妈望去，她依然直勾勾地盯着那片空白。我想她是会哭出来的吧——自从将近八十年前，马努埃尔·梅纳的尸体从博特被运回伊巴埃尔南多，她的泪水就流干了。此时我的脑海里突然冒出了一个想法：如果今天能在这里，生平第一次看到我妈流泪，那就说明内战真的结束了——在它本该结束的七十六年后，彻底结束了。然而并没有什么眼泪。我妈没有哭：那双嵌在深黑起皱的眼袋中的眸子依然干涩如常。于是我对自己说："这一切不会结束，永远都不会结束。"我把目光重新投向我妈正看得出神的那处空旷，又想到《鞑靼人沙漠》和它的结尾，又想象起马努埃尔·梅纳躺在那里，如同小说中的德罗戈中尉那样迎接死神的模样。我一边想一边问自己，如果当年陪在他身边的是我而不是其他人，比如我就是那个勤务兵，我会对他说些什么？我回答自己说，我会努力安慰他，告诉他我会竭尽全力帮他走得安详。我想我会对他说，他确实要死了，然而就像德罗戈中尉躺在临终的床上明白过来的，死亡才是真正的战争，是那场他期待一生却浑然不觉的战争。我想我会对他说，他确实要死了，然而他不会像德罗戈中尉那样，远离沙场和荣耀，连在战场上证明自己的机会都没等到，就孤零零地死在阴暗的客栈里，连名字也没有留下。我想我会对他说，他确实要死了，但他将会得到安息，因为他死得并不荒唐。他不是为了那些既不属于自己，也不属于家人的利益而战死沙场，也不是为了一个错误的理由而枉送了生命。他最后的清醒是误入歧途，他最后的失望毫无根据。他死得值得。他是为了母亲、兄弟姐妹和外甥侄女而死，为了捍卫一切尊严和体面而死；他死得光荣，死得英勇无畏，他从未辜负过任何人的期望。他死在战场上，就像《伊利亚特》里的阿喀琉斯那样，成了"死亡之美"的典范。他是为了捍卫比个人更重要的价值而死，他以完美的死亡成就了完美的生命。我不会忘记他，大家都不会忘记他。他就像那些英雄一样，永远活在人们缥缈如烟的记忆里，他所遭受的磨难终将得到肯定。他是《伊利亚特》而不是《奥德赛》中的阿喀琉斯，纵然置身阴曹地府也绝不会承认，当个卑贱的奴隶一直到活到白发苍苍，要远胜过幽冥中的君王；他永远不会成为《奥德赛》中的阿喀琉斯。他既不是死于欺骗，也不是死于误会。他死得壮丽而又完美无瑕，那是所有死亡中最崇高的一种。他是为祖国而死的。

“你在想什么，哈维？”我妈问道。

我没有看她，径自回答道：

“没什么。”

我妈伸出手来拉过我的手，放在她自己的膝头上。我注意到她的手指因为关节炎而变了形，无名指上依然戴着结婚戒指。我感受着她指尖的轻触和干枯柔软的皮肤。我在餐厅老朽污浊、幽闭深锁的气息里，闻到了她身上熟悉的香味。我不由得问自己，我妈在这个世界上还剩下多少日子，等到她不在了，我又该如何活下去。

“哈维，别在他身上兜兜转转了，”我妈开口了，“马诺洛叔叔觉得自己有责任去做他应该做的事。就这么简单，剩下的都是结果。”她停了一会儿，换了个语调继续说道，“要是你能认识他，我不知该有多高兴：他是那么可爱，总是在笑，总是在逗别人笑……就是这样，所以他才会义无反顾。就是这样，不多也不少。”

我问我自己，我妈这番话到底有没有道理，一切是不是真的这么简单。想了几秒钟，我对她说：

“妈妈，我想对你说件事。”

“什么事？”

我想对她说：妈妈，你的马诺洛叔叔并不是为国而死的，也不是为了保护你，保护卡罗琳娜奶奶和全家而死的。他死得毫无价值，因为他被骗了。他以为自己在捍卫你们的利益，实际上却捍卫了别人的利益。他以为自己在为你们出生入死，实际上却白白为别人枉送了性命。他是被一群混蛋害死的。这些丧尽天良的家伙给孩子们洗了脑，把他们活生生地往屠场里送。在他生命的最后几天、最后几个星期或者最后几个月，他开始怀疑了，开始隐约醒悟了，然而却已经太迟了。所以他再也不想回到战场，他的脸上再也没有了永远留在你记忆里的笑容。他把自己封闭起来，越来越孤独地深陷在忧伤里。他渴望成为阿喀琉斯，《伊利亚特》中的阿喀琉斯，并以他自己的方式做到了，至少对你而言他做到了。然而事实是，他成了《奥德赛》里的阿喀琉斯，在幽冥的国度里哀叹着自己成了亡魂们的君王，而不是人间最卑贱的奴隶。他死得实在是荒唐。于是我开口对我妈说：

“没事。”

我就是在那个时候重新想起了关于马努埃尔·梅纳的书。那本被我拖延至今，或者说一直都拒绝动笔的书。现在我明白了，我当时之所以突然想到写书的事，是因为写一本书是我唯一可以向我妈诉说马努埃尔·梅纳一生真相的方式，或者说，它是我唯一能够想到，或者唯一敢于向她诉说的方式。那么，我应该对她说吗？应该说出来吗？应该亲自拿起笔来，把这段象征着家族先辈们一切的错误、责任、罪孽、羞惭、悲哀、死亡、失败、恐惧、肮脏、眼泪、牺牲、热情还有耻辱的往事公之于众吗？应该背负起家族中最令我羞愧的包袱，把它写进书里流传千古吗？最近这几年，我在四处奔走、点点滴滴地收集马努埃尔·梅纳的事迹的过程中明白了一些事情。比方说——我思索着（我又想到了大卫·特鲁埃瓦）——我明白了自己并不比马努埃尔·梅纳强多少：他固然为了一个非正义的理由拿起了枪，而这个理由引发了战争和独裁，死亡和毁灭。但他也确实做到了为了自己坚持的价值将生死置之度外。至少在某个时刻，他把这些价值看得比生命还重要，哪怕它们根本不值得，或者在我们看来根本不值得。换言之：马努埃尔·梅纳固然在政治上犯了错，但我依然没有任何权力宣称自己在道德上比他更高尚。此外我还明白了，马努埃尔·梅纳的故事，是个表面上的胜利者、实际上的失败者的故事。他总共失败了三次：他在内战中失去了一切，甚至是生命，此为第一败；这场内战的受益者不是他，而是别人，所以他不是为了自己的利益，而是为了别人的利益白白葬送了一切，此为第二败；他为了一个错误的理由输掉了所有，此为第三败。倘若他是为了正义而死，那他死得还算有意义，今天还能得到后人的敬意，他的牺牲还值得被铭记和赞颂。然而不是的：马努埃尔·梅纳为之牺牲的理由是邪恶的，不可原谅的，腐朽崩坏的。我想到这里，又记起了大卫·特鲁埃瓦和丹尼洛·契斯，或者说是大卫·特鲁埃瓦向我说过的那篇丹尼洛·契斯小说的结尾："历史是胜利者书写的。传奇是人民讲述的。文人们异想天开。只有死亡实实在在。"

我想这就是马努埃尔·梅纳经历的人生。哪怕胜利者书写下了战争的历史，也无人书写过他的历史。大家都喜欢讲述传说或者异想天开，就好像所有人都是文人墨客，又好像大家都意识到，马努埃尔·梅纳其实是个战败的输家。这难道是我去写他的另一个理由？在那个时候我还意识到，尽管我漫不经心地想过不止一次，但不可能会有其他作家去书写他的故事，事实就是，如果我不写，那就没人写。那么我该去写吗？——我再次问自己——还是继续拒绝背负这个重担，永远小心翼翼地守着这个秘密缄口不言，听任它成为一片空白，一个空洞，成为千百万永远不会被讲述的人生故事中的一个，成为未经书写却又光辉璀璨的杰作——正因无人书写，才是光辉璀璨的杰作。

我妈拉着我的手叹了口气，她的目光还是一动不动地停留在餐厅对面的那个角落。她认定了七十七年前，垂死的马努埃尔·梅纳就躺在那里。这时我突然听到咫尺之遥的地方响起了脚步声和说笑声，心想那些浑水摸鱼的不速之客怎么又来了。然而我又有些怀疑，来的其实是幽灵。也许因为我妈在身边，我拉着她的手，闻着她身上的味道，不由得又记起了丹尼洛·契斯笔下的那个故事。我突然想到，如果说埃斯特哈希伯爵的母亲在他行刑的当日欺骗了他的话，那她的目的绝不在于帮助儿子获得“死亡之美”，从而以完美的死亡成就完美的人生，也绝不在于光宗耀祖，显姓扬名。不是的，我思索着：伯爵的母亲在儿子奔赴刑场的途中，一身白衣现身于唾骂的人群。如果这种行为果真被认为是欺骗的话，那她的欺骗也只是为了能让儿子到死都相信，赦免的敕令会在行刑时降临。这样他在死前就不会感到恐惧和痛苦，他受刑时也就能少受点折磨。想到这里我又领悟到，同样地，自己当初该有多么幼稚和异想天开，才会一口咬定我妈这辈子不停地对我讲马努埃尔·梅纳的故事，是因为她觉得没有什么比叔叔的人生更高贵，是因为她想参照马努埃尔·梅纳的命运去书写我的人生，是因为她希望我能不负众望地做一番事业，为家族增光添彩，荣耀那虚妄的门庭；不是的。我重新思索着：我妈这辈子之所以不停地对我讲述马努埃尔·梅纳的故事，更像是因为她在为叔叔，或者说叔叔的死亡流尽了眼泪后就明白了，如果像尤利西斯那样平凡幸福地活到高寿，忠于妻子佩内洛普，忠于故乡伊萨卡，也忠于他自己，纵使临终时明白没有来世可待，也远比像阿喀琉斯那样英勇短命地活着，风光无限地死去幸福千万倍；哪怕在尘世上做个最卑贱的奴隶，也要比在幽冥中做个高贵的君王幸福千万倍。所以我妈不停地对我讲述马努埃尔·梅纳的故事，是因为她也要让我明白，或者说她迫不及待地希望我也能明白这个道理。我还想到，自己当初一口咬定马努埃尔·梅纳的母亲就像埃斯特哈希伯爵的母亲一样，强行书写了儿子的宿命，但我妈就未能得逞，这种想法不但幼稚，而且自负。我不久就意识到，自己该有多么年少轻狂，才会觉得当个作家就是在反抗我妈，就是在阻止她有意无意地书写我的人生，禁锢我的未来。现在看来事实恰恰相反：我根本就没有反抗过，我妈也从未把她的意志强加于我。我更是从未成为过英勇短命、光彩夺目的阿喀琉斯，反倒一直都是长寿平庸、忠厚老实的尤利西斯——成为尤利西斯才恰恰是我妈的期望。所以我从未主宰过自己的命运，反倒真的被我妈书写了人生。所以我恍然大悟，其实是我妈把我塑造成了作家——因为她不愿我成为马努埃尔·梅纳，也因为她愿我能写下马努埃尔·梅纳。

“你在想什么，哈维？”我妈又问。

这次我说了实话。

“也许我应该去写一本关于马努埃尔·梅纳的书了。”

我妈叹了口气。就在这时候我想通了，讲故事的方式千千万万，而最佳选择只有一个。如今我终于看清楚了（或者自以为看清楚了）自己的选择是什么，清楚得如同正午时万里无云的天空。我想，要讲述马努埃尔·梅纳的故事，我就必须讲述自己的故事；换言之，在这本关于马努埃尔·梅纳的书中，我必须一人分饰两角：第一，我要讲述一个人的历史，也就是马努埃尔·梅纳的历史。我会像历史学家那样冷静地隔着遥远的时空，一丝不苟地阐明真相。我会摒弃掉所有文人墨客热衷的传说、幻想和信马由缰的自由，只坚持纯粹的史实，就好像讲故事的人并不是我，而是另有其人一样。第二，我讲述的不是历史，而是这段历史背后的故事；换言之，我要讲述的是，虽然我一直认为，自己正是因为拒绝书写马努埃尔·梅纳才成了作家，那么一个这样的我，又是经历了怎样的心路历程，出于什么样的理由，才从起初的抗拒讲述，抗拒承担，抗拒传扬，最终转变为主动提起笔来直面这段历史的。就在这时，耳边响起了我妈的声音：

“我就是不明白，你怎么还不动笔？”

我转头看着她；她不置可否地看了我一眼。

“你不是个作家吗？”

“那要是我写的东西你不喜欢呢？”

我妈反唇相讥：

“你可别告诉我，你现在写书是为了让我喜欢。”她的眼中闪过一丝戏谑，“你现在才说这话可太迟了。”

我们又沉默了。耳边再一次响起了说话声、脚步声和敲门声，但这些声音已经不是从我们这层，而是从楼上传来的了，至少我感觉是这样的。置身于这座寂静幽暗的冷宫中，我们母子俩活像安东尼奥尼电影中的人物，又活像怪诞版的《老大哥》栏目中的两个怪诞的真人秀选手。正在这时门开了，我妻子闯了进来。

“你们得上楼看看。”她说，“真是太不可思议了。”

科尔特斯也兴高采烈、满面笑容地进了门。我妈站起身，急切地朝他走了两步，我害怕她绊倒，急忙上前搀扶。我知道我妈下面又要干什么了，不过这回我可一点儿都没阻拦她。

“您不知道，我是多么期待能来这里走一趟。”我妈拉着科尔特斯的手念叨着，“我从没想到，有一天能亲眼看看马诺洛叔叔死去的地方。”说完她又不可救药地加了一句，“我真是太谢谢您了。”

听了我妈最后一句话，科尔特斯脸上的笑容顷刻间烟消云散。他一边吃惊地瞪了我一眼，一边张了张被小胡子遮住的嘴巴打算抗议。我妻子强忍着笑，扶着我妈的胳膊出了餐厅的门。我用眼神恳请科尔特斯宽容为怀，他使劲儿摇了摇头，也无可奈何地跟在我妈和我妻子后面出去了。

科尔特斯带着大家爬到三楼。约瑟芭·米罗提着灯从阴影里钻出来，我们五人在昏暗的楼层里盘桓了许久。回想当时的情景，我的印象虽然真切却并不完整，有些支离破碎的。我记得数不清的房间和大厅在寂静的昏暗里打着瞌睡，每个房间都装着磨砂玻璃的大门；我记得我们经过了一座又一座停摆的大钟，钟面上的指针随心所欲地标记着某个时刻；我记得屋子里摆放着好几个高大的书柜，上面堆满了文件、旧书和凸纹皮的资料夹；我记得那里有厚厚的天鹅绒窗帘、绿绸沙发、紫缎美人榻和贵族家徽，还有好几间密室（或者说看上去像密室）、厨房和瓦砾遍布的储藏室。所有一切都散发着奢侈而又衰败的气息。我记得卧室里堆满了带着帷帐和华盖的铜床，名贵木材打制的摇篮，还有床头柜，床绷架，以及空空如也的伞架和衣架。我记得那里有一间弥撒室，室内的墙上装饰着四福音使徒[①]的壁画。我记得约瑟芭·米罗和科尔特斯指着使徒们脸上的划痕对我说，内战刚开始，大宅就被反教会的自由派没收了，这些划痕就是当年那些反教会人士泄愤的产物。我记得那间弥撒室里摆着长椅、跪椅和教堂风琴，台子和壁龛里都供奉着圣像，此外还收藏着象牙和木制的耶稣受难像以及大堆的宗教画片。我记得一张张挂毯上织着盛大的狩猎图案——成群结队的猎狗正在追赶着一只小鹿，另一只狗用爪子按着刚捕到的野兔。我还记得屋里陈设着几面布满灰尘的大镜子、几架三角钢琴、一些镶着镜框的照片，还有炭笔和油彩的肖

---

① 指基督教四部福音书的作者：耶稣门徒马太、约翰、马可和路加。

像画——画上的男人和女人可能早已不在人世，消失在所有人的记忆里。我不但记得所有这一切，还记得科尔特斯和提着灯的约瑟芭·米罗一马当先，在这座荒凉的豪宅里开辟道路，我们一家三口跟在他们身后；越来越多的参观者或者说不速之客与我们擦肩而过，我还记得他们的身影和说笑声。没有一个人跟他们打招呼，哪怕科尔特斯和约瑟芭也没有，就好像从来不认识他们，或者没认出他们，甚至根本就没有看到他们一样，就好像这些人是幽灵，而我们就是迷失在幽灵森林里的探险者。但我记得最清楚的还是当时的自己——暗地里欢欣雀跃，几乎要高高飞起的自己。因为我终于决定提笔去讲述这个故事，我已经为它整整沉默了半生。我讲述它，是为了向我妈说出马努埃尔·梅纳的真相，这是我唯一能够并且敢于对她开口的方式；我不仅要向她说出记忆中、传说中和幻想中的真相——这些我从小听到大的“真相”，要么是我妈自己编造的，要么是她协助编造的——除此之外，我还要对她说出历史的真相，说出残酷的事实的真相；我会同时讲述这双面的真相，因为它比任何一面单独的真相都更加完整，也因为除我之外不会有任何人以这样的方式去讲述它。我要去书写马努埃尔·梅纳的故事，要让它永远留存在人间，因为历史只有书写下来才能永垂不朽（想到这里，我又忆起了亚历杭德罗舅舅）。是的，马努埃尔·梅纳就像《伊利亚特》中的阿喀琉斯，不可能永远活在世人虚无缥缈的记忆里，但他至少可以活在一本没有几个人看过的书里，就像《奥德赛》中的阿喀琉斯，哀怨忧戚地活在书中一个小小的角落里一样；所以我要写下他，写下这个披着胜利者的外衣，却在内战中一连失败了三次的失败者。只有这样，他惨痛的人生才不会满盘皆输。我想我写他是为了说出来，在他的人生里，有耻辱但也有骄傲，有丑陋但也有正直，有苦难但也有勇气，有肮脏但也有高贵，有恐惧但也有欢乐；还因为在他的故事里饱含着属于我们家族，或许也属于所有家族的东西——失败、热情、眼泪、罪责还有牺牲。现在我终于明白了，马努埃尔·梅纳的历史是先辈们留给我的遗产，或者说，是代表着哀伤、暴力、狂热和沉重的那一部分遗产。我不能继续抗拒它，也不可能抗拒得了，无论如何我都必须背负它，因为他的人生也构成了我自己人生的一部分。所以最好的办法是理解而不是闭塞，是担当而不是推脱，是诉说而不是任由它烂在心底，就像所有那些哀伤暴力的故事，烂在所有应该说出来却没有说的人的心底一样。最后我想到，长久以来我一直觉得，自己动手写一本关于马努埃尔·梅纳的书，不但意味着对他本人的历史负责，还意味着对整个家族的历史负责。我又想到了汉娜·阿伦特，我意识到写下这样一本书，既是唯一可以同时对二者都负责的方式，也是唯一可以卸下他们的重负，把自己解放出来的方式。与此同时，这也是唯一的方式，使我既能以作家的身份，也能以那个曾被我妈书写或者束缚的儿子的身份，来书写下属于我自己的人生，从而也真正避免了被我妈书写的宿命。

我就是在近乎漆黑的楼道里想到了所有这一切。我妈挽着我的胳膊，我妻子小心看顾着我们娘俩别摔跤。我们三个人追随着约瑟芭·米罗的提灯在昏暗的帕拉德拉大宅里穿行。就在这时，我心下对自己说，既然已经决定讲述马努埃尔·梅纳的故事，为这段不光彩的家族遗产负责了，那为什么不以同样的态度，把那些光彩的，或者说至少没那么糟糕的遗产一并负责到底呢？既然都已经扛下了先辈们遗留下来的这份哀伤、暴力、狂热和沉重的包袱了，那为什么不把他们留下来的所有包袱都一股脑儿地扛下来呢？所以我大可理直气壮、一劳永逸地跟我妈摊牌：我不是斯蒂芬·金，也不是比尔·盖茨。等她一死我就把伊巴埃尔南多的祖宅卖了，跟老家一刀两断。走在前面的科尔特斯和约瑟芭·米罗刚刚进了一间屋子，我在屋门口站住，对我妈说，我有重要的事情告诉她。她静静地不作声，一动也没动。

"是关于伊巴埃尔南多的房子。"我努力整理着措辞，准备开口。

我妻子站在门槛上催我们快点进去，但我妈好像根本没有看见一样，她心领神会地拍了拍我的前臂。

"啊哈，我已经知道你要说什么了。"还没等我回答，她又开口了，"你一定想说，你不会卖掉伊巴埃尔南多的老房子。就算我死了，你也要把它留下来。"

我愣住了。我试图在黑暗中分辨出我妈的脸，但没能成功。我也没有笑，只是突然想起了尤利西斯和他的故乡伊萨卡。然后，我几乎是谢天谢地地对我妈说出了一句谎言：

"小布兰卡，你刚好猜中了我的心思。"

正在这时，我们听到了科尔特斯的召唤声，便随着我妻子踏进了一处相当宽敞的房间里，也许这里曾被用作办公室，或者说看上去是这样的。屋里挂着一面帘子，帘子后面是一间卧室，我记得那里面只摆着一张没有床垫的婚床和一只陶瓷水罐。据科尔特斯说（也许是他妈妈刚刚对他说的），这里曾经是当年的手术室，也就是七十七年前，马努埃尔·梅纳差点儿就被送进来接受紧急手术的地方。就在科尔特斯继续向我们复述从他妈妈那里听来的故事的时候，我不禁想到，如果马努埃尔·梅纳当年没有死在帕拉德拉大宅，那又会发生什么？如果 1938 年 9 月的那个夜晚，这家战地医院的手术室没有其他病人，塞拉达医生及时给他动了手术并救下了他的性命，那又会发生什么？屋外的走廊和房间有声音传来，这声音已不再是单一的脚步声和谈话声，而变成了人群的嘈杂声，或者鬼魂森林里的喧嚣声。这时我的脑海中突然闪过了一个念头：他没有死。他一直都没有死。想到这里，我突然觉得脊背发凉，拼命想把方才的念头从脑袋里甩掉，却怎么甩也甩不掉，就仿佛它从来都不属于我一样。他没有死，我又一次想，他就在这里。我想了又想：他在这里，所有人都在这里，所有死在这座宅子里的人，没有一个真正地死掉，也没有一个真正地离开，一个人都没有离开。科尔特斯还在说着，但我已经听不见他的话了。方才心头那种几乎要飞起来的窃喜，已经在慢慢地转变成另一种东西，或者说，是我自己感到它正在转变，或者已经变成了另一种东西。就像衰老、平庸却幸福的尤利西斯，在空旷昏暗的宫殿中寻找着幽冥中的君王。在经历了一番历险之后，终于揭开了天下最简单又最晦涩，最隐匿又最公开的秘密。那就是，我们都不会死。马努埃尔·梅纳没有死，我爸也没有死，我妈也不会死（这一点是我突然想到的，但也许我早就知道了），我妻子、我儿子、我外甥奈斯特都不会死，我自己也不会死。我的思绪在眩晕和战栗中延绵：没有人会死，因为万物生灵都是由物质构成的，而物质是守恒的，它不生不灭，它只是在变化。所以我们都不会在世界上消亡，只会转变成我们的后代，就像先人们转变成我们一样。他们活在我们身上，我们也会活在自己的儿女身上。我说他们活在我们身上，并不是说他们只是形而上学地活在我们缥缈的记忆里，而是说，他们实实在在地活在我们的血肉和骨骼里。我们遗传了他们的细胞，这些细胞或多或少地塑造了我们今天的模样。无论喜欢与否，厌恶与否，承担与否，背负与否，我们都是先辈们的化身，正如后辈们也会成为我们的化身。想到这里，我的心中油然升腾起了一股前所未有的笃定。现在回想起来，我很可能在先前的某个时刻感受过这样的笃定，或者更确切地说，我曾经真的感受过，至少是潜意识里感受过这样的笃定。然而事实却是，在特拉阿尔塔那个偏僻的小村子的一座荒芜大宅的一间曾经的手术室里，在我妈、我妻子、科尔特斯和约瑟芭的陪伴下，我才第一次鲜明地意识到这样的笃定。我感到自己正与所有深埋地下的家人一起站在时间之巅，站在无限渺小、无限短暂、无限雄奇而又无限平凡的历史之巅，也站在当下永恒的时时刻刻。他们将全部血肉和骨骼化作我身上的血肉和骨骼，他们将全部过去化作我今天的生命。而当我也背负起所有责任，化身为他们的时候，更确切地说，是一步步地成为他们的时候，我终于明白了，书写马努埃尔·梅纳就是书写我自己。他的人生就是我的人生，他的责任、错误、耻辱、痛苦、死亡、失败、恐惧、肮脏、眼泪、牺牲、热情和丑陋，都与我的一脉相承。我就是他，我也是我妈，是我爸，是我爷爷帕科，是我外曾祖母卡罗琳娜，是我所有的列祖列宗。他们就像无数亡灵组成的军阵，就像无数鬼魂形成的森林，他们的血脉从无从知晓的过去那口无声无息的深井里涌出来，汇聚成流淌在我身上的血液。我终于明白了，讲述和背负马努埃尔·梅纳的历史，就是讲述和背负家族中所有先辈的历史；而马努埃尔·梅纳作为他们中的一员，就活在我的身上。最后，我带着清醒或者暗喜的醉意，对自己说出了书写马努埃尔·梅纳的最后一个理由，也是最好的、最坚定的理由：我写下他的故事，是为了揭开一个刚刚发现的秘密。这个秘密就隐藏在幽冥的国度里，隐藏在这座荒芜废弃的宫殿浓重的阴影里。马努埃尔·梅纳的传说从这里开始，我的小说也会在这里结束。我在这里窥见了昭然若揭的天机，就如同窥见了一部未被书写却又光辉璀璨的杰作。它告诉我，哪怕历史真的是胜利者书写的，传说真的是人民讲述的，文人们真的异想天开，死亡也不会实实在在。所以我想，一切都不会结束——永远，永远都不会结束。

译后记

哈维尔·塞尔卡斯是西班牙非常有影响力的当代作家之一，现任赫罗纳大学文学教授。平时除小说创作外，还从事文学翻译，并长期担任西班牙《国家报》的撰稿人。2001年，他的代表作《萨拉米斯的士兵》一经问世，便迅速成为获奖无数、销量破百万的现象级畅销书，不但被译成二十多国语言，还被改编成同名电影，至今风靡不衰。2015年，当该书又一次再版时，塞尔卡斯写下了一篇后记，在结尾处他这样写道：

> 我发现自己在这十四年里所做的就是试图逃离此书。我竭力避免对它的重复，同时想要写出一本和它在同一高度的作品，也就是说像这本书一样无拘无束、天真质朴、拥有这本书中体现出的绝望和无畏以及无尽的悲伤和无穷的喜悦的作品。很遗憾我可能并没有做到这些……不过我保证我会继续尝试完成这个目标。[①]

---

① 见《萨拉米斯的士兵》，侯健译，人民文学出版社2021年版第211页。

从时间上看，当塞尔卡斯在2015年写下这篇后记的时候，他已经在“尝试”创作另一部与《萨拉米斯的士兵》“同一高度的作品”了，这就是出版于2017年2月的《幽冥中的君王》。本书与前者一样，也讲述了一个西班牙内战的故事。故事的主人公——佛朗哥国民军临时少尉马努埃尔·梅纳，正是作家母亲的亲叔叔。这个年轻人在一个偏僻落后的小村庄长大，本可以成为家族中第一个去马德里念书的大学生，却在1936年内战爆发后加入了国民军，两年后在埃布罗河战役中阵亡，年仅十九岁。从小到大，塞尔卡斯一直都在听母亲讲她这位叔叔的故事，甚至可以说，马努埃尔·梅纳是他立志成为作家的隐衷。就像他的好友、著名导演大卫·特鲁埃瓦在书中说的那样：“你在《萨拉米斯的士兵》里写了一个共和国英雄，其实是为了掩盖一个事实——你们家真正的英雄是个佛朗哥分子。”

小说的题目来自《荷马史诗》中的一段故事：尤利西斯在冥界游历时遇到了阿喀琉斯，他赞颂这位特洛伊英雄的伟大功绩，可后者却说，自己宁可在人间做个卑微的奴隶，也不愿在冥府中做高高在上的君王。故事中的两个人物恰好是《荷马史诗》上下两部的主角：以阿喀琉斯为主角的《伊利亚特》写的是离家上战场，是英勇壮烈的死；以尤利西斯为主角的《奥德赛》写的是从战场上回来，是坚韧不拔的生。昔我往矣，杨柳依依；今我来思，雨雪霏霏。古今中外所有关于战争的故事，就都在这一死一生、一去一回之间了。

在《幽冥中的君王》里，塞尔卡斯依然沿用了他在书写历史题材时惯用的非虚构写作手法，致力于打破题材的限制，模糊文学与事实的边界，营造出满满的真实感。但从内容上看，这部小说显然要比《萨拉米斯的士兵》更加接近现实。《萨》中的共和派士兵米亚莱斯虽然有历史原型，但本质上依然是个虚构人物，而《幽》中的佛朗哥士兵马努埃尔·梅纳却真的在这个世界上生活过，甚至还是作者本人的祖辈。小说中的“我”（即塞尔卡斯本人）多次强调，自己不是文人，不能想象，唯有坚持事实。为了如实再现马努埃尔·梅纳短暂的一生，他不但查阅了大量历史资料，还亲临实地做了细致的调查和采访。除此之外，他还以历史学家的严谨，对西班牙共和国时代的社会图景，特别是当时以伊巴埃尔南多村为代表的乡村状况进行了充满细节和厚重感的深入刻画。

有批评家认为，马努埃尔·梅纳留下的历史资料太少，塞尔卡斯又处处对文学想象严格设限，这样的写法未免使小说主人公的形象过于空洞。然而这种对虚构的抵制却是塞尔卡斯有意而为的。

二十世纪七十年代，当西班牙刚刚开始民主过渡的进程之际，左翼政党出于妥协，没有要求追究佛朗哥独裁统治对共和国受害者犯下的罪行。直到九十年代末，民主已经全面扎根，社会上才逐渐兴起了一股“历史回忆潮”，旨在重建因为集体失语而被遗忘的第二共和国的历史，为当年被佛朗哥独裁政权迫害的共和国支持者们讨回公道和尊严。在这股热潮的推动下，执政的西班牙工人社会党在2007年通过了《历史记忆法》，承认并扩大了内战和独裁统治期间受害者们的权利。塞尔卡斯的小说《萨拉米斯的士兵》正好诞生在“历史回忆潮”将兴未兴之际，并起到了推波助澜的作用。然而对于这场席卷全国的运动，作家却一直保持着警惕。他认为“回忆潮”的初衷固然是好的，也是必要的，但它越是在社会上升温，就越容易被庸俗化和功利化，甚至沦落成某些政客谋求私利的工具。与此同时，在消解宏大叙事、关注个人经验和感受的后现代历史书写中，每一位个体回忆者都可能出于自私的本能而有意无意地隐瞒掉个人经历中不光彩的一面，甚至为了迎合大众的心理需求，刻意把自己粉饰成反独裁的英雄。当诸如此类的回忆越来越多的时候，便会导致集体记忆的歪曲，致使全社会都错误地认为，在内战结束后的三十多年里，西班牙的老百姓对佛朗哥的反抗是普遍存在的。就像本书中的大卫·特鲁埃瓦导演所说的那样："几年前大家好像在关注真相，可那完全就是幻觉。大家都不喜欢真相，大家都喜欢谎言。至于政客和知识分子就更别提了。"塞尔卡斯的担心果真成了现实。2005年，西班牙爆发了一桩震惊欧洲的丑闻。一个平凡的小人物恩里克·马尔科在佛朗哥去世后，利用内战后的群体记忆盲点，把自己打造成了反佛朗哥的英雄和德国纳粹集中营的幸存者，并在“历史回忆潮”中出尽了风头。他的谎言维系了将近三十年，直到2005年才被一位历史学家揭穿。恩里克·马尔科的故事引起了塞尔卡斯的关注，他于2014年出版了小说《骗子》，旨在探讨恩里克·马尔科行骗背后的深层原因。他在这部作品中一针见血地指出，马尔科的拙劣骗术之所以能够大行其道，是因为他那些编出来的瞎话是全社会都希望听到并心安理得地接受的。当“历史回忆潮”已经把回忆变成了一门产业的时候，被大量生产出来的其实是历史的替代品，换言之就是历史的谎言。所以“历史回忆潮”的盛行并没有使西班牙人民真正地反思和反省过去，倒是对真正的历史造成了致命伤害。因此塞尔卡斯坚持认为，历史见证人的回忆虽然不失为历史叙事的一种可能，但归根结底，历史还是应该由历史学家书写，只有历史学家才能做到尽心尽力，最大限度地接近真相，而不被虚假的回忆所“讹诈”——他在《幽冥中的君王》中，正是秉承着这样的态度去书写马努埃尔·梅纳的历史的。

就像贯穿全书的《荷马史诗》一样，《幽冥中的君王》也讲了两个故事。全书共分十五章，全部偶数章均采用第三人称，写年纪轻轻就为了佛朗哥主义而战死沙场的马努埃尔·梅纳十九年的人生；全部奇数章均采用第一人称，写少小离家并对家族在内战中的立场深感羞愧的“我”，如何追寻着死去先人的足迹，从抗拒历史到直面历史，最终决定亲自书写历史，并在书写中与家族和解的心路历程（这也是塞尔卡斯在多部作品中都运用过的“元小说”的创作手法）。如果说，1938年倒在埃布罗河战役中的马努埃尔·梅纳是另一个阿喀琉斯的话，那么身为他的后人和书写者的“我”，便是穿越往事的烟尘，一路坎坷回归的尤利西斯。在这样的结构下，逝者与生者，历史与当下，都随着叙事人称在每一章的转换而缠绕交叠，最终在小说的结尾处合二为一，再次揭示了塞尔卡斯在他的内战题材作品中一直想要表达的主题——那场战争并没有远去，它依然在无孔不入地影响着今天每一个西班牙人的生活。

塞尔卡斯很喜欢的作家米兰·昆德拉曾经这样评价法朗士的小说《诸神渴了》："作者写出这部小说并不是为了给大革命下结论，而是为了审视参与其中的人身上的谜团，进而探索更多其他的谜团。"这也是塞尔卡斯本人在创作历史题材的作品时一直坚持的理念。在《幽冥中的君王》里，他只是细致入微地描述，却从不审判。在他的笔下，共和派不是完美无瑕的，佛朗哥分子也不是十恶不赦的。也正因为如此，那些和我们一样的普通人，他们在战争中体现出的人性，他们在历史的旋涡中所做出的抉择，才更加发人深省。理解这一点，对于今天动荡不安的世界，也有着特别重要的意义。

哈维尔·塞尔卡斯虽然一再表示，要拒绝文人的想象和煽情，最大限度地贴近历史，但他依然在克制的文字中倾注了厚重的感情。从文风上看，他虽然惯用长句，但语言朴实流畅，充满了静水深流的力量。译者在翻译过程中，力求在中文中将这一点表现出来。因为本人水平有限，译文难免有疏漏之处，还望广大读者不吝批评指正。

陈　皓

2022年3月1日

青岛大学

El monarca
de
las sombras

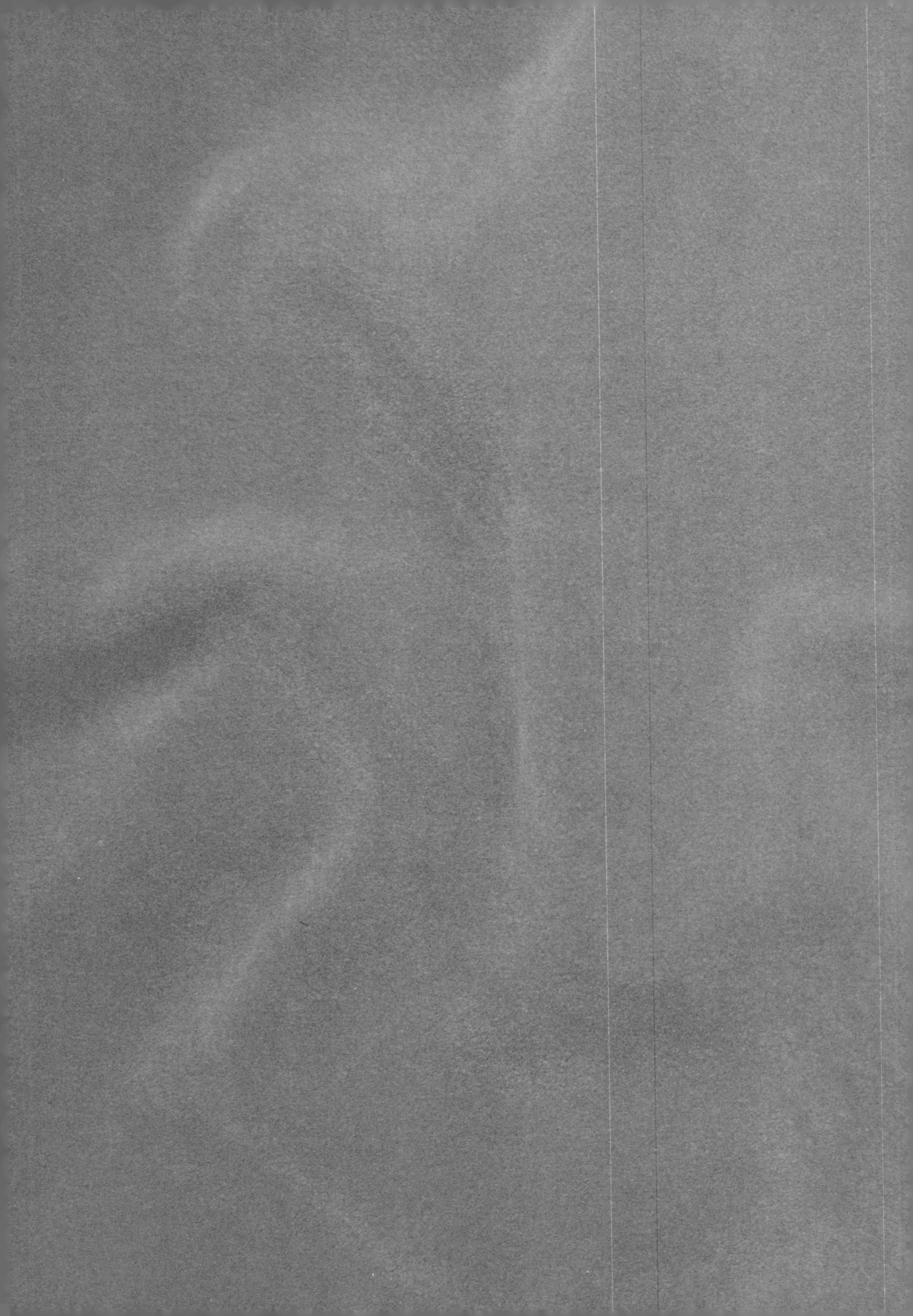